OMICIDIO A BLACKBURN HALL

OMICIDIO A BLACKBURN HALL

GIALLO AMBIENTATO NEGLI ANNI VENTI

UNA DETECTIVE NELL' ALTA SOCIETÀ–LIBRO 2

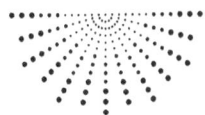

SARA ROSETT

Traduzione di
CHIARA VITALI

Traduzione dall'inglese a cura di Chiara Vitali

Secondo volume della serie Una Detective nell'Alta Società

Copyright © 2023 di Sara Rosett

ISBN: 978-1-950054-78-7

Cover Design: DLR Cover Design

Illustrazioni di Hanna Sandvig: www.bookcoverbakery.com

Traduzione dall'inglese: Chiara Vitali

A cura di Antonella Caso

RINGRAZIAMENTI

Grazie a Jim Honderich per avermi aiutata con la parte del libro dedicata al golf e a T.C. Milton, straordinario correttore di bozze.

Un enorme grazie ai miei sostenitori su Patreon:

Carol S. Bisig
Margaret Hulse
Carolyn Schrader
Connie Hartquist Jacobs

Grazie mille! Sono un'autrice fortunata ad avere dei lettori meravigliosi come voi.

OMICIDIO A BLACKBURN HALL

Un autore scomparso e un sonnolento villaggio inglese pieno di segreti...

Settembre 1923. Nonostante abbia chiuso il suo primo caso, la detective dell'alta società Olive Belgrave non ha ancora trovato un nuovo cliente. Ha accettato un lavoro come indossatrice di cappelli per pagare la squallida stanzetta in cui vive, ma poi le arriva un'offerta di lavoro che non può rifiutare: un'indagine discreta sulla scomparsa di un famoso autore di libri gialli. Olive si reca nella campagna inglese per dare la caccia allo scrittore, ma poco dopo il suo arrivo nel sonnolento villaggio di Hadsworth, viene scoperto un cadavere. Un secondo omicidio concentra l'attenzione della polizia su Olive, che dovrà riabilitare il suo nome prima che l'assassino elabori un piano per incastrarla.

Omicidio a Blackburn Hall è il secondo libro della serie *Una Detective nell'Alta Società*, ambientata nell'Inghilterra degli Anni Venti. Se amate i romanzi che vi riportano all'età dell'oro della narrativa poliziesca con trame interessanti, ambientazioni sontuose e misteri ricchi di colpi di scena, questa serie di Sara Rosett non potrà non piacervi.

I LUOGHI A BLACKBURN HALL:

Dr. Finch's Surgery → Ambulatorio del dottor Finch
Rosewood Hills Golf Course → Campo da golf di Rosewood Hills
Dr. Finch's Residence → Casa del dottor Finch
Clubhouse → Clubhouse
Police Station → Stazione di Polizia
Green → Parco cittadino
Path → Sentiero
River → Fiume

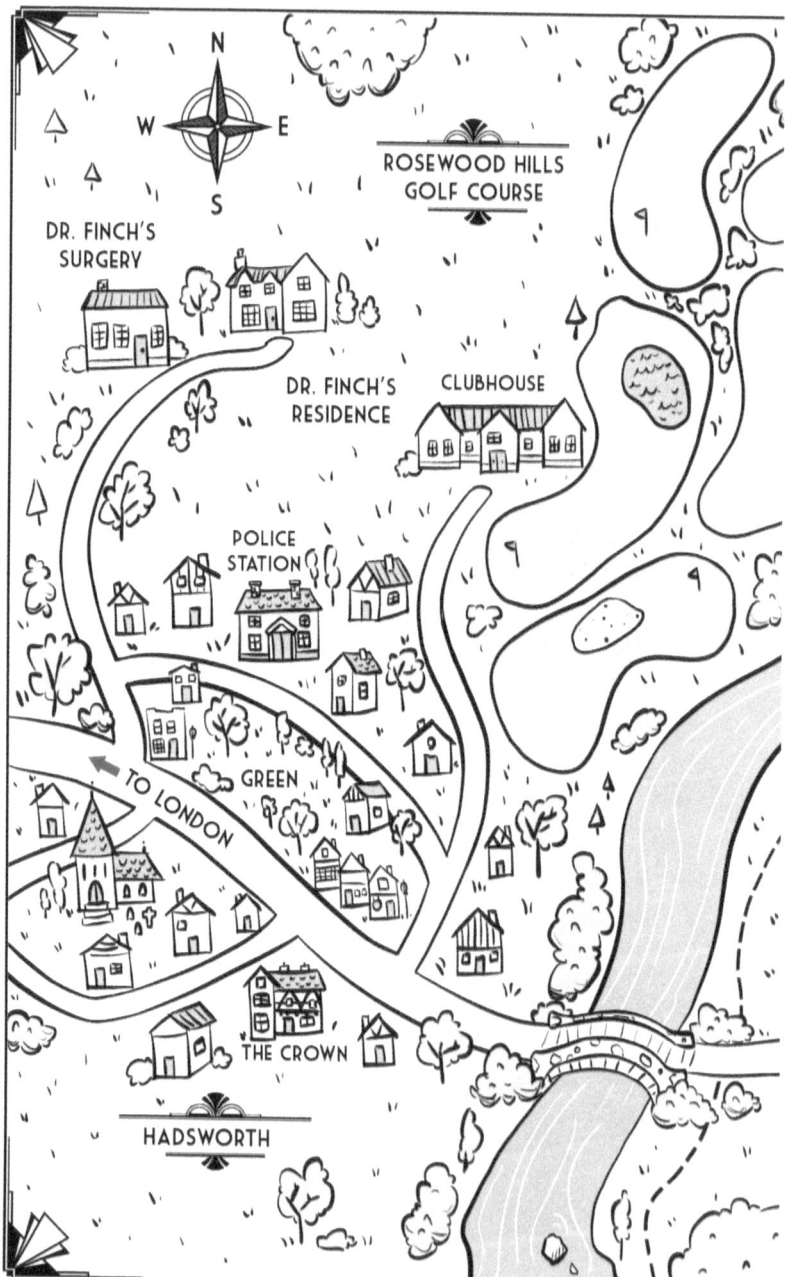

CAPITOLO UNO

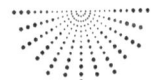

$\mathcal{M}$adame LaFoy indicò con un gesto la sedia di fronte a sé, nel piccolo ufficio sul retro del suo negozio di cappelli. "Si accomodi, signorina Belgrave."

Mi appollaiai sul bordo di una sedia rivestita con una stoffa color pesca pallido e piegai le mani in grembo mentre Madame LaFoy lanciava un'occhiata critica al mio cappello. Avevo fatto del mio meglio per rinfrescare la cloche con due piume e un nuovo nastro, ma le labbra di Madame presero una piega infelice. Non si preoccupò di reprimere un sospiro mentre spostava la sua attenzione sulla scrivania, dove si mise a cercare tra ordinativi, ritagli di stoffa, nastri e fiori. Estrasse una lettera da un mazzo di piume di pavone e ne scorse le pagine stropicciate. "Gwen Stone parla molto bene di lei." La sua attenzione passò dalla lettera al mio viso. "Una parente?"

Mi mossi sulla sedia. "Sì." Speravo che, data la differenza dei nostri cognomi, quel fatto sarebbe passato inosservato. Sembrava piuttosto squallido affidarsi ai legami familiari per fare la mia *entrée* nel mondo del lavoro, ma era estremamente difficile trovare un'occupazione. Avevo dovuto ingoiare il mio orgoglio e chiedere a mia cugina una lettera di referenze.

Madame LaFoy annuì. "Noto una certa somiglianza."

1

Sarebbe la prima volta, pensai, ma rimasi in silenzio. Mia cugina Gwen, alta ed elegante, aveva occhi scuri e capelli biondi. Io ero più bassa, con occhi blu scuro e capelli castani tagliati a caschetto. Per non parlare delle differenze caratteriali. A me piaceva essere sempre in movimento, mentre Gwen era tranquilla ed equilibrata.

"Qualcosa nella vostra struttura ossea," mormorò Madame LaFoy, poi aggiunse: "La signorina Gwen Stone ha un gusto eccellente, ed è una buona cliente." Lasciò cadere la lettera sulla scrivania. "Lei capisce, vero, che questo è un posto da indossatrice di cappelli?"

"Sì."

"E si sente in grado di... soddisfare i requisiti necessari, signorina Belgrave?"

Le figlie della nobiltà, anche di quella impoverita, non dovevano lavorare. Madame LaFoy forse sperava che assumermi avrebbe attirato qualche cliente dal mio ambiente. Purtroppo, anche molte delle mie amiche erano finite in situazioni simili alla mia, trovandosi tra i *nuovi poveri,* come ci chiamavano i giornali.

La proprietaria della modisteria riprese a parlare. "Molto probabilmente alcuni dei miei clienti saranno amici suoi o di sua cugina. Potrebbe essere imbarazzante."

"Non sarà un problema," dissi. "Sarò molto professionale."

Un'espressione corrucciata comparve sulla fronte della donna. "Ha qualche esperienza?"

Sorrisi. Quella domanda mi aveva sempre messa in crisi nei miei precedenti colloqui di lavoro. Per una volta potevo rispondere affermativamente. "Sì, ho sempre indossato cappelli."

Il cipiglio di lei si fece più profondo. "Ha qualche esperienza di lavoro in un *negozio*?"

Quindi Madame LaFoy non era il tipo di persona spensierata che rideva alle battute altrui. Distesi i miei lineamenti in un'espressione seria. "Beh, no, ma imparo in fretta."

La curva verso il basso delle labbra di Madame LaFoy si fece più pronunciata.

Io mi misi a sedere più dritta. "Posso iniziare quando vuole. Anche domani." Era venerdì pomeriggio e sapevo che la modisteria era aperta il sabato. Dubitavo che nel breve la signora avesse altri colloqui in programma. Se aveva davvero bisogno di qualcuno, avrebbe potuto puntare su di me vista la disponibilità a iniziare subito.

Madame LaFoy si alzò e la seta della sua gonna le strisciò rumorosamente intorno ai polpacci mentre si avvicinava alla porta dell'ufficio. "Le concederò una settimana di prova, a partire da domani mattina. Alle otto in punto. Non un minuto più tardi."

I miei tacchi affondarono nel tappeto mentre mi dirigevo verso la porta, passando in mezzo a divani color pesca e tavolini con rose fresche. Non riuscivo a credere di essere arrivata a quel punto, a fare di nuovo domanda di lavoro. Dopo ciò che era successo a Archly Manor, ero davvero sicura di essere sulla buona strada.

Avevo accettato un lavoro e l'avevo portato a termine con successo. Ero la prima ad ammettere che il percorso per giungere alla conclusione aveva preso alcune curve inaspettate – curve a gomito, a voler essere del tutto precise. Ma ce l'avevo fatta. Ed ero stata anche pagata. Ero tornata a Londra con abbastanza soldi per pagare l'affitto della squallida stanzetta in cui vivevo e persino per riparare la mia automobile – una graziosa Morris Cowley – e parcheggiarla in un garage ai margini di Belgravia, non lontano dalla mia pensione.

Ma i miei fondi si stavano riducendo rapidamente. La scelta era tra tornare a cercare lavoro o tornare a vivere a Tate House con mio padre e Sonia. Preferivo fare l'indossatrice di cappelli per tutte le matrone snob dell'alta società di Londra piuttosto che vivere sotto il controllo della mia nuova matrigna.

Uscii dal negozio nella persistente calura estiva e mi diressi attraverso Mayfair verso il Savoy, dove avevo appuntamento con Jasper Rimington per un tè. Mi aveva mandato un messaggio il giorno prima. Era tornato a Londra dopo un viaggio e voleva sapere come stava andando la mia nuova avventura. Jasper era un vecchio amico di famiglia. Eravamo rimasti per anni senza vederci, ma qualche mese addietro ci eravamo incontrati di nuovo per caso. Era successo prima dei fatti di Archly Manor, in un momento in cui la mia situazione finanziaria era piuttosto disastrosa. Jasper se n'era accorto subito e mi aveva proposto un tè, di cui avevo avuto disperatamente bisogno.

Il mio saldo bancario non era più così negativo come allora, ma non avevo intenzione di rifiutare un tè al Savoy. Non presi nemmeno in considerazione la stravaganza di chiamare un taxi. Andai a piedi.

Jasper era seduto su una poltrona dell'opulento atrio, con un'aria elegante e un po' annoiata. Scrutava la stanza con i suoi occhi grigi dalle palpebre pesanti, tenendo un libro in una mano. Quando mi notò, si infilò il libro sotto il braccio e venne verso di me, attirando l'attenzione di due donne che passavano nell'atrio. Jasper non se ne accorse. "Buongiorno, mia cara." Si tolse il cappello, scoprendo i capelli chiari. Era molto attento all'abbigliamento e si preoccupava di ogni cucitura, ma quell'attenzione alla moda non si estendeva ai suoi capelli biondi e ondulati.

"Ciao, Jasper. Hai rinunciato al tonico per capelli?"

"Era una battaglia persa. Mi sono arreso ai ricci."

"Sono sicura che le signore ne siano entusiaste." Avevo sentito più di una debuttante parlare dei capelli di Jasper.

Un accenno di ghigno gli sollevò agli angoli della bocca. "Non saprei dire. Grigsby, comunque, è mortificato. Sembra che lo infilzi personalmente con una sciabola ogni volta che esco dalle mie stanze."

"Il tuo maggiordomo ha opinioni piuttosto forti." Grigsby mi disapprovava e non si preoccupava di nasconderlo. "Non posso dire di essere d'accordo con lui." Inclinai la testa. "Ti si addice." Gli infilai la mano sotto il braccio. "È bello vederti."

"Ti è mancato questo vecchio trombone?"

"In realtà, sì. Sono felice di sapere che sei tornato in città. Dov'eri finito?"

Jasper agitò il bastone da passeggio mentre ci avviavamo verso il ristorante. "Qua e là. Troppo noioso per raccontarlo."

"Davvero? Avrei detto che Bebe Ravenna fosse piuttosto divertente." Qualche settimana prima, in metropolitana, avevo dato un'occhiata a un giornale da sopra la spalla di una signora e avevo visto una foto di Jasper con l'attrice bionda e flessuosa appoggiata al braccio.

Lui agitò una mano debolmente. "L'ho conosciuta a una festa dove ero stato invitato per fare numero, niente di più."

Non dubitavo della veridicità di quell'affermazione. Con tanti giovani persi nella Grande Guerra, si dovevano fare i salti mortali per equilibrare i tavoli e le piste da ballo. "Beh, la signorina Ravenna sembrava contenta di averti lì."

"È stata una compagnia piacevole," disse Jasper in modo distaccato. "Ma sono sicuro che le mie attività non siano state per nulla eccitanti quanto quelle che hai svolto tu."

"Difficile."

"Ora, non farmi arrabbiare," disse Jasper una volta che ci fummo seduti e il tè fu servito. "Durante il mio monotono soggiorno nel continente, ho trascorso molti noiosi viaggi in treno immaginandoti alle prese con le più grandiose avventure. Mi rifiuto di credere che tu stia vivendo una vita tranquilla. Non dirmi che non hai risolto almeno un altro omicidio!"

"Niente di così eccitante. Anzi, tutt'altro."

"Nessun incarico dopo l'annuncio sul giornale?"

"Poco o niente. Finora le richieste sono arrivate da signore anziane che avevano smarrito i loro animali domestici."

"Animali domestici?"

"Negli ultimi quindici giorni ho recuperato un carlino, un soriano e un chihuahua decisamente irascibile."

"I chihuahua non sono tutti irascibili?"

"La mia esperienza è limitata. Quello lo era di sicuro."

Jasper posò la tazza da tè. "Non è quello che ti aspettavi, vero?"

"Per niente. Ho deciso che devo porre un limite e rifiutare altri casi simili. Altrimenti diventerò nota come la detective degli animali. Sì, so che è divertente, ma non è affatto quello che speravo."

"Certo. Mi dispiace di aver riso, ma devi ammettere che c'è un certo umorismo."

"Sono sicura che tra qualche anno penserò che sia esilarante. Lo è a tal punto che sono diventata una lavoratrice dipendente."

Jasper fece una pausa, con la tazza da tè a metà strada verso la bocca. "Hai trovato un lavoro fisso?"

"Non dovresti sembrare così scioccato," dissi.

"Non è un'offesa nei tuoi confronti, mia cara. È solo che ci sono così pochi lavori da trovare."

"Me ne rendo conto. Sono fortunata ad averne trovato uno libero," dissi. "Devo fare una settimana di prova presso la modisteria di Madame LaFoy."

"Mayfair. Un buon indirizzo."

Jasper ovviamente conosce i migliori negozi di cappelli di Londra, pensai mentre assaporavo la mia pesca Melba.

"Quindi nient'altro in vista?" chiese Jasper.

Scossi la testa. "Ho dovuto dire alla signora Forsyth che non c'era alcuna speranza di rintracciare il suo pappagallo. È volato via dalla finestra del suo salotto la settimana scorsa."

Jasper si schiarì la gola. "Capisco, deve essere un caso impossibile."

"Abbastanza. E visto che questa è l'unica altra richiesta che ho avuto..."

"Quindi, il negozio di cappelli. Capisco." Jasper distolse per un attimo lo sguardo tamburellando le dita sul tavolo, poi estrasse un biglietto da visita dalla tasca del panciotto. "Se tu non fossi interessata a perseguire un futuro nella modisteria, dovresti prendere in considerazione l'idea di telefonare a Vernon." Pose il biglietto sul tavolo di fronte a me. "È in difficoltà."

Vernon Hightower, proprietario, era stampato sotto la scritta *Hightower Books.* Feci scorrere il dito sulle lettere in rilievo. "Accidenti. Hai davvero degli amici in alto loco." Le copie dei gialli pubblicati dalla Hightower Books erano esposte nelle librerie di tutta Londra. "È questa la fonte della narrativa raccapricciante che ti piace leggere?"

"In parte. A proposito di questo..." Jasper prese il libro che aveva con sé. Quando ci eravamo seduti, lo aveva appoggiato su una delle sedie vuote al nostro tavolo. "Avevo promesso che avrei condiviso con te la mia biblioteca di narrativa poliziesca. Questo non è della Hightower Books, ma credo che ti piacerà."

Lessi il titolo ad alta voce: *Avversario segreto.* La copertina è... interessante." Raffigurava un orso vestito in giacca e cravatta che si toglieva la maschera rappresentante il volto di un uomo. "Sei sicuro che si tratti di un giallo?"

Jasper rise. "Sì. Mistero, avventura e una storia d'amore."

Passai la mano sulla copertina. "Se solo fosse questa la mia vita, invece di quella della dipendente di un negozio di cappelli che lavora per sbarcare il lunario."

Jasper sollevò le sopracciglia inclinando la testa verso il biglietto da visita. "Allora chiama Vernon."

Appoggiai il libro a lato del mio posto a sedere. "Perché si trova in difficoltà?"

"Non è una storia che devo raccontare io. Hightower ne ha parlato al club, solo a grandi linee e in via strettamente confidenziale, ovviamente. È una questione delicata. Non è proprio nel mio campo, ma potrebbe interessarti. Non posso dire altro. Ho ventilato l'idea che forse te ne saresti occupata."

"Il suo signor Hightower sembra interessante, ma ho già un lavoro." Jasper non insistette sulla questione e passammo ad altri argomenti.

Il tè fu delizioso. Ci separammo alla porta del Savoy, lui per andare al suo club e io nella mia stanza dalla signora Gutler. Lungo la strada passai davanti a una cabina telefonica e i miei passi rallentarono. Avevo infilato il biglietto da visita e il libro nella borsetta quando avevo lasciato il Savoy.

Durante il tè con Jasper, avevo scartato l'idea di chiamare il signor Hightower, ma forse avrei dovuto contattarlo. Dopotutto, Madame LaFoy mi aveva concesso solo una settimana di prova. Se non fosse stata soddisfatta, la settimana seguente avrei dovuto cercare di nuovo un lavoro. Non c'era niente di male a fare una telefonata.

Feci inversione di rotta e tornai sui miei passi. Telefonai alla Hightower Books e fui messa in contatto con la segretaria di Vernon Hightower, che sembrava riluttante a farmi parlare con il suo capo finché non feci il nome di Jasper.

Pochi secondi dopo, una voce maschile e soave si inserì sulla linea. "È un'amica di Jasper Rimington, vero?" L'accento non era così preciso e raffinato come quello di una persona dell'alta società, ma non era nemmeno quello rozzo di un'appartenente alla classe operaia.

"Sì. Il signor Rimington non mi ha fornito alcun dettaglio. Mi ha solo detto che avrei dovuto contattarla per una questione delicata, come ha detto lui. Potrei esserle d'aiuto."

"Come si chiama?"

"Olive Belgrave."

La linea rimase in silenzio per qualche istante. "Si faccia trovare qui domani mattina alle otto."

Esitai. Volevo lavorare in un negozio di cappelli – con un'occupazione stabile e un misero stipendio, ma pur sempre uno stipendio – o volevo rischiare in qualcosa di diverso, di cui non sapevo assolutamente nulla?

"È ancora lì?"

"Sì, grazie." Strinsi la presa sull'auricolare. "Ci sarò."

Chiusi la telefonata e chiesi di essere messa in contatto con la Modisteria LaFoy. Rispose la signora in persona.

Deglutii, poi mi buttai. "Sono Olive Belgrave. Le circostanze

8

sono cambiate. Mi dispiace molto, ma temo di non poter essere presente domani mattina."

La voce di Madame LaFoy riuscì a trasmettere il gelo di una brezza invernale. "Capisco."

"Di nuovo, mi dispiace molto. Forse lunedì..."

"No, lunedì è fuori discussione. In futuro, sarò lieta di riceverla come cliente ma non come richiedente lavoro. Arrivederci, signorina Belgrave."

Con il cuore che batteva forte, riposizionai il ricevitore. Beh, ormai era fatta. O mi stavo imbarcando in una nuova avventura, o avevo un brillante futuro come detective canina.

CAPITOLO DUE

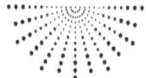

Alle nove e mezza di quella sera mi ritrovai nella calca di una casa a schiera di Mayfair, alla ricerca della mia vecchia compagna di scuola, Gigi, più formalmente conosciuta come Lady Gina Alton. Era il suo compleanno e la mia amica stava dando una piccola festa. Ero felice di parteciparvi, altrimenti, avrei passato l'intera serata a chiedermi se avessi fatto la cosa giusta cancellando l'appuntamento con Madame LaFoy.

Ero tornata dal Savoy e mi ero cambiata, togliendomi l'abito da giorno in favore di uno di quelli da sera smessi di mia cugina Gwen, un vestitino nero senza maniche e con scollo a V che cadeva in linea retta fino ai polpacci. Le linee semplici dell'abito mettevano in risalto le bellissime perline smerlate che si estendevano sulla stoffa in una splendente raggera argentata.

Ballai con Monty Park, uno dei presenti ad Archly Manor. Finora ero riuscita a evitare un altro degli ospiti di quella festa, un uomo che conoscevo come Tug. Aveva la tendenza a bere troppo e a diventare eccessivamente amichevole. In una sala si ballava, in un'altra si giocava a carte e in una terza c'era il buffet. Fissai i tavoli pieni di salmone, savoiardi, piccole torte glassate e pasta sfoglia.

Che peccato che la festa di Gigi fosse caduta lo stesso giorno del mio tè con Jasper al Savoy. Se la festa fosse stata in un altro giorno, avrei potuto concedermi un cibo delizioso in *due* occasioni diverse. Di solito, per economia, la sera cenavo con tre panini da un centesimo e un tè leggero. La vista di tutto quel cibo delizioso mi faceva desiderare di aver portato una borsa più grande. Il salmone era fuori discussione, ovviamente, ma i savoiardi erano una possibilità concreta. Se fossi riuscita a infilarne un po' nella borsetta, l'ora del tè, il giorno dopo, sarebbe stata decisamente lussuriosa.

"Olive! È una vita che non ti vedo."

"Ciao, Gigi. Buon compleanno."

"Grazie. Sono così felice che tu sia qui." I capelli neri come la mezzanotte di Gigi erano tagliati alla maschietta, dietro corti come quelli di un ragazzo e sui lati un po' più lunghi a sfiorarle appena la punta delle orecchie. Su un'altra persona, quell'acconciatura avrebbe potuto essere maschile, ma con le sue lunghe ciglia e i lineamenti delicati, Gigi trasudava femminilità. Una sigaretta ardeva all'estremità di un bocchino, fissato al bordo del cocktail che teneva in mano. Era ancora più bassa di me e si alzò in punta di piedi per osservare la stanza alle mie spalle. L'orlo sfrangiato del suo vestito ondeggiava a ogni movimento. "Gwen è venuta con te?"

"No, lei, Violet e mia zia sono andate in vacanza nel Sud della Francia."

"E non c'è da stupirsi dopo quello che è successo ad Archly Manor." Le sue labbra scarlatte si aprirono in un sorriso. "Scandaloso... ma anche così eccitante!"

"Sembra così, non è vero?" Era particolarmente vero nel caso degli articoli scritti subito dopo l'arresto del colpevole. Alcune storie si erano rivelate così lontane dalla verità che avevo concesso un'intervista a un'altra compagna di scuola, Essie Matthews, una giornalista che si occupava della cronaca mondana del *Ballyhoo* e che mi aspettavo di vedere quella sera. "Essie è qui?"

Gigi agitò pigramente una mano, rovesciando parte del suo

cocktail e lasciando una scia di fumo di sigaretta salire tra noi. "Da qualche parte."

Mi allontanai dal fumo. Avevo sempre avuto problemi di asma, molto più grave in gioventù. Crescendo, gli episodi si erano rarefatti, ma avevo scoperto che respirare direttamente il fumo di sigaretta poteva provocarne uno. Finora, i soffitti alti delle stanze della casa a schiera e le finestre aperte avevano mantenuto l'aria pulita.

Lo sguardo di Gigi, che si era posato sulla mia spalla, si acuì. "Oh, devo andare. C'è Daphne, e non la vedo da un'*eternità*."

Gigi si dileguò e io mi allontanai dal cibo, decidendo di saccheggiare il tavolo immediatamente prima di andarmene.

Incontrai Monty nel corridoio. "Ti va di ballare di nuovo?" mi chiese.

"Sì, sarebbe bello."

La casa non aveva una sala da ballo formale, ma i mobili erano stati rimossi da uno dei grandi salotti e il tappeto era stato arrotolato. I musicisti suonarono i primi accordi di un foxtrot e Monty allungò il braccio. "Sembra che tutti vogliano parlare con me solo di quello che è successo ad Archly Manor."

Mi avvicinai alle sue braccia. "Conosco la sensazione."

"Non avevo idea che mi avrebbe reso una tale celebrità." Ci fece spostare a sinistra, evitando con destrezza una coppia sconclusionata che si dirigeva verso di noi. "Sono settimane che non ceno a casa, ma trovo le domande noiose. All'inizio mi piaceva. Ma, dico io, c'è un numero limitato di volte in cui un uomo può spiegare *cosa si prova a conoscere un assassino*."

"Sono d'accordo con te, ma credo che la tua popolarità sia direttamente collegata alle madri che organizzano quegli incontri."

Monty rise. "Non è questo. Non sono nemmeno un secondogenito. Nato per terzo. Non ho la minima possibilità di mettere le mani sul gruzzolo di famiglia, per non parlare dei veri e propri capitali. No, non mi vogliono per le loro figlie. Hanno bisogno di me solo per fare numero."

Era un peccato che le giovani donne non fossero così richieste per le cene. Anche se avrei preferito evitare le domande, sarebbe stato bello fare una buona cena ogni tanto.

Monty si portò la mia mano al petto, mentre un'altra coppia roteava verso di noi. "Ora li rimando alla tua intervista. Ben fatta, tra l'altro."

"Grazie. Essie ha fatto un buon lavoro. Visto che è un argomento che ha stancato entrambi, parliamo d'altro. Quali sono i tuoi progetti per l'autunno?"

"Mi stai chiedendo se andrò a caccia?" Monty scosse la testa. "No, non è il mio genere. Però ho organizzato una piccola vacanza all'insegna del golf. Partirò tra qualche giorno per visitare alcuni dei campi migliori. Tu giochi?"

"No, non ho mai provato."

"Dovresti. È un gioco molto bello."

Quando il ballo finì, una coppia accanto a noi spinse Monty. Si girarono per scusarsi e la giovane donna fece uno strillo e strinse la mano sul braccio del mio compagno. "Monty! Non ti vedevo da quando sei venuto a cena. Dove ti eri nascosto? Dobbiamo proprio ballare." Guardò l'uomo con cui stava danzando. "Non ti dispiace, vero?"

Lui si fece da parte con un cortese inchino. Monty mi rivolse uno sguardo che immaginavo assomigliasse a quello che un uomo in procinto di annegare rivolgeva a una nave di passaggio. "Olive?"

"Oh, non voglio essere d'intralcio e ho bisogno di una boccata d'aria fresca. Divertitevi." Gli feci l'occhiolino mentre mi allontanavo. Forse il compito di fare numero alle cene aveva un lato negativo, dopotutto.

Mi feci largo tra la folla ai margini della pista da ballo. La sala stava diventando affollata e soffocante. Una coltre di fumo di sigaretta incombeva ormai su tutto il locale, e mi avvicinai alle finestre mentre il petto mi si stringeva. Quando ne avevo ormai una di fronte, un uomo che mi passava accanto si tolse la

sigaretta dalla bocca ed espirò una boccata di fumo direttamente sul mio viso.

Il peso che mi premeva sul petto aumentò. Scacciai il fumo e
mi diressi verso la portafinestra che dava sul giardino.
Lentamente. Respira lentamente e in modo regolare, mi ripetei
mentre uscivo dalla stanza a passo sostenuto. I movimenti
frenetici non facevano che peggiorare la situazione, anche se
avevo voglia di correre per andare all'aria aperta. Raggiunsi la
portafinestra e mi avvicinai al bordo dei gradini che scendevano
verso un giardino con un imponente castagno che oscurava le
stelle.

Mi appoggiai al fresco di uno dei pilastri di pietra che incorniciavano il patio e sostenevano il piano successivo della casa a
schiera. Mi concentrai a inspirare ed espirare lentamente. Dopo
qualche istante, il rumore e le luci della festa, che si erano affie-
voliti mentre mi concentravo interamente sul mio respiro, si
riaffacciarono alla coscienza. La fascia intorno al petto si allentò
e feci alcuni respiri profondi senza sforzo.

"Olive?"

Essie Matthews era in piedi al mio fianco. Le sue guance
sempre rubiconde erano ora di un rosso vivo. "Stai bene?"

"Sì, tutto a posto." Sapevo che ora sarei stata bene, ma non
dovevo tornare alla festa, altrimenti avrei potuto avere un altro
episodio.

Essie si fece aria al viso con la mano, scompigliandosi la
corta chioma castana. "È così fitto, lì dentro. Anch'io non ce la
facevo più." Frugò nella borsetta. "E devo assolutamente
fumare una sigaretta."

La tirò fuori assieme a un accendino. La fiamma danzò, lei
inspirò e poi espirò verso il giardino. Fece una smorfia ed
esaminò l'estremità della sigaretta. Anche se respirava lontano
da me, feci un passo indietro. Lei notò il mio movimento.
"Scusami. Ho dimenticato che ti danno fastidio." Essie mi aveva
visto lottare per prendere fiato alcune volte durante gli anni di
scuola, in particolare sulle piste da sci. "Ma non preoccuparti,"

continuò. "Queste sono sigarette per l'asma." Me la porse. "Ne vuoi una boccata?"

"No, grazie." Avevo sentito parlare di quelle particolari sigarette e una volta avevo chiesto informazioni al medico di Nether Woodsmoor. "Non vedo come possano essere utili," mi aveva risposto il dottor Miller. "Da quello che ho visto, il fumo irrita, non lenisce. Probabilmente fanno più male che bene." Poiché il dottor Miller soffriva di una forma di asma più grave della mia, avevo seguito il suo consiglio evitando sia le sigarette normali che quelle medicinali.

Essie aspirò una boccata con espressione accigliata. "Non sembra affatto una vera sigaretta." La agitò, la punta rossa che saltellava nell'oscurità. "Sei sicura? È una nuova marca che uscirà presto. Uno dei reporter al giornale ci ha scritto un articolo e me ne ha date alcune." Con la sigaretta infilata tra due dita, Essie aprì la borsetta e cercò con la mano libera. Tirò fuori un piccolo pacchetto e me lo mise in mano. "Ecco, puoi prendere quelle che rimangono. A me non fanno effetto."

Inclinai il pacchetto verso la luce della porta aperta. 'Respira Facilmente', recitava la riga più grande. 'Per alleviare i parossismi dell'asma. Una miscela unica di erbe. Efficace per il trattamento dell'asma e della febbre da fieno, nonché delle malattie della gola. Sconsigliato ai bambini sotto i sei anni.'

Le porsi la scatolina e sentii che le sigarette rimaste si muovevano all'interno. "Grazie, ma non le userò."

Mi spinse indietro la mano. "Tienile. Potresti cambiare idea."

Essie era una di quelle persone determinate che è difficile distogliere dalla linea d'azione scelta. La cosa più semplice sarebbe stata accettarle e buttarle via più tardi, quindi infilai le sigarette nella borsetta. Essie spense la sua sulla balaustra, poi scrutò la folla alla porta. "Devo trovare qualcuno che abbia una sigaretta vera."

Si allontanò di due passi, poi tornò indietro. "Se hai altre storie succose, fammelo sapere. Torno tra un attimo."

"Certo." La rubrica di cronaca mondana di Essie non era mai lontana dai suoi pensieri.

Si allontanò in fretta. "George, tu hai sempre delle sigarette. Potrei averne una?"

Lasciai la festa passando per il buffet, dove riuscii a infilarmi nella borsa alcuni savoiardi e due tortine.

Non si dovrebbe mangiare torta a colazione. Cercai di ignorare la leggera nausea mentre l'ascensore mi portava all'ultimo piano dell'edificio in cui si trovava la Hightower Books.

Avevo intenzione di conservare i dolci rubati per il tè, ma il loro richiamo era stato troppo forte. Avevo mangiato una delle tortine prima di andare all'appuntamento con il signor Hightower. Ora sapevo che avrei voluto esercitare un maggiore autocontrollo. Non ero abituata a una tale esplosione di calorie così presto al mattino e mi aveva inacidito lo stomaco.

Flettei le dita nei guanti, che mi sembravano troppo stretti. Non potevo essere nervosa. Avevo fatto avanti e indietro per la città, incontrando ogni sorta di persone nella mia ricerca di un lavoro. Se il signor Hightower mi avesse mandata via, non sarebbe stata una novità. Avrei dovuto tornare a fare domanda nei negozi di abbigliamento mentre cercavo animali domestici smarriti.

Pensavo di dover aspettare, il che mi avrebbe dato il tempo di domare le farfalle nello stomaco, ma venni subito accompagnata nell'ufficio del signor Hightower. Mi aspettavo che fosse simile a quello di un avvocato: una stanza spaziosa, una scrivania pesante con molto legno lucido e file di volumi rilegati in pelle. Ma quella stanza mi ricordava lo studio disordinato e pieno di libri di mio padre, dove spesso mi stendevo sul tappeto davanti al fuoco con un libro o un quaderno mentre lui modificava alcune parti dei suoi scritti.

L'ufficio del signor Hightower era piccolo, appena più grande della sua scrivania malconcia. Avevo però ragione sui libri. Erano ovunque, inclinati sugli scaffali, impilati sul tappeto agli angoli della stanza e in equilibrio sul bordo della scrivania. Tuttavia, non erano rilegati in pelle. File su file di opere di narrativa con il logo della Hightower Books, una torre di pietra, riempivano gli scaffali. I colori vivaci creavano un effetto arcobaleno e conferivano alla stanza un'atmosfera allegra. Il mio stomaco si calmò. Mi sentivo a casa in quella stanza piena di libri.

Il signor Hightower girò attorno alla scrivania per stringermi la mano. "Piacere di conoscerla," disse indicandomi una sedia. Era sui cinquant'anni, immaginai, con una scura linea orizzontale di sopracciglia folte e una stempiatura ai lati della fronte che sottolineava l'attaccatura dei capelli.

Mi accomodai e lui tornò al suo posto, facendo cigolare la sedia quando vi si sedette. Unì le mani su una pila di pagine dattiloscritte, al centro della scrivania. La carta si stropicciò sotto i suoi polsini. "Allora, signorina Belgrave, mi parli di lei."

"Vuole la versione breve o quella lunga?"

"Mi dia il racconto, non il romanzo, diciamo."

"Molto bene. Sono cresciuta a Nether Woodsmoor, un piccolo villaggio del Derbyshire dove mio padre era vicario prima di ereditare un patrimonio che gli ha permesso di andare in pensione e di lavorare a un personale commento alle Scritture. Ho frequentato una scuola privata e ho trascorso un anno in un istituto di perfezionamento in Svizzera. Mia madre, che era americana ed è morta qualche anno fa, aveva creato un fondo per la mia istruzione. Il suo desiderio era che tornassi alla sua *Alma Mater*, un'università negli Stati Uniti, e che mi laureassi lì come aveva fatto lei. L'anno scorso sono partita per l'America, ma sono stata richiamata a casa quando mio padre si è ammalato. Per fortuna si è ripreso, ma ho comunque deciso di restare."

Non era stata una mia scelta quella di rimanere in Inghilterra, ma non avevo intenzione di raccontare al signor Hightower dello shock nello scoprire che mio padre aveva sposato la sua infermiera o del fatto che aveva perso tutti i fondi per la mia istruzione quando li aveva investiti in quella che si era rivelata essere solo un'operazione di facciata. Mi resi conto di aver stretto le mani in grembo. Rilassai le dita e mi lisciai la gonna. "Ma questo non è di suo interesse. Immagino che l'incidente di Archly Manor sia il motivo per cui sono qui."

"Sì, è per quello che volevo parlarle. Il signor Rimington mi ha raccontato i fatti. Ha anche detto che lei è tenace come un terrier che insegue un topo."

"Ehm, sì, è vero, suppongo. Anche se non sono sicura che sia un paragone lusinghiero."

Lui ridacchiò. "E ha detto che lei ha senso dell'umorismo e la capacità di essere estremamente discreta."

"Beh, così va meglio."

Il signor Hightower mi fissò per un attimo, poi prese un paio di occhiali e se li agganciò alle orecchie. "Signorina Belgrave, forse non sembra, ma sono, almeno in parte, un giocatore d'azzardo. Sono sicuro di sembrarle l'immagine di un serio uomo di città, ma mi piace rischiare. Non con i cavalli o con le carte, intendiamoci. Negli affari. Per fare l'editore di libri bisogna amare il rischio. Io mi nutro di intuizioni. E la mia intuizione è che lei possa aiutarmi. Vorrei assumerla. È interessata?"

Un brivido di eccitazione mi percorse. Era molto meglio del lavoro da indossatrice di cappelli. "Sì, davvero molto."

"Bene. Sto per condividere con lei alcune informazioni. Se dovessero uscire dalle mura di questo ufficio, causerebbero un notevole disagio alla Hightower Books. È una situazione delicata. Ho la sua solenne promessa che terrà queste informazioni per sé?"

"Sì. Non ne parlerò con nessun altro."

"Eccellente." Il signor Hightower fece un abbozzo di sorriso.

"Poiché è la figlia di un vicario, so che posso fidarmi della sua parola." Tirò fuori una cartella da sotto le pile di pagine dattiloscritte e ne estrasse una fotografia. "Questo è Ronnie Mayhew. I nostri lettori lo conoscono come R. W. May, uno dei nostri autori più popolari. È scomparso e vorrei che lei lo trovasse."

CAPITOLO TRE

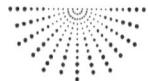

E saminai la fotografia che il signor Hightower mi passò sulla scrivania. Era il ritratto di un uomo con una chioma riccia e la barba folta. Con quell'abbondanza di capelli e peluria, assomigliava alle illustrazioni di Mosè nei libri di religione di mio padre.

R. W. May posava rigidamente su una sedia, con un braccio appoggiato a una pila di libri sul tavolo accanto, il mento barbuto nella mano. L'immagine era scura e dava l'impressione di un dagherrotipo del secolo scorso. "Se il signor Mayhew – o devo chiamarlo signor May…?"

"Il signor Mayhew è la persona che lei cercherà, quindi usiamo il suo vero nome. È così che penso a lui."

Il mio entusiasmo si spense. Non ero la persona giusta per il signor Hightower. Non aveva bisogno di un'indagine discreta. Aveva bisogno di qualcuno di più ufficiale di me. "Se il signor Mayhew è scomparso, è una questione che riguarda la polizia, non me." Restituii la fotografia.

"È qui che entra in gioco la delicatezza. Mi ascolti, poi potrà rifiutare, se vuole."

Sentii risvegliarsi un fremito di interesse. "Mi sembra ragionevole."

Il signor Hightower rimise la foto nella cartella poi prese una pila di quattro di libri, con copertina rigida, che si trovavano accanto alle sue carte. Girò intorno alla scrivania e me li porse mentre si sedeva sulla sedia per gli ospiti accanto alla mia. "Dia un'occhiata a questi."

La copertina del primo libro raffigurava una giovane bruna con le labbra rosse in un luminoso abito senza maniche. Un filo di perle ondeggiava di lato mentre lei sollevava in alto una candela e scrutava dietro l'angolo di un tunnel buio. "Oh, questo lo riconosco. *Il mistero di Newberry Close*. La serie che ha per protagonista Lady Eileen. L'ha letto mia zia e le è piaciuto molto." Il successivo della pila era *Intrigo sullo Scotch Express* e in copertina presentava un treno che sfrecciava nella campagna. Il terzo si intitolava *Omicidio al Castello di Colfax*, e sfoggiava una copertina più astratta. Una mano femminile si librava su una pistola su uno sfondo rosso vivo. "Devo ammettere che non sono un'intenditrice di narrativa poliziesca. Il signor Rimington mi ha detto che è un'evasione meravigliosa."

"Gliela consiglio vivamente," disse il signor Hightower. "Ma è naturale che io lo faccia." Fece un gesto verso gli scaffali del suo ufficio.

Mi rigirai i libri tra le mani, sfogliando la quarta di copertina e le alette anteriori e posteriori. Molti libri riportavano le fotografie degli autori sulla quarta di copertina, ma questi avevano solo il testo, senza immagini. "Non avete messo la foto del signor Mayhew sui volumi."

"No, una decisione di marketing." Il signor Hightower allungò la mano verso la cartella sulla scrivania. Tirò fuori la fotografia, la esaminò per un attimo, poi la batté sul bracciolo della sedia. "Quando abbiamo assunto il signor Mayhew come autore, tutti gli accordi sono stati presi per posta. Nemmeno io l'ho incontrato di persona. Una volta firmati i contratti e preparato il manoscritto per la stampa, abbiamo chiesto una fotografia." Il signor Hightower sollevò l'immagine. "Mayhew ha mandato questa. L'ufficio pubblicità è inorridito."

"Perché? Mi sembra abbia un aspetto rispettabile."

"E questo è il problema. Dato che lei non ha letto nessuno dei suoi libri non può saperlo, ma parlano di Lady Eileen e del suo gruppo di Bright Young People che fanno cose eccitanti e interessanti, come essere coinvolti in omicidi e misteri."

"Sì, lo avevo immaginato, viste le copertine. Quindi l'immagine dell'autore non corrisponde al tono dei libri?"

Il signor Hightower mi indicò la fotografia. "Esattamente. Avevo un presentimento su di lei, signorina Belgrave, e questo dimostra che avevo ragione. Pensavamo di aver comprato un libro scritto da uno dei Bright Young People. Invece ne abbiamo acquisito uno scritto da un uomo di mezza età che sapeva scrivere con la *voce* di un giovane dell'alta società. Abbiamo detto al signor Mayhew che sulla copertina dei suoi libri non c'era abbastanza spazio per la fotografia. Dopo il primo volume non se ne è più parlato e noi non abbiamo più tirato fuori l'argomento. Lei si starà chiedendo perché le sto parlando della sua fotografia, immagino…"

"No, lei racconta una storia affascinante. Mi incuriosisce e sono sicura che il seguito sarà interessante."

"Sì, quello era solo l'atto iniziale. Ora arriviamo al punto di svolta. Il signor Mayhew non ha rispettato l'ultima scadenza. Il manoscritto del suo prossimo libro, *Omicidio alla nona buca*, non è arrivato."

"Pensavo che gli autori fossero sempre in ritardo con i loro manoscritti."

"Oh, sì, lo sono. Un problema costante." Il signor Hightower si aggiustò la cravatta. "A parte il signor Mayhew. Non ha mai mancato una scadenza. *Mai*. Anzi, i suoi manoscritti sono sempre arrivati in anticipo. La data prestabilita era due settimane fa. Ho ricevuto una sua lettera all'inizio della settimana scorsa. Si è scusato per il ritardo e mi ha detto che avrei avuto il manoscritto entro il venerdì successivo. Non è ancora arrivato nulla." Il signor Hightower tamburellò con le dita sulla cartella.

Dopo qualche secondo di silenzio, chiesi: "E non lo ha

contattato?" Era una domanda ovvia, ma il flusso di parole del signor Hightower sembrava essersi esaurito.

"Questo è il problema. Non ho modo di mettermi in contatto con lui."

"Sono certa che abbia un indirizzo postale, no?"

"Tutta la sua corrispondenza è gestita dal suo avvocato. L'ho contattato. Purtroppo l'avvocato ha fatto una brutta caduta. Ha preso una botta in testa ed è rimasto incosciente per qualche giorno. Ora si è ripreso, ma non è più quello di prima. È ancora confuso e smemorato. In breve, non è in grado di gestire il suo ufficio o di rispondere alle domande. Si sta riprendendo, ma per ora deve stare a casa a riposo completo. Il medico gli ha proibito di tornare in ufficio. Ho contattato la sua segretaria, che ha controllato i documenti, ma non ha trovato alcun riferimento al signor Mayhew."

"Ma lei non ha avuto uno scambio di corrispondenza dall'avvocato riguardo al signor Mayhew?"

Il signor Hightower si schiarì la gola. "Non su questioni legali. Il signor Mayhew ha firmato un contratto per cinque libri e si è avvalso di un altro legale per gestire le trattative. Poco dopo la firma, ho ricevuto una lettera dal signor Mayhew in cui si chiedeva che tutta la corrispondenza fosse inviata al suo nuovo avvocato di Hadsworth, ma da allora non è emerso nulla di natura legale. Il legale ci invia i manoscritti e inoltra la nostra corrispondenza al signor Mayhew."

"Quindi è essenzialmente un ufficio postale."

"Esatto."

"Sembra strano."

"Il che descrive esattamente il signor Mayhew. È un tipo strano. Fin dall'inizio, il signor Mayhew ha insistito su questo modo di fare affari. Ho cercato di attirarlo a Londra, mi sono offerto di portarlo a cena e a uno spettacolo, di presentarlo in ufficio, ma lui ha sempre rifiutato. È estremamente riservato. In effetti", continuò il signor Hightower sporgendosi in avanti, "non sarei sorpreso di scoprire che il signor Mayhew aveva una sorta di accordo con l'avvocato per gestire le sue questioni fuori dall'ufficio. Credo che sia questo il motivo per cui la segretaria non riesce a trovare alcuna traccia del signor Mayhew come cliente."

"Quindi non ha altro modo di contattare il suo autore se non per posta attraverso l'avvocato?"

"Sì, ma ho un'idea di dove possa trovarsi il signor Mayhew," disse Hightower. "Io e lui abbiamo avuto un piccolo scambio di corrispondenza personale tramite l'avvocato. Auguri di Natale, cose del genere. Un anno il signor Mayhew ha parlato di una nevicata insolitamente abbondante. Una tempesta aveva inaspettatamente scaricato diversi centimetri di neve nel Kent, quel Natale, e ricordo di aver pensato in quel momento che il signor Mayhew doveva vivere lì. L'ufficio dell'avvocato è a Hadsworth, un piccolo villaggio del Kent. Non riesco a immaginarmi il nostro autore che percorre una lunga distanza per ingaggiare un avvocato al solo scopo di gestire il trasferimento del suo manoscritto e ricevere i nostri assegni. Ora, io stesso andrei nel Kent a dare un'occhiata a Hadsworth, ma temo che creerei scompiglio, se lo facessi."

Lanciò uno sguardo verso la porta chiusa del suo ufficio. "Quello che non le ho detto del signor Mayhew è che... beh, i suoi libri sono diventati la spina dorsale delle nostre vendite, negli ultimi tre anni. Il successo di *Mistero a Newberry Close* è stato... fenomenale. Non abbiamo mai visto nulla di simile. Una tiratura dopo l'altra. Ancora oggi, vende a un ritmo costante, costante e *vivace*. Gli altri libri di R. W. May sono andati altrettanto bene. La nostra azienda dipende decisamente da questo autore, per il successo futuro."

"Quindi teme che se si viene a sapere che il suo manoscritto è in ritardo o che... forse non arriverà..."

"Esatto. Non voglio preoccupare nessuno qui, ma devo fare qualcosa."

Il signor Hightower poteva essere il proprietario della casa editrice, ma era anche un eccellente narratore. Aveva catturato il mio interesse e non vedevo l'ora di addentrarmi in quel mistero, ma in tutta coscienza non potevo occuparmene, per quanto la situazione fosse intrigante. Mi tolsi le parole di bocca. "Continuo a pensare che sia una questione di polizia."

"Sarà il prossimo passo, se una sortita ad Hadsworth non dovesse funzionare," disse rapidamente. "Voglio che lei... che lei si faccia un'idea del territorio, si potrebbe dire. Non posso farlo da solo: se si spargesse la voce, l'ufficio e i nostri investitori si metterebbero in allarme. Se assumessi un investigatore privato, sono sicuro che darebbe nell'occhio. Hadsworth è un piccolo villaggio e un estraneo che alloggia nella locanda del paese e che fa domande su un uomo di nome Mayhew verrebbe sicuramente notato. Ma non è questa la mia proposta."

Appoggiò la cartella sulla scrivania e prese una lettera scritta su una spessa carta intestata color crema. "Lady Holt di Blackburn Hall, che si trova vicino al villaggio di Hadsworth, mi assilla da tempo perché pubblichi una guida sul galateo. Scrive una rubrica per *il The Express* sulla forchetta giusta da usare e su come indirizzare gli inviti. Pensa che la sua guida sarebbe un best seller."

Il tono del signor Hightower indicava che pensava che quel tipo di libro sarebbe rimasto sugli scaffali piuttosto che volarne via. Gettò la lettera sulla scrivania e si accomodò sulla sedia, con lo sguardo fisso su di me con un'aria decisamente speculativa. "Se una giovane donna della sua classe e del suo status volesse visitare Blackburn Hall per conto mio per esaminare il manoscritto di Lady Holt, potrebbe farlo con il minimo sforzo. Posso farla alloggiare a Blackburn Hall per qualche giorno, durante i quali lei potrà fare delle indagini discrete e scoprire se Mayhew vive a Hadsworth e che fine ha fatto il suo manoscritto. Se l'originale è andato perduto nell'ufficio del suo avvocato... beh, Mayhew sembra essere un tipo prudente. Immagino che ne abbia tenuta una copia personale."

"Quindi vuole che scopra se il signor Mayhew vive a

Hadsworth. Se risiede lì, allora desidera che scopra che fine ha fatto il manoscritto."

"Esatto."

Le ipotesi del signor Hightower su Hadsworth sembravano sensate, ma se non fosse stato così? "E se non riuscissi a trovare alcuna traccia del signor Mayhew?"

"Allora avrebbe fatto una vacanza ben pagata in campagna."

"E se l'autore fosse stato domiciliato ad Hadsworth, ma al mio arrivo non ci fosse più?"

"Le piace prendere in considerazione tutte le possibilità, vero?" mi chiese.

"Devo sapere esattamente cosa si aspetta da me."

"È giusto. D'accordo, se il signor Mayhew avesse soggiornato lì ma avesse fatto le valigie, cerchi di scoprire dov'è andato. Potrebbe essere stato costretto a partire inaspettatamente – è quello che spero io, in ogni caso. Se non riesce a rintracciarlo in alcun modo, contatterò la polizia." Si passò una mano sulla fronte. "E poi si scatenerà l'inferno qui alla Hightower Books."

Un breve colpo, la porta si aprì e si affacciò un uomo, con una ciocca di capelli scuri che gli ricadeva sulla fronte. "Vernon, devo parlarti di... Oh, scusa, non mi ero accorto che fossi in riunione."

Il signor Hightower si alzò e prese dalla scrivania una pila di pagine dattiloscritte. "Immagino che tu stia cercando il manoscritto di Brittenham." Attraversò la stanza e lo porse all'uomo. "Avrà bisogno di molto lavoro."

"Lo temevo." L'uomo più giovane guardò me e poi di nuovo Hightower, chiaramente in attesa che ci presentasse. Afferrai i braccioli della sedia per alzarmi, ma prima che potessi muovermi, il signor Hightower spinse il manoscritto nelle mani del giovane. "Ne parleremo tra un minuto." Chiuse la porta, costringendo l'altro a indietreggiare.

Il signor Hightower tornò a sedersi accanto a me. "Il mio direttore esecutivo, Busby. Leland Busby. Non sa nulla del manoscritto del signor Mayhew. L'ho messo in attesa, dicendogli che lo scritto era in arrivo." Il signor Hightower si sporse in avanti sul sedile, con le mani sulle ginocchia. "La pagherò quaranta sterline per andare a Blackburn Hall e indagare con discrezione. Venti subito e venti dopo aver completato la visita. Dovrà riferire direttamente a me. A nessun altro in ufficio."

Mia madre mi aveva insegnato che una signora non rimane mai a bocca aperta, e io riuscii a trattenermi, ma per un pelo. Quaranta sterline erano una cifra estremamente generosa. E si sommavano a un viaggio in visita a una casa di campagna. Non mi serviva nemmeno un momento per pensarci su. "Accetto l'incarico." Mi alzai, ci stringemmo la mano e poi gli porsi la pila di libri di R.W. May.

Il signor Hightower mi fece cenno di riprenderli. "Li tenga. Ne abbiamo qualche copia da parte. Una lettura leggera per lei. Forse si imbatterà in qualcosa che possa aiutarla a ritrovare il nostro autore scomparso."

CAPITOLO QUATTRO

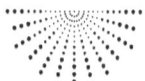

arei partita per Blackburn Hall solo due giorni dopo,
per dare al signor Hightower il tempo di concludere
gli accordi con Lady Holt. Ciò mi concedeva qualche ora in più
per fare i bagagli e leggere il primo libro di R.W. May. Il giorno
prima di partire lo portai con me al parco con l'intenzione di
leggerne qualche capitolo. La mia piccola borsa era pronta e
avevo informato la padrona di casa, la signora Gutler, che avrei
lasciato la città per qualche giorno per visitare Blackburn Hall.
Non avevo altro da fare per il resto della giornata, così presi il
primo libro della serie, *Il mistero di Newberry Close*, e mi diressi ai
Giardini di Kensington. Nel parco faceva molto più fresco che
nella mia stanza soffocante.

Mi sistemai su una panchina all'ombra e aprii il libro. Tra la
copertina e la pagina finale trovai un pezzo di carta piegato in
tre. La lettera dattiloscritta risaliva a tre anni prima ed era indirizzata al signor Hightower. Conteneva un elenco di potenziali
titoli e la firma in calce era di *R. W. Mayhew*. Fu interessante
vedere che l'autore aveva proposto come titolo *Morte in treno*,
ma qualcuno – Hightower o un assistente, presumibilmente –
aveva barrato le parole e scritto *Intrigo sullo Scotch Express,* che
era un titolo migliore.

Dato che l'elenco conteneva solo tre titoli e che quei libri erano già stati pubblicati, non pensai di dover rispedire in fretta quella lettera al signor Hightower, quindi la ripiegai e la reinserii nel libro. Passai al primo capitolo e iniziai a leggere. L'ingegnoso giallo vedeva protagonisti l'intrepida Lady Eileen e il suo fedele e innamorato chauffeur. Mi immersi così tanto nella storia da non muovermi per diverse ore. Tornando a casa acquistai come al solito qualche panino e appena rientrata mi rimisi a leggere, finendo il romanzo a letto la sera stessa.

Il libro mi era piaciuto così tanto che il giorno della partenza lo impilai con gli altri libri di R. W. May e lo riposi nella Morris Cowley insieme alla valigia da portare con me a Blackburn Hall. Case di campagna come quella potevano essere deliziosamente divertenti o terribilmente noiose. Se Blackburn Hall si fosse rivelata la seconda, almeno avrei avuto qualcosa per passare il tempo.

Era una splendida giornata di fine estate quando lasciai Londra. Aveva piovuto molto durante la notte, ma la mattina era limpida e la campagna scintillava di un verde vivace, un'ultima esplosione di colori lussureggianti prima dei toni più cupi dell'autunno. Il villaggio di Hadsworth si trovava nella dolce campagna del Kent, dove colline fittamente boscose erano intervallate da macchie di campi color smeraldo.

Ridussi la velocità quando mi avvicinai al villaggio. Lungo la strada si susseguivano case, negozi, una chiesa e un pub dalle pareti a graticcio e dall'aspetto fiorente, il Crown. Un paio di stradine più piccole attraversavano l'High Street, ma si esaurivano non lontano dalla strada principale. Raggiunta la fine di Hadsworth, rallentai ancora di più quando un gruppo di uomini con i pantaloni alla zuava e sacche da golf sulle spalle attraversò la strada. Quello in testa si toccò il cappello piatto. Agitai le dita sul volante, poi lasciai ripartire il motore mentre loro giravano verso un grande cartello con la scritta *Campo da golf Rosewood Hills*.

Seguendo le istruzioni del signor Hightower, lasciai il villaggio, attraversai un piccolo ponte di pietra e cercai i cancelli che segnavano l'ingresso a Blackburn Hall. Li individuai, svoltai e attraversai un fitto boschetto di castagni.

Il viottolo usciva dagli alberi e Blackburn Hall, una villa del XVII secolo ben proporzionata e in mattoni rossi, si trovava in una radura della collina ondulata. Un fiume delimitava il lato sinistro della casa e, oltre la curva scintillante dell'acqua, gli ampi fairway del campo da golf si intravedevano tra gli alberi. Davanti alla casa si estendevano giardini in stile formale, i cui contorni rettangolari riprendevano la forma squadrata della casa.

Blackburn Hall non era stata costruita come le grandi tenute di Parkview Hall e Archly Manor. Acri e acri di parco circondavano quelle case. Blackburn Hall – sia l'edificio che il parco – era di dimensioni più modeste, con la casa più vicina alla strada principale, ma era una proprietà incantevole con i suoi giardini formali e la striscia di fiume che la costeggiava.

La strada si biforcava davanti a me. Un ramo si dirigeva verso la porta d'ingresso e l'altro scompariva dietro il lato della casa. Esitai, con il piede sul freno. Qual era la posizione dell'emissaria di un editore? Ero un'ospite, che andava alla porta principale, o ero assimilabile a uno dei lavoratori, che entrava dal retro?

Sotto un arco di vetro decorato, la porta d'ingresso si aprì e ne uscì una donna alta. Era in piedi davanti alla porta, con le mani strette in vita. Dal taglio dell'abito si capiva che era una signora. Ma anche se non fossi stata in grado di distinguere il suo status dall'abbigliamento, la sua colonna vertebrale dritta me lo avrebbe fatto capire subito. Aveva la miglior postura che avessi mai visto da quando avevo finito la scuola.

Doveva essere Lady Holt. Un brivido di nervosismo mi attraversò. Stavo per ingannare quella donna. Dubitavo che il signor Hightower avesse davvero interesse a pubblicare il suo libro. Il mio 'controllo' era uno stratagemma per farmi entrare dalla porta, un fatto su cui non mi ero soffermata, fino a quel momento.

Tirai un respiro, preparai il mio miglior sorriso e lasciai che l'automobile avanzasse lungo la diramazione del viottolo che mi portava allo spiazzo di fronte alla porta d'ingresso. Spensi il motore e sentii il basso ronzio del fiume in lontananza. Lady Holt fece un passo sulla ghiaia, con la mano tesa. "Signorina Belgrave, è un piacere conoscerla. Sono Lady Holt. Benvenuta a Blackburn Hall."

Lo stile attuale dell'abito tubolare dalle linee dritte che indossava le si addiceva, e dimostrava di essere sulla quarantina. I suoi capelli biondi erano sfiorati dal grigio su entrambi i lati del viso stretto. In effetti, tutto in lei era lungo e dritto, mi resi conto mentre le stringevo la mano. Le sue dita sottili erano fredde, ma la presa forte. "Grazie per l'ospitalità," le dissi. "È un piacere essere qui."

Agitò un lungo braccio mentre si voltava verso la porta. "Venga, sono certa che sarà affaticata dal viaggio."

"No, affatto. È stato un tragitto breve da Londra," dissi mentre attraversavamo il pavimento in parquet dell'ingresso, aperto sul piano superiore. L'imponente sala era rivestita di pannelli di quercia scura e una scala sempre di quercia con pesanti intagli ornamentali sulle ringhiere e sui montanti saliva lungo il lato destro.

"Eccellente. Allora vogliamo andare in salotto? Possiamo prendere un tè e poi potrà vedere la guida al galateo."

"Oh... suppongo che vada bene." Non ero sicura che dare subito un'occhiata al manoscritto fosse una buona idea. Speravo di ritardare un po' l'esame per avere il tempo di fare delle indagini sul signor Mayhew, ma non potevo rifiutare. Forse avrei dovuto dire che ero stanca e ritirarmi nella mia stanza per qualche ora, ma non sarebbe servito a nulla. Non potevo chiedere di qualcuno mentre ero intenta a riposare.

Una ruga apparve sulla fronte di Lady Holt. "A meno che..."

"No, va bene così. Mi piacerebbe vederlo il prima possibile."

Consegnai i guanti, la borsetta e il cappello a un maggiordomo che era comparso con discrezione e seguii Lady Holt in un salotto arredato in verde chiaro e oro, che sembrava leggero e arioso dopo il pesante ingresso in quercia. Una serie di portefinestre all'estremità della stanza erano aperte e il profumo delle rose e dell'erba appena tagliata entrava con una leggera brezza.

"Entri, signorina Belgrave, le presento mia sorella, Serena Shires."

Una donna che sembrava avere circa sei o sette anni in meno di Lady Holt attraversò la stanza e fece un cenno di saluto. "Le stringerei la mano, ma la mia è macchiata. Se avessi saputo che avevamo ospiti, avrei messo in ordine." La sua figura era più formosa di quella della sorella, e non c'era grigio nei suoi indisciplinati riccioli castani, che erano corti e scuri e le incorniciavano il viso. A differenza del vestito alla moda di Lady Holt, Serena indossava un camice di cotone sopra un abito semplice. Il camice era imbrattato da macchie scure che sembravano sporcizia.

"Te l'ho detto stamattina." Le parole taglienti di Lady Holt non sembrarono colpire Serena.

"Me ne sono dimenticata," disse l'altra con leggerezza e si girò verso di me. "Mi dispiace molto. Tendo a perdermi nel mio lavoro." Serena e io ci scambiammo un saluto, senza una stretta di mano.

Un cipiglio increspò il lungo viso di Lady Holt. "E non ti sei nemmeno tolta gli abiti da lavoro, Serena." Guardò la scrivania al lato della stanza. "Spero che tu non abbia rovinato il mio manoscritto."

"So che è meglio non avvicinarmi al tuo manoscritto. Ho fatto un salto per cercare l'appunto che ho fatto ieri sera dopo cena." Poi si rivolse a me. "Trovo che le idee mi vengano sempre nei momenti più inopportuni. Se non le scrivo, vanno perse. L'ho annotato su un pezzo di carta. Forse l'ho portato di sopra, dopo tutto."

"Non l'ho visto," disse Lady Holt. "Avresti dovuto scriverlo direttamente su un quaderno."

"Hai ragione come sempre, Maria." Serena mi guardò di traverso. "Mia sorella non sbaglia mai. La vita fila via molto più liscia quando si è d'accordo con lei."

"Serena! Cosa penserà la nostra ospite? Devo scusarmi, signorina Belgrave. Mia sorella è incontenibile."

Un piccolo sorriso aveva stuzzicato gli angoli della bocca di Serena, che ora sorrideva pienamente. "Maria è arrabbiata perché non seguo le sue regole di galateo – anche se non conosco nessuno che le segua alla lettera. E non riesco a immaginare che qualcuno abbia bisogno di un libro di galateo al giorno d'oggi."

La bocca di Lady Holt si appiattì in una lunga linea retta mentre stringeva le labbra. Mi ricordava una persona che conoscevo, ma non riuscivo a capire chi. Lady Holt inspirò dal naso. "Sai quante lettere ricevo. La gente mi scrive in continuazione per avere chiarimenti sulle sottigliezze di un comportamento appropriato." Lady Holt indicò una grande pila di buste accanto a un manoscritto su una scrivania. "Queste sono arrivate solo negli ultimi giorni." Spostò l'attenzione dalla sorella a me. "Sono lieta che il signor Hightower abbia finalmente capito la necessità di una guida al galateo moderno. È gratificante che la Hightower Books pubblichi la mia guida. I tempi cambiano, ma certe cose", e Lady Holt lanciò un'occhiata a Serena, "come le buone maniere non passano mai di moda. Sono certa che lei è d'accordo con me, signorina Belgrave."

Non avevo una gran bella opinione sulla necessità di una guida al galateo moderno, ma non avevo intenzione di confessarlo. Ero lì in veste di assistente di un editore e avevo un ruolo da svolgere. "Sì, il signor Hightower è interessato a questa possibilità." Sottolineai l'ultima parola perché Lady Holt sembrava pensare che il signor Hightower avesse già deciso di pubblicare la sua guida.

Il mio velato accento su quella parola le sfuggì. "Bene, allora prendiamo un tè. Dopo, potrò mostrarle il manoscritto e Serena potrà tornare ai suoi divertimenti." Lady Holt si sedette, con la spina dorsale dritta che non toccava lo schienale della sedia, e cominciò a versare il tè.

Serena disse: "Al mio lavoro, vuoi dire."

"A cosa sta lavorando, signorina Shires?" chiesi.

"Serena, per favore." Lanciò un'occhiata alla sorella. "Le formalità tendono a complicare le cose in modo assurdo. Il mio motto è *rendere tutto il più semplice possibile.*" Si sistemò su una sedia con la sua tazza da tè. "Faccio ricerche sui tassi di decomposizione."

Non mi aspettavo proprio una risposta del genere. "Interessante."

"In questo momento sto lavorando con il tessuto. Di recente ho completato uno studio su cotone, tricot, flanella, lino, lana e seta. Ora sono passata a nuovi materiali: velluto, tweed, tela, chintz, pelle e feltro per testarne i tassi di decomposizione."

"E come si fa?"

"Seppellisco i campioni di tessuto e ne osservo i cambiamenti. Ho una teca a temperatura e umidità controllata. Devi venire nel mio laboratorio a vederla. Ho presentato un articolo sulla prima serie di test..."

"Davvero, Serena," disse Lady Holt. "Sono certa che la signorina Belgrave sia solo educata. La tua ricerca non è un argomento appropriato per una conversazione di carattere generale."

"La decomposizione fa parte della vita."

Lady Holt rabbrividì. "Serena, per favore."

Era un peccato che il signor Hightower mi avesse mandata a leggere il libro di galateo di Lady Holt. Sua sorella sembrava un personaggio molto più interessante. Forse gli studi di Serena potevano essere un argomento intrigante per un libro.

Mi riscossi. Non ero *veramente* l'assistente di un editore. Era tutta una facciata. Dovevo frenare l'entusiasmo per il mio lavoro immaginario.

Serena prese un sandwich. "Se devo parlare del mio lavoro, Maria preferirebbe che parlassi dei miei altri interessi."

Mescolai il mio tè. "Stai lavorando a qualcos'altro?"

"Bisognerebbe chiedersi su cosa non stia lavorando," rispose Lady Holt.

Serena sventolò il sandwich in aria. "Mi diletto in ogni genere di cose." Si mise seduta comodamente, con un sorriso genuino sul volto. "Tutto mi interessa. Stamattina stavo lavorando con un nuovo tipo di penna." Mise il sandwich sul piattino e mosse le dita macchiate. "Una che non deve essere ricaricata. È la punta che mi dà dei problemi. Ho provato con un po' di spugna, ma era poco maneggevole." Lo sguardo si spostò verso il soffitto. "Forse un tessuto funzionerebbe meglio. Non di cotone, però..." Riportò lo sguardo sul mio viso. "Deve essere assorbente ma in grado di controllare il flusso dell'inchiostro, e non ho ancora capito cosa utilizzare. E poi c'è l'esperimento dell'aspirapolvere. Voglio farne uno più silenzioso. Fanno un gran baccano, sai?"

"Qualcuno parla di me?" Dalla porta aperta entrò un giovane robusto e dalle spalle larghe. Aveva i capelli color sabbia, il viso abbronzato e la bocca con la stessa linea piatta di Lady Holt. "Ciao, mamma," disse, poi fece un cenno a Serena. "Zia Serena."

Si girò verso di me quando Lady Holt iniziò con le presentazioni. "Signorina Belgrave, questo è mio figlio..."

"Zippy!" Finalmente ricordai chi mi ricordava la bocca tirata della padrona di casa: Edward Brown, più comunemente noto come Zippy. Le labbra di Lady Holt si assottigliarono fino a diventare inesistenti. Modificai rapidamente il mio saluto nella forma corretta. "Edward, intendo. È un piacere rivederti."

Io e Zippy avevamo condiviso qualche ballo quando ero una debuttante, ma era stato un conoscente, non un amico intimo. Ricordo i rimproveri di un paio di amici che gli chiedevano perché passasse tutto il tempo a Londra quando Hadsworth era a poca distanza. "Mi piace l'aria di Londra," era stata la sua risposta. Oltre al fatto che gli piaceva il golf, quella era l'unica cosa che ricordavo di lui.

Quando mi guardò, l'espressione di Lady Holt non era così aperta e accogliente come prima. Non ci voleva un genio per capire che non era affatto contenta che suo figlio mi conoscesse e che lo avessi chiamato con il suo soprannome. Sentii di dover spiegare che Zippy era un conoscente e che non avevo progetti su di lui che si concludessero con me in satin bianco e lui in tight. Prima che potessi dire qualcosa, intervenne lui. "Sciocchezze. Devi continuare a chiamarmi Zippy. Lo fanno tutti."

"Edward, la signorina Belgrave è della Hightower Books. È qui per vedere la mia guida al galateo."

Zippy, che si era avvicinato per stringermi la mano in segno di saluto, la tenne stretta qualche secondo di troppo. "È un piacere averti qui."

Gli occhi di Lady Holt si restrinsero e si concentrarono sulle nostre mani unite.

Liberai la mia. "Anche per me."

Lady Holt prese la teiera, ma Zippy la precedette. "Non disturbarti, mamma. Non posso restare. Devo incontrare Tommy per una partita di golf."

"Non farete tardi per la cena, vero? Questa sera daremo una piccola festa."

"No, certo che no. Devo andare." Diede un rapido bacio sulla guancia a sua madre, prese un sandwich dal vassoio del tè e si girò verso di me. "Mi dispiace di non poter rimanere a chiacchierare, ma sono sicuro che recupereremo più tardi."

Lo sguardo di Lady Holt seguì Zippy mentre usciva dalla stanza prima di parlare. "Ho organizzato una piccola cena per questa sera," mi disse. "Ho pensato che le avrebbe fatto piacere conoscere alcune delle nostre famiglie locali."

Il suo modo di fare si era raffreddato di parecchi gradi e immaginavo che desiderasse ritirare gli inviti e annullare la serata. Ero sicura che tutto volesse fare tranne che far partecipare me e Zippy allo stesso evento sociale. Non doveva preoc-cuparsi. Suo figlio non mi aveva mai fato battere il cuore, e dalle brevi conversazioni che avevo avuto con lui sapevo che il suo primo amore era lo sport. Purtroppo Lady Holt non sembrava rendersene conto.

Finimmo il tè e la facilità di conversazione di Serena attenuò la freddezza di Lady Holt. Il suo sguardo continuava a posarsi sulla scrivania con la sua pila di fogli. Dopo aver parlato del tempo e del mio viaggio da Londra, posai la tazza da tè. "Ha piacere che dia un'occhiata al manoscritto, adesso?"

Lady Holt dispiegò il corpo ossuto mentre si alzava. "Sì, ho preparato tutto."

Serena allungò le gambe che aveva piegato sul cuscino, si alzò e si diresse verso la porta. "Vi lascio fare."

Lady Holt allontanò la sedia della scrivania per me e mi mise davanti un sottile libro rilegato in pelle marrone. Voltò le pagine fino all'indice del manoscritto. "Come può vedere, l'ho organizzato in modo che la prima sezione riguardi le presenta-zioni, poi gli inviti e così via. Prima che inizi, voglio mostrarle un tocco speciale." Sfogliò alcune pagine fino a un foglio con un'illustrazione a penna e inchiostro. Raffigurava un uomo che teneva la mano di una donna mentre questa scavalcava una pozzanghera. "Ho commissionato una serie di disegni per illu-strare alcuni dei punti più difficili," disse Lady Holt. "Danno un nuovo aspetto al testo, non crede? Non conosco nessun'altra guida al galateo che ne contenga."

"Non posso dire di averne sentito parlare." Ma il mio studio dei libri di galateo era stato, per fortuna, piuttosto breve.

"Questo mostra visivamente come l'uomo dovrebbe attra-versare per primo la pozzanghera, poi allungare la mano e tenere quella della donna – *mai* il braccio – mentre sorregge l'ombrello sopra di lei. In questo modo la donna è protetta dalla pioggia e può muoversi facilmente oltre l'acqua."

"Sì, lo vedo." Anche se non sapevo perché la donna in

questione non potesse tenersi l'ombrello e attraversare la pozzanghera da sola.

Tenni per me quelle considerazioni mentre Lady Holt continuava. "Questa è la prima di diverse illustrazioni." Guardò l'orologio sulla mensola del camino. "Ho mandato le altre ad Anna ieri, in modo che potesse scriverci sopra le didascalie. Mi ha assicurato che me le avrebbe restituite prima del tè."

"Non c'è fretta. Inizio con il manoscritto. Potrà mostrarmi le illustrazioni più tardi."

Lady Holt aggrottò le sopracciglia. "Immagino che dovremo procedere così. Anche se preferirei che lo leggesse con le illustrazioni. Aggiungono molto. Mi lasci chiamare il dottor Finch."

"Il dottor Finch?"

"Il padre di Anna. Lei ha seguito un corso di dattilografia e...."

"Eccomi." Una donna dai capelli ramati con una spruzzata di lentiggini sul naso e sulle guance attraversò la stanza. Si tolse il berretto e disse: "Ho detto a Bower che non c'era bisogno di annunciarmi. Sapevo che le stavate aspettando." Le sue lunghe collane di perline tintinnarono contro i bottoni del vestito mentre camminava.

Tese una cartellina a Lady Holt. "Mi dispiace per il ritardo. Ho dovuto accompagnare papà alla fattoria dei Russell. Uno dei ragazzi si è rotto un braccio e papà voleva andarci il prima possibile."

Lady Holt aprì la cartella e sfogliò le pagine. "Comprensibile, suppongo."

La giovane donna, che doveva avere circa vent'anni, si rivolse a me. "Lei è l'incaricata della casa editrice, vero?"

Lady Holt era così presa a sfogliare le pagine che non si era resa conto di aver perso l'occasione di presentarci. Per essere un'esperta di galateo, quella era di certo una negligenza. "Sì, sono io." Tesi la mano. "Olive Belgrave."

"Anna Finch. Se il suo editore avesse bisogno di una dattilografa, sono disponibile. Posso fare un salto a Londra in un attimo."

"Glielo farò presente. Ha un biglietto da visita?"

Anna si tamponò le tasche del vestito. "No. Poco professionale da parte mia."

"Non c'è problema. Non tornerò a Londra per un giorno o due." Con la coda dell'occhio lanciai un'occhiata a Lady Holt. Lei non mi contraddisse. Il signor Hightower aveva organizzato un soggiorno di tre giorni, ma al ritmo a cui Lady Holt si muoveva, sarei potuta tornare a Londra il giorno dopo con il manoscritto al seguito e la mia scontata raccomandazione alla pubblicazione. "Può farmelo avere più tardi. Lo consegnerò al signor Hightower al mio ritorno."

"Grazie. Lo apprezzo molto. Lavoravo a Londra nell'ufficio di un'assicurazione, ma hanno ridotto il personale e non sono riuscita a trovare altro." Anna si chinò verso di me e abbassò la voce. "Muoio dalla voglia di tornare a Londra. Hadsworth è noioso, terribilmente noioso."

"Penso che ci siano molti visitatori per via del campo da golf. È abbastanza vicino a Londra da permettere alle persone di venire qui a giocare."

"Oh, il golf." Agitò il berretto. "Non mi parli del golf. Sono stufa del golf. È l'unica cosa di cui tutti vogliono parlare, e io sono completamente negata. E mi creda, ci ho provato."

Lady Holt chiuse di scatto la cartellina. "Le lascio queste, signorina Belgrave." Posò le illustrazioni sulla scrivania con la riverenza che si sarebbe potuta usare nel maneggiare un prezioso manoscritto medievale. "Anna, vieni con me. Ti faccio un assegno."

Anna seguì la donna, poi si voltò e indietreggiò di qualche passo. "È stato un piacere conoscerla, signorina Belgrave. Forse ci rivedremo prima che lei lasci Hadsworth."

"Lo spero," riuscii a dire prima che Anna sparisse dalla porta seguendo Lady Holt. Guardai lo spesso manoscritto e sospirai. Anna sembrava una giovane donna in cerca di un'amica. Poteva essere una buona persona a cui chiedere di Mayhew, ma Lady Holt era irremovibile sul suo manoscritto. Feci un altro sospiro e sfogliai il libro fino all'ultima pagina. Quattrocentocinquanta. Sapevo come avrei trascorso il resto del pomeriggio.

CAPITOLO CINQUE

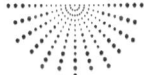

*S*peravo di sfogliare il libro di galateo per poi svignarmela e fare qualche domanda sul signor Mayhew al villaggio, ma Lady Holt mi tenne impegnata per tutto il pomeriggio. Quando suonò il gong che indicava che era ora di prepararsi per la cena, avevo letto più di cento pagine, ammirato trenta illustrazioni e discusso, o meglio ascoltato, le preoccupazioni di Lady Holt riguardo alla pubblicazione. Avevo fatto del mio meglio per rispondere alle sue domande. Purtroppo, avevo dovuto dirle che la maggior parte delle sue preoccupazioni sarebbero state affrontate dopo che il libro fosse stato formalmente accettato per la pubblicazione. Sembrava che non avesse capito che la Hightower Books non aveva ancora deciso se investire in quel progetto o no. Per lei la pubblicazione era *cosa fatta*.

Andai di sopra a vestirmi, con l'ansia che mi attanagliava. Forse avrei dovuto telefonare al signor Hightower e fargli sapere che doveva inserire nel suo calendario primaverile un libro sul galateo. Lady Holt era una personalità dominante. Ero sicura che avrebbe fatto pubblicare il suo libro attraverso la Hightower Books o qualche altro editore.

Ero riuscita a fare solo una domanda, cercando di arrivare a chiedere del signor Mayhew, ma Lady Holt non si era lasciata distrarre. Avevo domandato se qualcun altro a Hadsworth scrivesse – se si scambiassero i manoscritti o discutessero delle loro opere. Lei mi aveva guardata come se stessi delirando. "No, sono l'unica ad avere interessi letterari."

La cameriera, Janet, una ragazzina un po' impacciata con sottili capelli castani e occhi ravvicinati, mi aiutò a indossare il vestito rosa senza maniche con un profondo scollo a V e volant diagonali sulla gonna. Era un altro regalo di mia cugina Gwen, che aveva un gusto eccellente. Anche se era più alta di me di parecchi centimetri, la maggior parte dei suoi abiti mi stava bene con qualche aggiustamento all'orlo. Grazie al cielo ero più bassa di lei. Se fossi stata più alta di Gwen, nessuno dei suoi bei vestiti mi sarebbe andato bene... beh, avrei potuto indossarli, ovvio, ma mi sarebbero arrivati al ginocchio e sarebbero stati scandalosamente troppo corti. Gli orli si erano alzati fino a sopra la caviglia, ma tutto ciò che superava il polpaccio era osé. Una spolverata di cipria, un velo di rossetto, un po' di mascara ed ero pronta. Probabilmente Lady Holt non avrebbe approvato, ma mi ero truccata con mano leggera e pensai che fosse più valorizzante che sgargiante.

Avevo programmato di visitare Hadsworth il giorno dopo. Sicuramente Lady Holt non avrebbe insistito che mi concentrassi sul suo manoscritto tutto il giorno. Dovevo riuscire a visitare il villaggio. Ma per il momento mi sarei concentrata su ciò che potevo scoprire qui a Blackburn Hall. Scesi a cena, decisa a inserire nella conversazione un accenno al signor Mayhew. Entrai nel salotto e Lady Holt mi presentò il marito. Dopo averlo conosciuto, capii che Zippy aveva preso dal padre la sua corporatura larga, ma Lord Holt, diversamente dal figlio, era un po' più pesante nella metà superiore del corpo. Aveva una voce roboante, folti baffi bianchi e un intenso amore per il golf. "Non potevo credere alla mia fortuna quando hanno aperto il campo qualche anno fa," disse mentre sorseggiavamo i nostri cocktail.

"Gioca spesso?" gli chiesi.

"Non mi perdo mai una giornata sul green."

"Nella zona vive un mio conoscente, credo, un certo signor Mayhew. L'ha mai incontrato sul campo?"

"Mayhew? Mi suona familiare, ma non riesco a collocarlo." A un segnale della moglie, Lord Holt si scusò e andò a raggiungerla.

Fui felice di vedere che Anna era uno degli ospiti insieme a suo padre. Anche il dottor Finch aveva i capelli ramati, ma molto meno della figlia. Sembrava amichevole in modo mite, ma non aveva la stessa personalità estroversa di Anna. La vidi chiacchierare con Serena e mi spostai per raggiungerle. Zippy entrò e Anna si irrigidì come un cane da caccia che fiuta la preda. Lui ci salutò tutte e tre, dando a Serena, ad Anna e a me un rapido *buonasera*, poi passò a parlare con suo padre.

Serena tornò a parlare delle difficoltà di creare un aspirapolvere silenzioso, ma io capii che Anna ascoltava solo a metà, dato che il suo sguardo seguiva gli spostamenti di Zippy attraverso la stanza. Potevo sentire frammenti di conversazione tra lui e Lord Holt, e capii che discutevano della ricollocazione di una trappola di sabbia alla nona buca. Non mi sembrava interessasse particolarmente ad Anna, che però non riuscì più a dedicare a Serena tutta la sua attenzione dopo l'ingresso di Zippy.

Il dottor Finch si unì al nostro gruppo, porgendo un cocktail fresco a Serena. "Grazie, Robert," disse lei. "Ho sentito che Don è tornato nel suo ufficio."

"L'ho autorizzato a lavorare per qualche ora al giorno," disse il dottore.

"Sono sicura che Emily ti è grata," rispose Serena. "La settimana scorsa era allo stremo delle forze. Don è un paziente terribile. Sebbene lì conosciamo da poco, ho capito subito che è un uomo dalla natura irascibile. Non posso immaginare quanto possa diventare irritabile se costretto a letto."

Serena si rivolse a me. "Il nostro avvocato locale è caduto dalle scale."

"Che cosa terribile." Doveva essere l'avvocato di cui aveva

parlato Hightower, che fungeva da intermediario con il signor Mayhew. Ero felice di sapere che si stava riprendendo. Avrei fatto da lui la mia prima tappa l'indomani ad Hadsworth. Speravo di poterlo incontrare durante il suo orario d'ufficio ridotto.

Bower, il maggiordomo, annunciò che la cena era servita. Quando le signore si ritirarono nel salotto e lasciarono gli uomini nella sala da pranzo, capii esattamente perché Zippy trascorresse così tanto tempo a Londra e così poco a Blackburn Hall. Lady Holt controllava la conversazione a tavola nello stesso modo in cui mi immaginavo un generale condurre una campagna militare. Durante la cena non ero riuscita a fare una sola domanda sul signor Mayhew.

In salotto, Lady Holt suggerì il bridge, ma Serena respinse l'idea. "No, l'abbiamo fatto ieri sera. Proviamo con qualcosa di diverso."

Attraversai la stanza fino a un tavolo coperto dalle tessere di un puzzle e mi sedetti accanto ad Anna. Se Lady Holt insisteva per il bridge, non volevo essere la sua compagna. Immaginavo che avrebbe giocato con una gran voglia di vincere e che non avrebbe perdonato gli errori. Serena si ostinò a non giocare e si mise a leggere un periodico scientifico, così Lady Holt fece un gioco di pazienza mentre Anna e io mettevamo insieme a poco a poco le tessere di un prato alpino.

Infilai al suo posto un pezzo di verde punteggiato di fiori bianchi. "Come mai ha deciso di diventare dattilografa, signorina Finch?"

"Oh, chiamami Anna, per favore. Tutti pensavano che sarei diventata infermiera per aiutare papà, ma io non sopporto la vista del sangue. Svengo subito se ne vedo anche sola una goccia. Sono del tutto inutile. Studiare come dattilografa era un modo per aiutare papà e allo stesso tempo fare un po' di esperienza lavorando per lui. Alla fine mi sono trasferita a Londra, ma quando il mio posto nella compagnia di assicurazioni è stato eliminato, non sono riuscita a trovare un altro lavoro. Purtroppo, sono più importanti le conoscenze delle qualifiche."

"È stata anche la mia esperienza." Avevo lavorato per zia Caroline quando non riuscivo a trovare lavoro da nessun'altra parte, e ora mi trovavo a Blackburn Hall solo perché Jasper mi aveva messa in contatto con il signor Hightower.

"Almeno ho trovato un po' di lavoro qui intorno per tenermi occupata," disse Anna.

"Quindi lavori ancora per tuo padre?"

Lei annuì. "C'è anche l'Istituto Femminile. Hanno dei pezzi che hanno bisogno di battere a macchina, verbali e cose simili. Sono molto più veloce di Henrietta." Sorrise. "E più precisa. E ho la mia macchina da scrivere personale. Non devo usare quella dell'Istituto. E poi c'è il campo da golf. A volte hanno bisogno di un aiuto extra durante la stagione di punta. Ma è il signor Mayhew a tenermi occupata per la maggior parte del tempo."

Resistetti all'impulso di girarmi completamente verso di lei e mi limitai a bere un sorso di caffè. "Il signor Mayhew? Cosa fai per lui?"

"Ho battuto a macchina i suoi manoscritti."

"È uno scrittore? Lady Holt ha detto che non c'erano altri scrittori in paese."

Anna lasciò cadere un pezzo del puzzle, con un rossore che si insinuava sulle guance. "Sono certa che tu lo sappia... non è vero? Voglio dire..." Abbassò la voce mentre si chinava per raccogliere il pezzo dal pavimento. "Lavori per la Hightower Books. Pensavo che sapessi che il signor Mayhew è...", disse con voce che si era abbassata a un sussurro, "... R. W. May."

"Beh, sì. Ne sono a conoscenza."

"Oh, bene." Sospirò e si scostò i capelli dalla guancia.

Non potevo credere che la fortuna mi avesse fatto cadere il nome di Mayhew tra le braccia durante una conversazione dopo cena. Sarebbe stato davvero così facile? "Non sapevo che qualcun altro qui a Hadsworth fosse a conoscenza che il signor Mayhew scriveva romanzi."

"Nessuno sa che è il romanziere R. W. May. Tutti in paese sanno che ha un qualche lavoro da scrittore. Tutti pensano che scriva manuali tecnici e che io li batta a macchina."

"Devi vederlo spesso."

"In realtà, nessuno lo vede. A causa del suo... beh... lo sai."

"No, non lo so. Lavoro da poco alla Hightower Books." Un'affermazione vera, se mai ce n'era stata una.

"Non me ne ero accorta." Anna lanciò un'occhiata alla stanza. "Non è un gran segreto, quindi non credo che sarà una male dirtelo. Il signor Mayhew indossa una maschera di latta."

"Oh, capisco." Molti uomini erano tornati dalla Grande Guerra con disfigurazioni facciali, e maschere appositamente progettate nascondevano le loro ferite. "Capisco perché voglia starsene per conto suo," dissi, ma i miei pensieri avevano preso a galoppare. La fotografia che Hightower mi aveva mostrato del signor Mayhew era quella di un uomo senza alcuno sfregio o ferita. Avevo visto i veterani per le strade di Londra con le loro maschere, che erano piuttosto realistiche. Erano dipinte in modo da corrispondere alla tonalità della pelle del veterano, ma di solito si potevano vedere i bordi dove finiva la maschera. L'uomo nella fotografia non ne indossava alcuna.

"Per lo più sta nel suo cottage," proseguì Anna.

"Dov'è?"

"Si chiama East Bank Cottage, si trova vicino al fiume che separa Blackburn Hall dal campo da golf." Indicò vagamente la direzione del campo. "Era un vecchio cottage costruito per il ceto medio. Lady Holt lo ha fatto ristrutturare e modernizzare completamente. Vi ha persino fatto arrivare l'elettricità dall'impianto qui a Blackburn Hall. Aveva intenzione di affittarlo ai vacanzieri, credo a giocatori di golf. Ma poi l'ha preso il signor Mayhew. È successo diversi anni fa."

"Ma tu l'hai mai incontrato?"

"Lavoro per lui, ma non ci parlo."

"Non capisco."

Anna cercò di incastrare un pezzo nel puzzle, poi lo tolse. "Mi lascia i suoi manoscritti fuori dal suo cottage, in un cestino vicino alla porta, e io li batto a macchina. Glieli lascio nella buca delle lettere, pochi capitoli alla volta. Se ha delle modifiche, me le lascia nel cestino. Io riscrivo tutto e lo lascio di nuovo."

"Un sistema interessante. Ma l'avrai visto in giro ogni tanto?"

"Solo poche volte, e da lontano. Gli piace passeggiare la sera. A volte lo vedo camminare sui sentieri intorno al villaggio, ma di solito è molto lontano. So che è lui solo perché indossa sempre una cravatta vistosa e un fazzoletto da taschino abbinato. Il suo tweed si confonde con il bosco, ma quel po' di viola o di giallo acceso attira l'attenzione."

"Da quello che ho capito, presto uscirà un suo nuovo libro." Mi chinai in avanti, facendo la mia migliore imitazione di chi cerca informazioni riservate. "Conosci tutti i dettagli, vero?"

Anna abbandonò la tessera del puzzle e ne prese una nuova. "Mi dispiace, ma non posso parlare di queste cose. È un segreto assoluto, lo sai."

"Peccato che sia così un recluso. Mi piacerebbe conoscere un autore, soprattutto uno che pubblichiamo alla Hightower Books."

"Non credo che sarebbe possibile, anche se fosse qui." Sollevò una spalla. "Ma non importa. Se n'è andato."

"Andato?"

"È in vacanza."

"Ah, come mi piacerebbe." Cercai di infondere malinconia nel mio tono, nonostante il fatto che la mia gita a Blackburn Hall potesse sembrare una vacanza. "È andato al mare?"

"Non ne ho la più pallida idea. È stato un po' inaspettato, credo." Le si formò una ruga tra le sopracciglia. "Non me ne aveva parlato. La settimana scorsa mi ha mandato un biglietto con le istruzioni per continuare."

Serena lasciò cadere il giornale scientifico su un tavolino e attraversò la stanza fino a raggiungerci. Anna le fece spazio sul divano. "Volevo chiederti se ci sono stati progressi con il tuo aspirapolvere..." Poi disse, rivolta a me: "Serena è incredibilmente intelligente. Sta lavorando a un progetto per un aspirapolvere silenzioso."

"Non ancora, nessun progresso. Il mio ultimo tentativo è fallito miseramente," disse Serena. "Faccio molta fatica a concentrarmi quando c'è rumore. Credo che le persone siano molto più produttive in un ambiente tranquillo e silenzioso." Spostò un paio di pezzi del puzzle. "Giochi a golf, Olive?"

"No, non ho mai provato. Non saprei come iniziare."

"Oh, devi venire a fare una partita con me. Non è così difficile. Posso mostrarti io le basi."

Anna si lasciò sfuggire una risata acuta. "Non è difficile? Non lasciarti ingannare da Serena, Olive. Il golf è uno dei passatempi *più frustranti* di questo mondo."

Serena disse: "Non ascoltarla. Ti piacerà, ne sono certa. Domani faccio già una partita a quattro, ma potremmo... vediamo... Ho prenotato un ingresso venerdì. Ti piacerebbe venire con me?"

"Potrei non essere più qui, venerdì," dissi.

"Sono certa che Maria ti terrà prigioniera qui finché il signor Hightower non acconsentirà a pubblicare il suo libro," disse lei con un sorriso. "Organizziamoci indicativamente per venerdì mattina."

A quel punto gli uomini ci raggiunsero e Zippy propose una partita a sciarada, che rese impossibile fare altre domande su Mayhew. Dopo che tutti si furono ritirati per la notte, andai di sopra, mi cambiai con un paio di pantaloni da equitazione e scarpe robuste e indossai una camicetta e un cardigan. Non sapevo quali attività sarebbero state programmate a Blackburn Hall, quindi mi ero assicurata di portare abiti adeguati a ogni occasione, compresa l'equitazione. Vestirsi in modo appropriato era segno di buona educazione, e non volevo partire con il piede sbagliato con Lady Holt chiedendole in prestito l'abbigliamento adatto se erano previste attività equestri.

Tuttavia, non avevo intenzione di cavalcare, quella notte. Volevo dare un'occhiata al cottage. Non mi aspettavo che Mayhew fosse tornato all'improvviso, ma volevo localizzare l'East Bank Cottage e vedere che tipo di posto fosse. E se avessi notato un modo per entrare... beh, avrei potuto intrufolarmi per qualche istante e cercare un appunto, una mappa abbandonata o un orario ferroviario. Qualsiasi informazione trovata, l'avrei trasmessa al signor Hightower.

Non avevo portato una torcia, ma pensai che potesse essercene una nel ripostiglio sotto le scale, vicino al tavolo del telefono. L'anta dell'armadio era a pannelli e si confondeva perfettamente con la boiserie di quercia della parete sotto le scale. Se la porta non fosse stata aperta quando ero scesa a cena, non avrei saputo che l'armadio era lì. Un domestico era stato occupato a metterci dentro un set di mazze da golf. Sembrava il tipo di posto in cui si raccoglievano oggetti vari come attrezzature sportive, stivali, ombrelli e forse una torcia di riserva.

L'ingresso era buio e deserto. Mi fiondai giù per le scale e cercai lungo la parete, accanto al tavolo del telefono e a una poltrona convenientemente posizionata, finché non trovai una tacca nella modanatura di quercia. Quando la spinsi, ruotò e la porta si aprì. Un'accozzaglia di racchette da tennis, mazze da croquet e da golf era appoggiata lungo la parete interna, accanto a stivali, ombrelli e qualche scatola. Su uno scaffale trovai un misto di guanti e sciarpe e, in fondo, una torcia. La luce era un po' fioca quando l'accesi, ma non mi sarebbe servita a lungo.

Misi in tasca la torcia, poi uscii dalla portafinestra del salotto. Ero a metà strada della terrazza che conduceva ai giardini quando mi fermai. Le luci del salotto erano ancora accese e presumevo che qualcuno della famiglia fosse ancora sveglio, ma non volevo rimanere chiusa fuori di casa se tutti si fossero ritirati prima del mio ritorno.

Trovai un pezzetto di corteccia in giardino, tornai in casa e lo incastrai nel chiavistello contro la piastra di battuta, in modo che la porta si chiudesse ma non si bloccasse, un trucco pratico che avevo imparato in collegio. Essie Matthews aveva usato una moneta per mostrarmi come assicurarsi che la porta non si chiudesse dietro di noi quando sgattaiolavamo fuori di notte, ma poiché non avevo pensato di portare con me degli spiccioli, mi sarei fatta bastare la corteccia.

Attraversai le siepi scolpite e le aiuole circolari fino al sentiero che curvava seguendo il fiume. Dall'altra parte dell'acqua in rapido movimento, il campo da golf era una distesa di nero. In alto, il vento fischiava tra gli alberi. A parte il fruscio dell'acqua e il verso di un gufo, la notte era incredibilmente silenziosa fino a quando un tuono non si levò in lontananza. Accelerai il passo.

Lasciata la luce ambientale proveniente da Blackburn Hall, mi inoltrai nella fitta oscurità della campagna, dove dovetti accendere la torcia. Il sentiero correva attraverso una cintura di alberi vicino al fiume ed era ampio e facile da seguire, tranne che per una piccola parte sgretolata vicino a un imponente castagno ai margini della riva del fiume. Parte della terra intorno all'albero era caduta fino all'acqua, che scorreva diversi metri sotto il sentiero. Mentre camminavo, il sentiero si allontanava dal fiume e il terreno si alzava costantemente. Continuai fino a individuare una struttura quadrata a pochi metri dal sentiero. Un cartello attaccato a un cancello recitava *East Bank Cottage*.

L'edificio era completamente buio e sembrava deserto. I cardini si mossero senza rumore quando aprii il cancello e lo attraversai. Spensi la torcia e mi diressi con cautela lungo il vialetto che portava al piccolo cottage. I miei occhi si erano adattati alla notte e scorgevo le tende che coprivano le finestre, ma non c'era nemmeno uno spiraglio di luce intorno alla stoffa. L'aria si agitò, e una raffica di vento più forte, appesantita dall'odore della pioggia, scosse l'edificio. Un tuono rimbombò di nuovo, questa volta più vicino.

Ritornai velocemente sul sentiero e verso Blackburn Hall. Non volevo essere colta da un acquazzone e lasciare impronte fradice sulle scale mentre rientravo nella mia stanza. Almeno avevo trovato l'East Bank Cottage. L'indomani sarei stata mattiniera e avrei fatto una passeggiata prima che Lady Holt potesse costringermi a leggere il resto del manoscritto.

CAPITOLO SEI

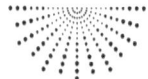

*L*a mattina dopo, mi strinsi il cardigan intorno alla vita mentre camminavo lungo il sentiero che portava all'East Bank Cottage. Avrei dovuto portare un cappotto con me, ad Hadsworth. Il temporale era passato durante la notte ma l'aria era rimasta fresca, a ricordarmi che l'autunno non era lontano.

Dall'altra sponda del fiume si sentiva il rumore lontano delle mazze da golf che colpivano le palline, insieme a sporadici frammenti di conversazione e risate. Durante la notte era caduta una pioggia battente, accompagnata da tuoni e venti che avevano fatto tremare i vetri delle finestre. Quella mattina, chiazze di nuvole irregolari attraversavano il cielo e il vento sferzava le cime dei rami degli alberi. Il sentiero era spugnoso e il fiume, gonfio di pioggia, rotolava sulle rocce, riempiendo l'aria con il suono del suo scroscio e del suo borbottio.

A una curva, mi fermai. La terra che aveva formato il sentiero lungo il letto del fiume si era staccata, portando con sé il grande castagno che avevo notato la sera prima. L'enorme albero era caduto nel fiume. L'acqua gorgogliava sulle foglie e vorticava tra le barriere dei rami. Le radici dell'albero avevano formato parte dell'argine che scendeva verso il fiume, ma ora la zolla era esposta e si estendeva in aria sopra la mia testa. Il fango si aggrappava alle radici nodose e l'acqua gocciolava dalle sottili propaggini simili a capelli. Mi allontanai dall'area intorno all'albero caduto, muovendomi tra le foglie umide e mollicce del suolo della foresta, saggiando il terreno mentre camminavo.

Una volta uscita dal boschetto di alberi e arrivata in un'area aperta, notai che il terreno si era rassodato e tornai sul sentiero che si allontanava dal fiume e saliva a un livello più alto. Imboccai il vialetto di terra battuta per l'East Bank Cottage e attraversai il cancello.

Il cottage sembrava tranquillo e deserto come la notte precedente. Le tende erano ancora chiuse e dal camino non usciva fumo. Di certo non sembrava che ci fosse nessuno, in casa, e Anna aveva detto che il signor Mayhew era in vacanza, ma dopo essere tornata a Blackburn Hall la sera prima, ero rimasta sveglia nel letto ad ascoltare la pioggia che batteva contro le finestre.

Anna era davvero *sicura* che Mayhew avesse lasciato Hadsworth? Forse lui aveva intenzione di andarsene, l'aveva avvisata della sua partenza, ma poi era successo qualcosa... e nessuno si era accorto che non se n'era andato davvero. C'era qualcuno che veniva a fare le pulizie o a consegnare il cibo? Mayhew aveva contattato anche loro dicendo che se ne sarebbe andato? Se così fosse stato, nessuno avrebbe visitato il cottage dalla settimana prima.

Certo, Mayhew poteva essere a prendere il sole sulla veranda di un qualche hotel al mare o a fare trekking lungo un sentiero nel Lake District, ma il signor Hightower aveva detto che era un uomo coscienzioso e non mancava mai una scadenza. Il manoscritto non era arrivato. Mayhew non sembrava il tipo di persona che avrebbe ignorato quel tipo di obbligo. Più ci pensavo, più sentivo di dover dare un'occhiata all'interno del cottage per assicurarmi che non ci fosse nulla di strano.

Ma in quel momento, mentre mi avvicinavo all'edificio sotto il sole splendente, la mia determinazione venne meno. Sembrava un posto così idilliaco e tranquillo. La luce del giorno metteva in risalto dettagli che al buio erano stati solo sfocati. Fiori ed edera spuntavano dalle cassette sulle finestre a entrambi i lati della porta d'ingresso, e nel pannello inferiore della porta c'era una buca per la posta in ottone lucido. Dell'acqua gocciolava dalle fioriere, lasciando scie fangose lungo il muro esterno in pietra. Il cesto che Anna aveva descritto si trovava accanto alla porta d'ingresso, protetto dalla pioggia da un piccolo tetto sporgente. Il cesto era vuoto.

Mi avvicinai alla porta e bussai con decisione. Quando, dopo qualche istante, non ricevetti risposta, pensai di tornare a Blackburn Hall. Potevo telefonare al signor Hightower, dirgli che Mayhew era via e riscuotere il saldo delle mie quaranta sterline.

Mi allontanai dalla porta. No, era inutile. Non potevo andarmene. Dovevo essere certa che il cottage fosse vuoto, solo dopo avrei contattato Hightower. Mi inginocchiai e spinsi sull'aletta della buca della posta. Vidi solo altro metallo. La fessura doveva essere fissata con un cappuccio dall'altra parte per evitare che qualcuno facesse esattamente quello che stavo facendo io: guardare dentro casa.

Feci un giro completo intorno al piccolo edificio. Erbe e ortaggi riempivano un quadrato di terra sul retro. Le piante dell'orto erano spelacchiate e le erbacce spuntavano dal terreno tra le file ordinate di verdure. Speravo che una delle tende fosse aperta di qualche centimetro per darmi la possibilità di vedere l'interno, ma erano tutte tirate e quando provai la maniglia della porta sul retro, non si mosse.

Non volevo tornare a Blackburn Hall senza aver dato almeno una sbirciatina all'interno, ma non potevo entrare. Non potevo proprio. Mio padre mi aveva inculcato certi precetti che non sopportavo di infrangere. Quindi non potevo rompere una finestra, ma potevo cercare una chiave.

Tornai alla porta d'ingresso e sollevai lo zerbino, ma sotto non c'era nulla. Feci ballare le dita lungo lo stipite della porta, poi tastai i bordi delle cassette sulle finestre. Niente. Scrollai l'umidità dalle mani, poi feci scorrere le dita lungo il telaio di una delle finestre. All'estremità sentii qualcosa di freddo e piatto. Tirai giù la chiave e la infilai nella toppa, con il cuore che batteva forte.

La porta si aprì, ma dopo una piccola spinta si bloccò, lasciando uno spazio di pochi centimetri. Spinsi ancora e la porta si spalancò. Feci capolino all'interno. Una pila di grandi buste era appoggiata sul tappeto dietro l'anta. Intascai la chiave, chiusi la porta e presi una delle buste. Era sigillata e non aveva un indirizzo, ma recava scritti, in uno stile squadrato e spigoloso, la data della settimana scorsa e le parole *'Capitolo sette'*. Quelli dovevano essere i capitoli scritti a macchina da Anna.

Riposi la busta dove l'avevo trovata e ispezionai l'unica stanza che costituiva l'intero piano principale del cottage. Il piccolo spazio era buio e soffocante, e persisteva un acre odore di cenere. Avrei voluto aprire una delle finestre e far entrare un po' d'aria fresca.

Una sola poltrona imbottita era posizionata accanto al caminetto e a un tavolino con una lampada. Sul lato opposto della stanza, una scrivania si trovava di fronte a una delle finestre con tende che davano sul sentiero che portava al cottage. In fondo alla stanza, un lavello, un cassettone, un fornello elettrico e un tavolo rotondo di legno formavano l'angolo cottura. La curva di una vasca di ghisa si intravedeva da una porta semiaperta che dava sulla cucina.

Una scala scompariva in un'apertura nel soffitto. Feci qualche passo sui gradini. Il sottotetto era stato trasformato in una camera, che conteneva un letto singolo, ben sistemato, e un comò. Una serie di porte, che davano accesso a un armadio a muro, riempiva una parete della stanza dal soffitto inclinato.

Scesi la scala, con un senso di sollievo. Non volevo esprimerlo a parole, ma avevo temuto di trovare Mayhew o stramazzato al suolo privo di sensi o forse terribilmente malato e incapace di chiedere aiuto, ma il cottage era vuoto. Rimasi un attimo in piedi, con le mani sui fianchi. Ero dentro e non era successo nulla di terribile a Mayhew. Tanto valeva dare un'occhiata in giro e vedere se riuscivo a trovare una traccia di dove fosse andato, o magari una copia del manoscritto.

Mi avvicinai alla scrivania e aprii la tenda di qualche centimetro per avere un po' di luce naturale. Al centro della scrivania era posata una macchina da scrivere portatile Remington. Accanto a essa c'era una pila di fogli bianchi per scrivere e un calendario mensile, che era vuoto tranne che per un'annotazione in una grafia tondeggiante sulla data del venerdì prima: *Consegna del libro!* La nota era cerchiata e un punto esclamativo alla fine delle lettere si riversava nei riquadri sopra e sotto.

A parte qualche matita, il resto della scrivania era vuoto. Mi avvicinai al cassetto superiore, poi mi fermai, sentendomi in colpa. Mi sembrava di essere una spia. Chi ero io per frugare nella scrivania del signor Mayhew? Strinsi la mano a pugno e ricordai ciò che aveva detto Hightower. Il benessere dei dipendenti della Hightower Books dipendeva dal signor Mayhew. Se fossi riuscita a trovare un'indicazione di dove fosse andato, Hightower avrebbe potuto continuare la ricerca invece di contemplare un bilancio con numeri in rosso, che alla fine avrebbe significato tagli al personale. Non sopportavo l'idea che qualcuno fosse messo alla porta e volevo portare a termine il lavoro con successo, in modo che il signor Hightower mi desse altre raccomandazioni.

Scossi entrambe le mani, mossi le spalle e il collo e poi tirai fuori con delicatezza il cassetto superiore della scrivania, che conteneva penne e altra carta. Beh, alla faccia della ficcanaso, non c'era nulla di cui preoccuparsi. Il cassetto successivo conteneva una pila di buste vuote e un mucchio di pagine dattiloscritte. Le sfogliai. Erano appunti su una storia con accenni a trame, personaggi e indizi. Il resto dei cassetti conteneva fascicoli e cartelle etichettati come *Idee*, *Revisioni*, *Contratti* e *Ricerca*.

La cartella delle ricerche era piena di ritagli di giornale e occupava la maggior parte dello spazio nel cassetto. Il cestino dei rifiuti sotto la scrivania era vuoto.

Mi allontanai dalla scrivania e osservai il resto della stanza. I miei occhi si erano adattati alla scarsa illuminazione e notai alcuni dettagli che non avevo colto a una prima occhiata. Una coperta pendeva dal bracciolo della poltrona vicino al camino e l'angolo di un libro sporgeva da sotto di essa. Scostai la coperta e inclinai la testa per leggere il titolo del libro che giaceva aperto, a faccia in giù. Era lo stesso che mi aveva regalato Jasper, *Avversario segreto*. Un paio di occhiali, con le stanghette aperte, stavano sopra il libro, come se Mayhew li avesse tolti e posati lì, con l'intenzione di tornare a leggere un altro capitolo.

Una sensazione di disagio mi pungolò la spina dorsale. Rimisi la coperta a posto e sentii un odore sgradevole provenire da un mazzo di fiori in decomposizione in un vaso sul tavolino, mentre il vento fischiava nel camino. Era molto più fresco da quel lato della stanza.

Mi chinai accanto al focolare. Inalai l'odore acre della cenere mentre chiudevo la canna fumaria. Feci un passo indietro, sentendo la familiare fascia serrarsi intorno al petto. *Lentamente. Respira lentamente.* Con la mano all'altezza del cuore, feci entrare l'aria dal naso e uscire dalla bocca, finché la sensazione di pressione sul petto non si attenuò.

Entrai in cucina, turbata e nervosa. Nel lavello non c'erano piatti sporchi, ma un piatto, un bicchiere e un po' di posate erano capovolti su un asciugamano. Una mezza pagnotta giaceva nella cassetta del pane. Era dura come un mattone. Chiusi il contenitore e tornai nella stanza principale, con l'inquietudine sempre più forte.

Quella non era la casa di qualcuno che era partito per una vacanza. Sembrava che chi la occupasse fosse uscito per un breve periodo intenzionato a tornare da un momento all'altro. Inoltre, non avevo trovato nessuna informazione che potesse indicare dove fosse andato il signor Mayhew: niente orari dei treni annotati, mappe, guide alle vacanze a piedi o libri di viaggio. Certo, poteva essere successo qualcosa che lo aveva costretto a partire inaspettatamente. Forse non aveva avuto il tempo per prepararsi, ma sarebbe andato via dimenticando gli occhiali e lasciando la canna fumaria aperta? E che dire del pane in cucina? Non avrebbe dovuto buttarlo via insieme ai fiori freschi che sarebbero diventati putridi nel giro di pochi giorni?

Una preoccupazione a cui non volevo dare un nome mi spinse a salire in cima alla scala e a dare un'altra occhiata alla camera da letto. Sbirciai nell'armadio, che aveva uno spazio vuoto sul pavimento, libero dalla polvere. Una valigia ci sarebbe stata perfettamente. Camicie, abiti pesanti e un cappotto riempivano solo in parte lo scaffale.

Il cassetto superiore del comò non era chiuso. Attraverso lo spazio di cinque centimetri mi aspettavo di vedere calzini, cravatte e canottiere, invece il mio cuore sussultò di fronte alla porzione di un volto che mi fissava. Nell'istante successivo riconobbi che si trattava di una maschera di latta, dipinta in modo così realistico che sembrava che un pezzo di zigomo, di naso e di mento fosse stato gettato nel cassetto. Mi premetti la mano sul petto e sentii il battito forsennato del mio cuore. Mi dissi di non essere sciocca. Era solo una maschera. Non c'era bisogno di saltare come una bambina che ascolta una storia dell'orrore.

La maschera era progettata per coprire il naso, il lato destro della guancia e il mento. Gli occhiali attaccati alla parte superiore del naso tenevano la maschera in posizione. Era usata. Alcuni graffi avevano rovinato la vernice e parte dei colori erano sbiaditi. Il resto del cassetto era pieno di cravatte e fazzoletti da taschino ordinatamente piegati e disposti in un arcobaleno di colori vivaci, dal viola freddo al mandarino caldo.

Nonostante la ferma ramanzina a me stessa di calmarmi, feci scorrere il cassetto con dita tremanti. Non andava bene, non andava bene per niente. Perché Mayhew avrebbe dovuto lasciare lì la sua maschera? Forse si era stancato di indossarla. O forse era in viaggio verso casa e non la indossava con la sua famiglia. Ma se era così, non l'avrebbe voluta almeno per il viaggio?

Sbirciai nel cassetto successivo, che conteneva calzini, cravatte e qualche colletto. Il cassetto in basso si bloccò e dovetti strattonarlo per aprirlo. Si spalancò di scatto e ne uscì un mucchio di stoffa color pastello. Il cassetto ne era pieno. Mayhew doveva aver premuto la stoffa per poterlo chiudere. Feci scorrere la mano su sete e rasi morbidi e su cotoni più rigidi. "Strano, sempre più strano," mormorai. Non riuscii a trattenermi dall'esaminare la stoffa che sporgeva oltre il bordo del cassetto. Tirai fuori un abito di seta nello stile di una decina di anni prima, con la vita stretta e la gonna piena.

Lo lasciai cadere sul braccio e tirai fuori il capo successivo. Era un vestito di cotone, anch'esso di foggia antiquata. Le linee semplici e la vita stretta sarebbero state adatte a una ragazza. Una camiciola di cotone, un reggiseno e delle calze erano accantonati su un lato, sopra due paia di scarpe delicate. Ripiegai tutto e lo schiacciai per poter richiudere il cassetto. Possibile appartenessero a una sorella o a una parente? E se non era così, perché il signor Mayhew aveva quei vestiti in camera da letto?

Scesi di nuovo la scala e guardai in giro per la stanza. L'unico posto che non avevo controllato era il bagno e, visto che avevo guardato dappertutto, tanto valeva dare un'occhiata anche lì. Evidentemente era stato aggiunto durante la ristrutturazione del cottage, perché tutto quello che c'era dentro – la toilette, la vasca da bagno e l'armadietto a specchio dei medicinali sopra il lavandino a piedistallo – era nuovo. Una vestaglia di seta rosa pendeva da un gancio. Dietro l'anta a specchio, l'armadietto dei medicinali conteneva aspirine, polvere per i denti, uno spazzolino da denti e una familiare scatola rettangolare. La girai per poter leggere l'etichetta. *Assorbenti Smith, l'innovazione migliore per le signore. Comodi, convenienti e indispensabili per rimanere in salute.*

Rimasi per un paio di lunghi istanti a fissare la scatola, poi la aprii. Era rimasto un solo assorbente. Il piccolo orologio sulla mensola del caminetto suonò e per poco non feci cadere la scatola.

Colazione – colazione a Blackburn Hall, Lady Holt e il suo manoscritto. Dovevo tornare.

Rimisi a posto la scatola e mi affrettai a raggiungere la porta d'ingresso. Dopo averla chiusa, riposi la chiave sul telaio della finestra, poi mi avviai quasi di corsa lungo il sentiero che riportava a Blackburn Hall, con i pensieri che vorticavano. Tutto quello che credevo di sapere su Mayhew era stato stravolto. Non sembrava che fosse partito per un viaggio, eppure era così: alcuni dei suoi vestiti e la sua valigia erano spariti, ma non c'erano indicazioni sulla sua destinazione, e dal cottage sembrava che qualcuno fosse uscito solo per un momento.

E poi c'era il fatto sorprendente che Mayhew sembrasse essere una donna.

Cosa dovevo fare con quelle informazioni? Da come Anna aveva parlato di Mayhew la sera prima, sembrava che lui – o forse lei – avesse ingannato tutta Hadsworth. Potevo forse sbagliarmi? Non credevo. L'interno del cottage aveva diverse caratteristiche femminili: i fiori, le tende arricciate, la vestaglia rosa, la mancanza di un rasoio per radersi... e poi c'era la scatola nell'armadietto dei medicinali, la prova inconfutabile che nel cottage viveva una donna. Le mie guance si scaldarono. Non potevo immaginare di parlare con qualcuno di una cosa del genere.

Il rumore del terriccio e di piccoli sassolini che rimbalzavano sulla riva del fiume si fece sentire mentre mi avvicinavo al corso d'acqua, facendomi rallentare e fermare all'ombra dei pini. Vidi Serena arrampicarsi sull'argine e raggiungere il sentiero. Respirando pesantemente, teneva le mani sulle ginocchia. Indossava abiti da golf, un maglione, una gonna a pieghe e calze a fantasia. Sia le calze che le scarpe erano coperte di fango e l'orlo della gonna era zuppo.

"Serena..."

Lei si alzò di scatto, con la mano premuta sul petto, e scrutò il sentiero. Io entrai nella luce del sole.

"Oh, Olive, non mi aspettavo che ci fosse qualcuno sul sentiero." La sua carnagione era pallida, con una sfumatura grigia.

"Mi dispiace di averti spaventata," dissi. "Stai bene?"

Serena si passò una mano tra i capelli. "Starò bene tra un attimo…" Inspirò di nuovo. "È stato uno shock, trovarlo in quel modo, ma è stato comunque affascinante."

"Trovare cosa?"

"Un corpo." Fece un gesto verso la riva. "Nel letto del fiume, dove l'albero è crollato."

"Oh, no. Qualcuno è caduto nel fiume?" Non sembrava molto profondo, ma con tutta la pioggia, immaginai che se qualcuno fosse scivolato e si fosse ferito, non sarebbe stato in grado di risalire dall'acqua in rapido movimento.

Serena scosse la testa. "No, non è andata così."

Un grido attraversò l'aria. Serena e io ci girammo. Dall'altra parte del fiume, due donne, anch'esse in tenuta da golf, si trovavano in una piccola radura ai margini della riva, con l'attenzione concentrata su di noi. Una di loro si portò le mani alla bocca. "Dovremmo venire anche noi?"

Serena scosse la testa con un movimento esagerato e gridò: "No, è troppo tardi."

L'altra donna urlò qualcosa a proposito della clubhouse e la coppia se ne andò, portando con sé un'altra borsa di mazze, che supposi fossero di Serena. Lei si voltò verso di me. "Ho superato il green. Stavo cercando la mia pallina lungo il bordo del fiume quando ho visto un guizzo di rosso da questa parte, cosa strana in questo periodo dell'anno."

"Capisco che quel colore possa aver attirato la tua attenzione." I marroni, gli oro e i rossi dell'autunno non erano ancora evidenti. Le foglie, gli aghi di pino e gli sprazzi di prato tra gli alberi erano di un verde brillante, mentre il sottobosco intorno agli alberi era di un marrone tenue, della stessa tonalità dei tronchi.

Serena fece un respiro profondo prima di continuare. "Era una stoffa, una cravatta da uomo. Sporca di fango, ma il colore sgargiante traspariva. Poi ho scorto la forma nell'ombra e ho capito che si trattava di una sagoma, la figura di una persona sulla riva del fiume tra le radici dell'albero rovesciato. Ho un'eccellente vista da lontano e speravo di sbagliarmi, ma ho deciso che era meglio avvicinarmi per esserne assolutamente sicura. Non mi sbagliavo. Pensavo fosse un uomo. I vestiti..." Si passò di nuovo la mano tra i capelli. "Non ha senso..." La sua voce si affievolì, ma potevo ancora sentirla mentre diceva: "... la figura era femminile." Ripeté la parola con più enfasi. "Decisamente femminile."

Il mio stomaco precipitò e il cuore cominciò a battere. "È una donna vestita da uomo?"

Il braccio di Serena cadde sul fianco. Il suo sguardo si fissò su di me. "Come fai a saperlo?"

"Un'intuizione."

CAPITOLO SETTE

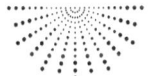

*M*i avvicinai il più possibile al bordo, dove la terra scendeva verso il letto del fiume. Le zolle sotto la frangia d'erba più vicine al fiume si staccarono e si riversarono lungo il ripido pendio, atterrando con un morbido *plop* sul groviglio di terra umida, rocce e radici d'albero. Il corpo era nel cumulo di terra che un tempo circondava l'albero e che era stato sollevato quando il castagno era caduto.

La giacca di tweed e i pantaloni scuri si stringevano contro un corpo sinuoso. La pioggia doveva aver lavato via il fango dal tessuto. La cravatta rossa attirò il mio sguardo sul viso, che era girato di lato. Anche a distanza, potevo vedere una depressione sulla tempia. Distolsi lo sguardo. Mi ricordava la macchia scura e spugnosa su una mela andata a male. Una forma quadrata semisepolta nel fango a poca distanza era una valigia di cuoio. Notai qualcosa che luccicava al sole. Mi avvicinai e trattenni il respiro. Un volto era semisepolto vicino alla valigia. No, non un volto. Era una maschera di latta, uno zigomo, un naso e un mento con degli occhiali attaccati sopra, le cui lenti vuote riflettevano la luce del sole. Mayhew doveva avere due maschere. L'altra, quella più vecchia e graffiata, era all'East Bank Cottage, nel cassetto del comò.

Deglutii a fatica e feci un passo indietro. "Dovremmo tornare a Blackburn Hall e contattare la polizia."

Serena distolse lo sguardo dal corpo. "Oh, sì. Sì, certo," disse. Dopo che mi fui girata per allontanarmi, la vidi soffermarsi per qualche istante a fissare il corpo, ma una volta che mi ebbe raggiunta, si mise a camminare alacremente. "Quella zona della riva del fiume si era indebolita," mormorò più a se stessa che a me, pensai.

"Davvero?" chiesi.

Parve sorpresa e mi guardò come se si fosse dimenticata che le stavo camminando accanto. "Sì. In effetti, la settimana scorsa avevo notato che un po' del terreno vicino all'albero era crollato."

Il resto della strada per tornare a Blackburn Hall lo percorremmo in silenzio. Stavo pensando furiosamente, cercando di capire cosa avrei detto alla polizia. Serena tagliò per i giardini sul retro della casa. "Entriamo dal salotto. È più breve da quella parte." Chiamò Bower e lo incaricò di contattare la polizia, poi salì a cambiarsi i vestiti sporchi di fango.

Mi appoggiai al bordo di una sedia e mi concentrai sulle mie mani giunte. Non volevo pensare al corpo, a quanto tempo fosse stato sepolto nella terra fredda o a come ci fosse arrivato, ma non riuscivo a frenare la mia immaginazione e, quando Serena tornò, avevo già fantasticato su diversi scenari terribili. Lei non si sedette, ma camminò avanti e indietro davanti alla portafinestra, con le mani appoggiate sui fianchi. "Deve essere Mayhew."

"Potrebbe essere qualcun altro del villaggio?"

Scosse la testa. "No, impossibile. Nessuno si inoltra mai fin laggiù e tutta la servitù è qui a Blackburn Hall." Smise di camminare e fece un rapido sorriso. "È un posto isolato, questo, e conosciamo gli andirivieni di tutti."

"Non c'è bisogno di spiegarmelo. Sono cresciuta in un piccolo villaggio. Anna ha parlato del signor Mayhew, ieri sera, ha detto che se ne stava per conto suo. Andava spesso in paese?" chiesi.

"No. Si faceva consegnare il cibo a casa. La signora Henley andava una volta alla settimana a fare le pulizie, ma mi ha detto che lui andava sempre a fare una lunga passeggiata quando lei arrivava."

Bower entrò nella stanza. "È arrivato l'ispettore di polizia Calder. È sceso al fiume ma dice che sarà da voi a breve."

Serena aprì una scatolina smaltata sul tavolino e tirò fuori una sigaretta. "Fallo venire qui quando torna."

"Molto bene." Bower chiuse la porta.

"Cercherò di spremere il più possibile da Calder. Non dovrebbe essere difficile. È un coniglio," disse lei.

Nel giro di pochi minuti, Bower scortò l'ispettore e l'agente che lo accompagnava nella stanza. Dopo che fummo presentati, Calder mi fece alcune domande sui miei movimenti di quella mattina, poi rivolse la sua attenzione a Serena. Non aveva detto di voler parlare da solo con lei, quindi mi spostai di lato, rimanendo nella stanza ma fuori dalla sua visuale.

L'ispettore si mosse sulla delicata sedia rivestita di seta a righe. Aveva i tratti del viso piatti tranne gli occhi che sporgevano, una combinazione che mi ricordava un carlino che avevo ritrovato qualche settimana addietro per una matrona dell'alta società. Dopo la prima serie di domande, Calder tornò a parlare del momento in cui Serena aveva fatto il ritrovamento. "Perché ha esaminato il corpo, signorina Shires?"

Lei aspirò la sigaretta, poi soffiò una boccata di fumo verso il lampadario. Mi allontanai dalla foschia che si disperdeva.

"Gliel'ho già spiegato," disse lei. "Ho visto quella che sembrava una figura, un corpo, e sono passata dall'altra parte per indagare."

Calder sbatté gli occhi sporgenti. "No, intendevo dire perché ha studiato la forma stessa? Cosa l'ha spinta ad approfondire?"

Serena fece cadere un po' di cenere nel posacenere. "Oh,

vuol dire perché non sono scappata via gridando quando ho capito che in realtà era un essere umano?"

"No, io..." L'ispettore si mosse di nuovo e la poltroncina scricchiolò. "Ha dichiarato di aver notato che si trattava di una donna. Ma la persona è vestita da uomo. Come faceva a sapere che era una donna?"

"I vestiti sono bagnati e appiccicati al corpo. Immagino che l'abbia notato anche lei. La scollatura è evidente." Tracciò una forma a clessidra nell'aria, con la sigaretta stretta tra due dita. "Vita piccola e un rigonfiamento intorno ai fianchi. Devo continuare?"

Le guance di Calder avvamparono e l'ispettore si chinò sul suo taccuino. "No, va bene così." Si schiarì la gola. "Ha toccato il corpo in qualche modo?"

"Certo che no. Quando ho capito che non c'era urgenza, che per lui – cioè *lei* – non c'era più speranza, ho fatto un passo indietro. Sono sicura che potrete confermarlo dalle mie impronte nel fango. Non ho avuto bisogno di controllare il polso. Era morta da diversi giorni."

La testa di Calder si alzò di scatto. "Diversi giorni?"

"Senza dubbio. Si era già formata la marmorizzazione e il corpo cominciava a gonfiarsi intorno all'addome. Nonostante il gonfiore, era chiaro che si trattasse di una donna. Ultimamente ha fatto fresco e la terra che copriva il cadavere deve averlo sepolto in profondità, il che spiega perché la putrefazione fosse limitata."

Gli occhi di Calder si restrinsero. "Mi pare di capire che lei, di cadaveri, se ne intenda."

"Sono una scienziata. Studio la decomposizione, ispettore Calder, e la so riconoscere."

Calder la fissò per un attimo, poi sembrò rinunciare al tentativo di trovare una risposta. Rivolse il suo sguardo occhialuto su di me. "E lei, signorina... Belgrave? Ha percorso il sentiero ed è passata proprio lì davanti. Che cosa ha notato questa mattina?"

"Non mi sono avvicinata abbastanza per vedere il fiume in

quel punto. Quando sono arrivata all'albero caduto, ho girato intorno e sono salita verso il bosco."

Serena prese un'altra sigaretta dalla scatola e la picchiettò sull'unghia del pollice. "Chi era, ispettore Calder?"

Si schiarì di nuovo la gola. "Beh... non posso ancora dirlo... non ho fatto un'identificazione formale..."

"È Mayhew, vero?" L'affermazione piatta di Serena eliminò ogni ambiguità di Calder.

Lui sbatté le palpebre, si strinse il lobo dell'orecchio e guardò fuori dalla finestra. "Sembra proprio che sia la persona che abitava all'East Bank Cottage."

"Ha trovato qualcosa di identificabile?"

Calder esitò.

"Oh, suvvia, ispettore. Chi altro potrebbe essere? Tutti gli altri abitanti del villaggio sono stati rintracciati. Se qualcuno si fosse allontanato da Hadsworth o fosse scomparso da giorni, sarebbe di dominio pubblico."

"Potrebbe essere qualcuno del campo da golf." Il tono di Calder era quasi bellicoso. "Abbiamo un sacco di gente in vacanza."

"Ma raramente attraversano il fiume portando con sé una valigia. Se si fosse trattato di un giocatore di golf, mi sarei aspettata di trovare una sacca da golf, non una valigia, semisepolta assieme al corpo."

Applaudii silenziosamente la logica di Serena e la sua dichiarazione così esplicita. Nemmeno io pensavo che potesse essere qualcun altro, soprattutto dopo aver visto lo stato dell'East Bank Cottage.

"Lei è considerata una donna molto intelligente, signorina Shires," disse Calder con un tono tutt'altro che complimentoso. "Sì, le etichette della valigia e alcuni documenti al suo interno indicano che si tratta di Mayhew."

Serena accese la sigaretta e si appoggiò allo schienale della sedia. "Quindi il signor Mayhew era una donna," disse, non con sorpresa o shock, ma come se stesse contemplando come risolvere una complessa equazione.

"Sembra proprio che sia così."

"Perché vestirsi da uomo? Ha vissuto qui per anni e nessuno lo sapeva."

"Troppo presto per dirlo, non posso fare ipotesi, per ora..."

"Ha trovato la sua maschera di latta?" chiese Serena.

Calder fece un cenno di disappunto. "Sì, era vicina alla valigia."

Era il momento di parlare. Feci un respiro per dire a Calder quello che avevo visto nel cottage, pronta a confessare il mio ficcanasare, ma prima che potessi continuare, Serena riprese a parlare. "La maschera era un travestimento." Serena si girò, appoggiò il braccio sullo schienale della sedia e mi disse: "Hai visto il suo volto quando hai guardato?"

"No, era girato. Beh, ho scorto solo la tempia."

"Sì, ha preso una bella botta, lì, a quanto pare. Ma io ho potuto vedere il suo volto quando ho attraversato il fiume. Era intatto." Si voltò verso Calder. "La maschera doveva essere un espediente per far sì che la gente la lasciasse in pace. La domanda è: perché voleva essere lasciata in pace?"

"Dato che ha avuto un incidente, forse non lo sapremo mai," disse Calder.

Mi mossi verso il divano e mi sedetti. "Allora pensa che sia stato un incidente?"

"Quel tratto di sentiero è sempre stato pericoloso. Avrebbe dovuto essere transennato molto tempo fa." Riportò l'attenzione su Serena. "Quanti contatti avete avuto, qui a Blackburn Hall, con... ehm... Mayhew? Chiamiamola così. Mi pare più semplice."

Serena fece cadere un po' di cenere dalla sigaretta. "Nessuno. Nessun contatto. Ho visto raramente... Mayhew. Di tanto in tanto... la intravedevo. Faceva lunghe passeggiate in campagna. Ma erano solo scorci fugaci, i miei, di solito da molto lontano. Non ci fermavamo mai a chiacchierare."

"E quando è stata l'ultima volta che l'ha vista?"

"Oh, non lo so." Sollevò la sigaretta alla bocca. "Diversi giorni fa, credo. Stavo comprando dei francobolli in paese. Me lo ricordo perché non la si vedeva molto in giro, solo di tanto in tanto, ma tutti devono comprare francobolli prima o poi, suppongo. Vediamo... deve essere stato il tardo pomeriggio di martedì, se non sbaglio. Mi sono allontanata dallo sportello e ho notato Mayhew dietro di me nella fila." Si fermò, con il braccio sospeso in aria, mentre si concentrava sul medaglione di gesso sopra il lampadario. "No, mi sto sbagliando. Martedì un'amica è venuta da Londra per discutere del mio articolo sui tassi di decomposizione per *il Journal of Forensic Studies*. Si è fermata per la notte e la mattina dopo abbiamo giocato una partita a golf prima che lei tornasse in città. Abbiamo formato un quartetto con due signore dello Yorkshire che erano in vacanza. Ho visto Mayhew la mattina presto di mercoledì della scorsa settimana."

Calder si sporse in avanti. "Mayhew era sul campo da golf?"

"No, dall'altra parte del fiume, sul sentiero. Il fairway scende dagli alberi e arriva fino al bordo della riva del fiume. In quel punto non ci sono alberi e la vista è aperta sul fiume. Un movimento ha catturato la mia attenzione. Mayhew camminava lungo il sentiero, con il cappello in mano. Quella mattina c'era un po' di vento. Mi ha salutato e io ho ricambiato il saluto. Ho capito che era lui perché ho visto il lampo di quella cravatta rossa e vivace." Le sue parole rallentano. "La stessa cravatta che ho notato oggi. Deve essere successo proprio prima che...."

Calder chiese: "Ha sentito qualche rumore o l'ha vista cadere?"

Serena posò la sigaretta sul bordo del posacenere e si strofinò il cuoio capelluto, facendo risaltare ancora di più i suoi riccioli già scompigliati intorno alla testa. "No, abbiamo giocato fino alla buca successiva. Non mi sono mai guardata indietro." Si schiarì la gola e si mise a sedere un po' più dritta. "Mayhew prediligeva cravatte e fazzoletti da taschino dai colori vivaci:

rossi, gialli e persino viola. Lui – *lei* – indossava sempre un completo coordinato, quelle poche volte che la vedevo."

"Cos'altro ha notato di Mayhew quella mattina?"

"Portava una giacca di tweed." Serena chiuse gli occhi. "Un berretto piatto e pantaloni scuri."

Lady Holt entrò nella stanza. "Bower mi ha informata che c'è stato un incidente vicino al fiume."

Calder si alzò. "Buongiorno, Lady Holt. Sì, mia signora, sembra che qualche giorno fa una parte instabile del sentiero sia crollata e una persona sia precipitata con essa. Un ulteriore crollo – una frana, come dir si voglia – ha coperto il corpo, seppellendolo fino a questa mattina, quando un albero sradicato ha spostato la terra, esponendo il cadavere." Calder fece una pausa per prendere fiato.

"È Mayhew," disse Serena.

Lady Holt la guardò con aria assente. "Mayhew?"

"La persona che viveva a East Bank Cottage," spiegò Serena. "Ed era una *lei*. Mayhew, intendo."

Lady Holt sbatté le palpebre. "Temo di non capire."

"L'uomo sfregiato, quello con la maschera. Sicuramente hai visto Mayhew nei terreni della tenuta o in paese, di tanto in tanto. Era una donna che si vestiva da uomo e non aveva nemmeno bisogno di una maschera. Il suo volto era del tutto normale, per quanto potesse esserlo dopo essere rimasto sepolto per diversi giorni."

Il colore del viso di Lady Holt svanì. La sua postura perfetta non cambiò, ma la donna sprofondò in una sedia. L'agente si avvicinò e mormorò qualcosa a Calder, che non aveva notato il cambiamento nel colore della carnagione di Lady Holt. L'agente si ritirò e Calder parlò rivolgendosi alla padrona di casa. "Lady Holt, cosa può dirmi di Mayhew?"

"Niente," disse lei, con parole precise come la sua postura. "Non abbiamo mai interagito."

"No?"

"No, tutti i dettagli relativi all'affitto del cottage erano gestiti dall'amministratore della tenuta. Io non ho nulla a che fare con questo genere di cose: una signora non dovrebbe occuparsi di commercio o investimenti, sapete. Sia io che Lord Holt lasciamo tutto questo genere di cose al nostro amministratore."

"Più tardi dovrò parlare con lui."

Era il momento di dire che Mayhew era un noto romanziere che scriveva con uno pseudonimo, o dovevo tacere? Fino a che punto si sarebbero spinte le indagini su quella morte? Essendo appena stata coinvolta nell'incidente di Archly Manor, sapevo che se la polizia avesse ritenuto sospetta la morte di Mayhew, avrebbe indagato su ogni aspetto della sua vita. Ma non sembrava che Calder volesse indagare troppo a fondo.

Pareva che l'ispettore pensasse a un incidente, ma avrebbe dovuto comunque controllare il cottage. La polizia ci avrebbe trovato le mie impronte digitali? Non ero mai stata ad Hadsworth, quindi non potevo essere considerata una sospetta – se la morte si fosse rivelata un omicidio – ma se le mie impronte fossero state trovate all'East Bank Cottage sarebbe stato imbarazzante. Ficcare il naso era un'incredibile maleducazione. E non si faceva quando si visitava una casa di campagna.

Il colorito di Lady Holt stava tornando normale. "Mi aspetto che i suoi uomini finiscano per pranzo, ispettore."

"Sì, mia signora, ma dobbiamo indagare sulla morte."

"Indagare?"

"Determinare cosa è successo, se è stato un incidente o..."

"Certo che è stato un incidente. Questa persona è stata trovata accanto al fiume in una sorta di frana, ha detto?"

"Sì, mia signora."

"Allora è stato un incidente. Sfortunato e terribilmente triste, ma un evento imprevedibile. Sono certa che scoprirà che è andata così."

"Ma dobbiamo stabilire..."

"Sciocchezze. Non possiamo lasciare intendere che a Blackburn Hall stia accadendo qualcosa di disdicevole, altrimenti quei terribili redattori dei giornali di gossip verranno qui a chiedere a gran voce di entrare. E né io né Lord Holt vogliamo questo tipo di attenzione. È chiaro?"

Calder sembrò contrarsi sotto lo sguardo di Lady Holt. "Sì, mia signora. Ma dobbiamo indagare e ci sarà un'inchiesta."

"Oh, un'inchiesta. Finché si svolgerà a Hadsworth e il verdetto sarà di morte accidentale, andrà tutto bene. Basta che Blackburn Hall ne resti fuori. Assicuratevi di descrivere l'incidente come avvenuto vicino al campo da golf di Rosewood Hills, non alla nostra tenuta." Lady Holt si alzò, il che significò che anche Calder dovette farlo. "So che farete tutto il possibile per chiarire la faccenda con il minor clamore possibile," concluse lei.

Lady Holt suonò per chiamare Bower e Calder fu accompagnato fuori. Aveva appena lasciato la stanza quando Zippy entrò dalla portafinestra. "Cos'è tutto quel trambusto giù al fiume?" chiese mentre si allungava per prendere una sigaretta dalla scatola. "Sono appena uscito dal campo e tutti dicono che c'è un cadavere."

"Per una volta, i pettegolezzi sono corretti," disse Serena. "È la persona che viveva nell'East Bank Cottage – il *signor* Mayhew. E non è tutto. Mayhew era *una donna*."

Zippy parlò intorno alla sigaretta mentre l'accendeva. "Non mi dire." Chiuse l'accendino con uno scatto. "Beh, questo farà sfornare un sacco di pettegolezzi."

"A quanto pare, nessuno sa chi fosse quella donna o perché si fosse camuffata da veterano dell'Esercito con una maschera," disse Serena.

Lui si lasciò cadere all'estremità opposta del divano rispetto a me, appoggiando mollemente la schiena e incrociando una gamba sull'altra. "Ovviamente voleva essere lasciata in pace."

"Ma perché?" chiese Serena. "Ci deve essere un motivo."

"Zia Serena, sei troppo analitica. Non tutto può essere ricondotto a una ragione o, almeno, non sempre si riesce a scoprirla." Zippy appoggiò un braccio sullo schienale del divano. "E poi non ha niente a che fare con noi, lo sai."

"È vero," disse Lady Holt. "Ma sarà un grande inconveniente, ne sono certa. Tutta questa gente che va avanti e indietro. Ho dato istruzioni a Calder di sistemare tutto in mattinata. Mi aspetto che sia l'ultima volta." Si rivolse a me. "Dobbiamo continuare con il manoscritto. È pronta, signorina Belgrave?"

"Sì, certo," risposi quando mi resi conto che non avevo nemmeno pensato a come la morte di Mayhew avrebbe influito sulla casa editrice. Dovevo contattare il signor Hightower.

Ma nemmeno una morte avrebbe potuto distrarre Lady Holt dalla revisione del suo manoscritto. Due ore dopo, la padrona di casa raddrizzò i bordi della pila di fogli che aveva davanti. "Penso che per oggi abbiamo fatto abbastanza. Oggi pomeriggio ho un appuntamento e non potrò continuare il lavoro con lei. Dovremmo riuscire a finire il manoscritto domani."

Guardai le pagine rimanenti. "Sì, credo che sia possibile." Avevo avuto difficoltà a concentrarmi sulle questioni di Lady Holt. I miei pensieri erano presi dalla morte di Mayhew e dalla mia visita all'East Bank Cottage. Avrei dovuto parlare subito e dire all'ispettore Calder che ero stata lì.

Ma Lady Holt era stata estremamente energica e aveva detto a chiare lettere che si aspettava che l'accaduto venisse considerato un incidente e chiuso senza troppo clamore. Se la polizia non avesse controllato le impronte digitali nel cottage, non avrebbe mai saputo che ero stata lì. Perché parlarne e sopportare tutto l'imbarazzo che avrebbe causato? Senza contare il fatto che avrei dovuto confessare che l'esame del manoscritto era un espediente. Quando il signor Hightower mi aveva offerto il lavoro, mi ero immaginata già lontana prima che Lady Holt venisse a sapere della doppiezza del mio incarico. Una leggera nausea mi assalì al pensiero di quale sarebbe stata la sua reazione a quella notizia.

Nessun altro si unì a me e a Lady Holt per il pranzo. Lord Holt era ancora sul campo da golf, Zippy era andato in paese e Serena aveva fatto sapere che stava lavorando e che si sarebbe fatta portare un sandwich in laboratorio. Lady Holt e io parlammo di libri e di conoscenze comuni a Londra. Durante il pranzo continuai a riflettere sulle mie azioni e, quando fu servito il dessert, sapevo cosa dovevo fare: andare alla stazione di polizia di Hadsworth. Il mio imbarazzo era poca cosa rispetto alla morte di una persona.

Una volta deciso il da farsi, mi sentii più leggera mentre i piatti venivano sparecchiati. "Mi scuso per il disturbo di questa mattina," disse Lady Holt.

"Non c'è bisogno di scusarsi."

"Tuttavia, non è qualcosa che si vuole far sperimentare a un'ospite."

"No, ma non si poteva fare altrimenti."

Lady Holt aspettò che la porta si chiudesse dietro il cameriere che portava via i piatti. "E sarebbe deludente se un qualsiasi accenno a questa storia finisse sui giornali. So che nessuno in casa ne parlerà con loro." Girò il suo lungo viso verso di me e mi rivolse lo stesso sguardo indagatore che avevo visto quando cercava errori nel suo manoscritto.

Soffocai la fiammata di irritazione che provai per la sua presunzione di dovermi avvertire, ma mantenni il viso impassibile. "Non ho alcun interesse a condividere la notizia con la stampa."

"Bene."

Una volta terminato il pranzo, andai di sopra a prendere il cappello e i guanti. Dovevo telefonare al signor Hightower e fargli sapere cosa era successo a Mayhew, ma prima volevo andare in paese, fare visita all'ufficio dell'avvocato e recarmi alla stazione di polizia. Volevo raccogliere tutte le informazioni possibili su Mayhew prima di contattare il signor Hightower. Speravo che, di nuovo nel suo ufficio, l'avvocato potesse dirmi quando il manoscritto di Mayhew era stato spedito o, meglio ancora, se lo avesse ancora lui.

Flettei le dita all'interno dei guanti, facendoli scivolare al loro posto, mentre uscivo dalla mia stanza. Un mormorio fluttuò lungo il corridoio e si fece più forte quando mi avvicinai a una porta aperta, dove due cameriere stavano preparando un letto. Il cappello mi scivolò, abbassandosi sull'occhio. Lo spinsi su. Quando passai davanti alla porta aperta, la conversazione delle cameriere si interruppe per qualche secondo. Il cappello mi scivolò di nuovo, questa volta decisamente troppo, e mi fermai davanti a uno specchio dorato dall'altra parte della porta aperta per aggiustarlo.

Lo schiocco della biancheria che veniva scossa crepitò nell'aria come il rapporto di una pistola, poi una voce fluttuò fuori dalla stanza. "Una donna che indossa abiti da uomo. Scioccante, ecco cos'è."

Quindi si era sparsa la voce che Mayhew fosse una donna. Non mi sorprese che i domestici avessero già tutti i dettagli. Rimisi a posto il fiore sul cappello.

Un'altra voce più profonda, un contralto, chiese: "Come possono essere così sicuri che fosse Mayhew?"

"Indossava i vestiti di Mayhew e aveva la maschera. Nessuno lo ha più visto dalla settimana scorsa, pover'uomo… ehm… povera donna. Doveva essersi incamminata per prendere il treno – aveva una valigia – ma il capostazione e i facchini non l'hanno vista. Nessuno in paese l'ha vista. Beh, tranne la signorina Serena mentre giocava a golf."

La donna dalla voce più profonda disse: "La padrona non avrà più nulla di cui preoccuparsi quando suo figlio farà visita all'East Bank Cottage."

Mi bloccai, con i gomiti in aria mentre mi aggiustavo la tesa del cappello. Non era mai venuto fuori niente di buono dall'origliare, ma dopo che Lady Holt era diventata bianca come il marmo alla notizia della morte di Mayhew, ero troppo curiosa per andarmene.

"Cosa vuoi dire?"

"Sua signoria era arrabbiata con il signor Edward. Li ho

sentiti discutere qualche settimana fa in giardino. Lui era tornato da una passeggiata e lei gli ha detto che sapeva che era stato all'East Bank Cottage. Gli ha proibito di andarci di nuovo."

"No! Perché?"

"Non era naturale, ha detto."

"Non era naturale? Che cosa significa?"

Le stoffe frusciarono. La cameriera con la voce più profonda disse: "Sei proprio un'ingenua…"

"No che non lo sono."

"Lo sei se non sai cosa voleva dire sua signoria." Il tessuto scattò di nuovo. "Intendeva dire che ad alcuni uomini piacciono quelli del loro stesso sesso, invece delle donne."

Seguirono alcuni istanti di silenzio, poi l'altra cameriera disse: "No." Il suo tono indicava che pensava che l'altra donna stesse scherzando.

"Sì. Ma ora Lady Holt non dovrà preoccuparsi. Raddrizza quell'angolo lì, e poi è meglio che ti occupi dell'altra stanza prima…"

Mi allontanai, la spessa moquette attutì i miei passi. Zippy forse non era rimasto così indifferente alla notizia della morte di Mayhew come era sembrato.

CAPITOLO OTTO

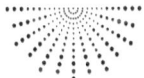

Oltre al pub con le pareti a graticcio, alla chiesa normanna e alla locanda in mattoni, la High Street di Hadsworth consisteva in una fila di negozi collegati tra loro, ognuno con il proprio tetto a gradini a forma di A, che creava un disegno a dente di sega contro il cielo. Ero curiosa di scoprire se Zippy avesse ancora la sua aria spensierata, ma non lo vidi passeggiare lungo la strada o sul prato.

Attraversai il parco del villaggio e passai davanti a un cenotafio sormontato da una croce celtica. Quando entrai nella stazione di polizia, l'agente alzò lo sguardo dalla sua macchina da scrivere.

"Vorrei parlare con l'ispettore Calder."

"È al campo da golf. Non sta giocando", aggiunse rapidamente, "sta facendo delle domande sul signor... sulla signora... sulla vittima. Dovrebbe tornare presto, se vuole aspettare."

L'ultima cosa che volevo fare era stare seduta in quella stanzetta ad ascoltare il ticchettio della macchina da scrivere. "No, tornerò più tardi." Mi chiusi la porta della stazione di polizia alle spalle e mi incamminai di nuovo verso il cenotafio. Entrai in un negozio e chiesi indicazioni per l'ufficio dell'avvocato.

La donna dietro il bancone tolse un granello di polvere dal

registratore di cassa. "Non c'è, e anche la sua segretaria è andata via. In questo periodo chiude prima a causa di una brutta caduta che ha fatto."

"Sì, ne ho sentito parlare, ma pensavo che fosse già tornato al lavoro."

"Solo due ore al giorno, dalle nove alle undici. È già andato a casa."

"Sa dove..."

"E non sono ammessi visitatori. Sua moglie allontana tutti. Ordini del medico, capisce. Immagino che tornerà domani alla stessa ora."

"Grazie. Tornerò, allora."

Poiché non potevo parlare con l'avvocato, c'era un'altra persona che poteva aiutarmi a trovare il manoscritto di Mayhew. Un piccolo cartello con la scritta *Ambulatorio Medico* indicava l'altro capo del villaggio, lontano dal pub e dall'ingresso del campo da golf.

La casa del dottor Finch si trovava alla fine di uno dei brevi vicoli che attraversavano la strada principale. Costruita in mattoni rossi, era progettata in modo simile a Blackburn Hall, ma molto più piccola. L'ambulatorio, un edificio separato dello stesso mattone rosso, si trovava a lato della casa.

Poiché volevo parlare con Anna, andai verso l'edificio principale e suonai il campanello. Mi rispose una cameriera e, quando domandai se la signorina Finch fosse disponibile, mi chiese di aspettare un momento. Il ticchettio sommesso dei tasti di una macchina da scrivere e il tintinnio ritmico di un campanello attraversavano la casa. Il rumore si interruppe e la cameriera tornò pochi secondi dopo. "La signorina Finch è in giardino. La prego di seguirmi."

Seguii la cameriera attraverso un ampio salotto e fino al giardino, dove Anna era seduta a un tavolino di legno spoglio, a eccezione di una macchina da scrivere e di due pile di fogli, uno bianco e l'altro girato a faccia in giù, con l'impronta di lettere scure che traspariva debolmente. Anna estrasse il foglio dalla macchina da scrivere e lo pose sulla pila sotto un fermacarte che proteggeva le pagine dal vento. "Ciao, Olive. Sono felice che tu sia passata."

"Mi dispiace interrompere il tuo lavoro."

Fece un gesto con una mano. "Non mi stai interrompendo. Anzi, stavo per fare una pausa." Chiese alla cameriera di portare il tè, poi indicò un gruppo di sedie di vimini bianche sotto un castagno. "Era una giornata troppo bella per restare in casa. Adoro l'odore fresco dell'aria dopo un temporale."

"Ieri sera c'è stata una bella tempesta. Avete avuto dei danni?" Diedi un'occhiata al giardino con i suoi alberi imponenti.

"Un po' d'acqua stagnante in fondo al giardino, ma succede sempre. Il terreno si abbassa, lì sotto."

"Un albero è caduto nel fiume tra Blackburn Hall e il campo da golf."

"Oh, che peccato." Inclinò la testa verso l'alto e guardò i rami. "Sembrano così fermi e immobili, ma a volte succede quando il terreno si satura. Non riescono a stare in piedi e si rovesciano come stuzzicadenti."

Non ero sicura di come avrei dovuto affrontare l'argomento Mayhew con lei. Camminando fino a lì, avevo impiegato il tempo riflettendo su cosa dire all'avvocato, ma avevo deciso di andare a trovare Anna all'ultimo momento. "Non hai sentito le notizie dal villaggio?"

"No, sono stata qui fuori in giardino a scrivere per tutta la mattina. Non sono andata da nessuna parte. Perché? È successo qualcosa?" Anna si sporse in avanti, con le sopracciglia alzate e il viso acceso di interesse.

"Temo di sì, ma è qualcosa di tragico."

Lei si raddrizzò e tirò su il mento. "Tragico? C'è bisogno di papà?"

"No, temo che sia troppo tardi, per questo."

"Oh! Chi?"

"Mayhew."

79

La sua fronte si aggrottò e lanciò un'occhiata al tavolo con la macchina da scrivere. "Ma è..."

La cameriera si avvicinò con un vassoio e Anna aspettò che rientrasse in casa. "Che cosa è successo?"

Mentre descrivevo la scena al fiume, Anna incrociò un braccio sullo stomaco, vi appoggiò il gomito e si premette le dita sulla bocca per un momento. Quando smisi di parlare, rimase in silenzio, con lo sguardo fisso sul vassoio del tè, che non aveva toccato. Scostò le dita dalla bocca e disse: "È così difficile da credere." Aveva una pelle chiara e traslucida, ma era diventata più pallida del solito, facendo risaltare le lentiggini. "E pensano che il cadavere sia rimasto lì per un po'?"

"Sì. Serena ha visto Mayhew mentre giocava a golf la settimana scorsa."

Si affrettò verso il vassoio. "Oh, il tè. Mi dispiace. Sono una pessima padrona di casa." La tazza tintinnò nel piattino mentre me la porgeva.

"Grazie." Mescolai il mio liquido ambrato mentre Anna versava il suo. "Quindi non hai avuto nessun contatto con Mayhew?"

"No, mi limito a battere a macchina quello che mi manda, poi glielo rispedisco, lasciandolo ogni volta al suo cottage." Si concentrò sulla sua tazza da tè mentre rispondeva. La risposta sembrava qualcosa si meccanico che avesse pronunciato molte volte.

"E non hai visto Mayhew, ultimamente?"

"No." Lei sbatté le palpebre e mi guardò. "Mai, a dire il vero." Si appoggiò alla sedia, girando il cucchiaino nella tazza. "È così strano..." Continuò a mescolare il tè, con lo sguardo rivolto al giardino.

"C'è un'altra cosa ancora più curiosa."

Smise di mescolare. "Cosa vuoi dire?"

"Quando Serena ha trovato il cadavere, era bagnato dalla pioggia. I vestiti erano modellati sul corpo e... beh, era il corpo di una donna."

"Non sono sicura di aver capito. Che cosa stai dicendo?"

"Mayhew era in realtà una donna."

"Una donna?" La tazza si inclinò e il tè le schizzò sulla gonna. "Ma..."

"Oh, no. Ti sei bruciata?"

"No, il tessuto è spesso." Mise la tazza e il piattino sul vassoio, prese un fazzoletto dalla tasca e tamponò la macchia. "Sono sicuri?"

"Sì, sembra che Mayhew vivesse nel cottage, vestendosi da uomo e indossando la maschera di latta per nascondere la sua identità."

Anna premette il fazzoletto sul tessuto. Le nocche delle dita diventarono bianche per la pressione. "Ma allora questo significa... ma perché l'avrebbe fatto?"

"Non ne ho idea. Speravo che lo sapessi tu."

"Io? A quanto pare ne so meno di chiunque altro. Tutte quelle settimane di lavoro con lui... cioè, con lei... È incredibile. Non l'avrei mai detto." Lanciò un'occhiata all'ambulatorio. "Non l'ho mai nemmeno sospettato."

Inclinai la testa e la guardai con occhi stretti. "Ma pensi lo sospettasse qualcun altro?"

Anna sobbalzò lievemente e mi guardò come se si fosse dimenticata della mia presenza. "No. No, certo che no." Tamponò e strofinò la macchia con rinnovata energia.

"Pensi che tuo padre lo sapesse? Ha curato Mayhew per qualcosa?"

Le mani di Anna si fermarono. Infilò il fazzoletto sul lato della sedia e si girò completamente verso di me. "Papà è tornato a casa, una sera... Non so, un anno o due fa. È stato prima che io andassi a Londra. Non è questo il punto, ma quella sera si comportò in modo strano. Non era affatto in sé. Disse che il signor Mayhew aveva la polmonite. *Sapevo* che papà non mi stava dicendo tutto, ma non sono riuscita a tirargli fuori nulla." Sospirò. "Fa così, si chiude a riccio e non fa trapelare mai nessuna informazione. Ma sapevo che qualcosa lo preoccupava.

Non ne ha mai parlato e io non sono riuscita a capirlo. Doveva trattarsi di Mayhew." Le sue spalle si rilassarono. "È un tale sollievo avere qualcuno con cui parlare, qualcuno della mia età. Non sai cosa significhi vivere qui ed essere l'unica persona giovane." Il suo sguardo si spostò in mezzo al giardino. "Ma pensare che Mayhew fosse davvero una donna... è incredibile. So che R. W. May era un nome di fantasia. Ma chi era davvero?"

"Non lo so. Credo che l'ispettore di polizia Calder ci stia lavorando proprio ora."

Anna emise uno sbuffo. "Beh, forse dovremo aspettare un po'. Calder è un uomo abbastanza simpatico, ma non lo definirei una cima." Rimanemmo per qualche istante in silenzio, poi lei si versò un'altra tazza di tè e me ne offrì una seconda.

Scossi la testa e rimisi la tazza sul vassoio. "Temo che questo possa sembrarti venale, ma uno dei motivi per cui volevo parlarti oggi è l'ultimo libro di Mayhew. Devo telefonare al signor Hightower e fargli sapere cos'è successo, ma prima di farlo volevo sapere se avevi una copia dell'ultimo manoscritto."

"Una copia?" Anna lanciò un'occhiata da sopra la spalla al tavolo con la macchina da scrivere. "Perché ne dovresti aver bisogno?"

"Perché la Hightower Books non ha mai ricevuto il manoscritto di Mayhew per *Omicidio alla nona buca*."

"Ma l'ho finito settimane fa e lui… lei l'ha spedito."

"Mayhew aveva una sorta di sistema machiavellico. Inviava i libri alla Hightower Books tramite l'avvocato locale, ma dopo la caduta..."

"Oh, adesso ha senso. Mayhew mi aveva fatto consegnare..." Le sue guance avvamparono. "… ehm... qualcosa dall'avvocato, una volta." Parlò in fretta, quasi mangiandosi le parole. "È terribile... per il manoscritto, intendo. La Hightower Books si starà chiedendo che fine abbia fatto."

Mi avvicinai. "In realtà è per questo che sono stata mandata qui: per scoprire cos'è successo senza sollevare un gran polverone."

"Oh. Beh, in questo caso...." Prese la collana tra le dita e strofinò il pollice sulle perline. "Non l'ho mai detto al signor... cioè alla signora Mayhew, ma ho conservato una copia carbone dei manoscritti che ho battuto a macchina."

"Non avere un'aria così colpevole. Penso che sia meraviglioso. Il signor Hightower ti sarà molto grato, ne sono certa."

Il suo pollice strofinò con più foga le perline. "Pensavo che Mayhew potesse volere delle modifiche. Se ne avessi avuta una mia copia, sarebbe stato molto più semplice."

"Non devi darmi spiegazioni. Mi affideresti la tua copia da consegnare alla Hightower Books?"

La sua risposta arrivò lentamente. "Credo di poterlo fare."

"Assicurerebbe che il libro venga effettivamente pubblicato. Non so se la copia inviata da Mayhew all'avvocato salterà mai fuori."

"Sì, hai ragione. Immagino che se mi promettessi di portarla a mano al signor Hightower, potrei dartela."

"Penso che sarebbe la cosa migliore da fare. Non vorremmo che si perdesse nella posta."

"Sarebbe un disastro."

Avevo detto la frase sul fatto che si potesse perdere nella posta per scherzo e sbattei le palpebre di fronte all'intensità del suo tono. Sembrava la prendesse molto sul personale, considerando che lo aveva solo battuto a macchina. Ma supponevo che fosse interessata al libro e che volesse vederlo stampato.

Con un rumore sordo posò la tazza sul vassoio. "Vado a prendere il manoscritto." Scomparve in casa e tornò pochi istanti dopo portando una scatola piatta legata con uno spago. La teneva con due mani ed esitò un attimo prima di porgermela. "Ecco qua. Questo è *Omicidio alla nona buca*, l'unica copia che ho."

"Grazie. Lo consegnerò personalmente al signor Hightower." Mi sistemai la scatola sulle ginocchia.

Si sentirono dei passi e il dottor Finch venne verso di noi

attraverso il giardino. "Cosa succede? Niente macchina da scrivere?"

"Ciao, papà. Faccio una pausa per parlare con Olive."

"Oh, salve, signorina Belgrave. Sul momento non l'avevo vista. Il rumore della macchina da scrivere di solito è costante. Il silenzio è l'eccezione piuttosto che la regola da queste parti." Si sedette. "Credo che mi unirò a voi."

Anna gli versò una tazza di tè. "Hai sentito le notizie su... Mayhew?"

"Sono stato in ambulatorio tutta la mattina a sbrigare alcune pratiche. Non è venuto nessuno. Che cosa gli è successo?"

Anna mi guardò. "È meglio che glielo dica tu, visto che eri presente."

Il dottor Finch mi scrutò oltre il bordo della sua tazza con quello che mi sembrò un interesse educato. Quando finii, stava bevendo a sorsi il suo tè meccanicamente e il suo atteggiamento rilassato era sparito, sostituito da una postura rigida.

Anna gli toccò la manica. "Papà, lo sapevi, vero?"

Il dottor Finch si chinò in avanti e posò la tazza sul vassoio, interrompendo il contatto della mano di lei sul suo braccio. "Non capisco cosa intendi, mia cara."

"È inutile, papà." Anna gli riempì la tazza vuota. "Ricordo bene il tuo strano comportamento dopo che Mayhew aveva avuto la polmonite. A suo tempo non dicesti una parola su ciò che ti preoccupava, ma sospetto che tu lo abbia scoperto allora. Sono sicura che hai dovuto... ehm... esaminarla. Devi essere stato... diciamo... consapevole del sesso di Mayhew. Dovevi saperlo per forza."

Il dottor Finch allontanò la tazza piena che Anna gli stava porgendo. "E ora lei è morta." Si passò le dita tra i radi capelli rossicci.

"Ti ha mai detto perché si mascherasse da uomo?" Anna esitò. "Era... era... beh, ho sentito parlare di persone che fanno questo genere di cose perché ne traggono… godimento. Lei era così?"

Lui si alzò. "Se volete scusarmi, ho bisogno di qualcosa di più forte del tè." Entrò in casa.

Guardai Anna con le sopracciglia alzate. "Tornerà?"

"Oh, sì. Ha un peso sulle spalle. Vuole parlarne. Si vede. Deve solo arrivarci per gradi."

Il rombo profondo della voce del dottor Finch si levò dalla finestra aperta della casa, poi il padre di Anna tornò portando con sé un tumbler di liquido ambrato e una grande busta. Si sedette di nuovo e mise la busta sulle ginocchia, ma non parlò per qualche istante. "Ho telefonato al colonnello Shaw. Sarà qui a breve. Era a casa e ha detto che sarebbe venuto subito."

"Suonerò per avere altro tè."

"Meglio farsi portare il whisky."

Anna gli rivolse uno sguardo dubbioso, ma chiamò la cameriera, diede le istruzioni e poi si rivolse a me. "Il colonnello Shaw è il commissario capo. Vive in fondo alla strada e dovrebbe arrivare a momenti." Anna riportò l'attenzione su suo padre. "Quindi *sai* perché Mayhew ha finto di essere un uomo?"

Il dottor Finch annuì. "Sì, e suppongo che sia meglio che restiate ad ascoltare. Altrimenti si spargeranno delle voci", disse muovendo il bicchiere nell'aria, "come quelle che hai menzionato. Sarebbe ingiusto nei suoi confronti."

Anche se morivo dalla voglia di sentire quello che il dottor Finch aveva da dire, mi spostai sul bordo alla sedia. La buona educazione imponeva che fosse ora di andarmene. "È meglio che vada."

"No, lei era lì e lavora per la Hightower Books," disse il dottor Finch. "Anche loro dovrebbero saperlo. Il cielo sa quanto impatto avrà su di loro."

Anna si voltò bruscamente verso di lui. "Cos'è questa storia dei libri della Hightower?"

Il dottor Finch le accarezzò la mano. "E riguarderà anche te, mia cara."

"Certo. Tutti quei... manuali..."

"Ma non erano manuali, vero?" chiese il dottor Finch.

Anna lo fissò per un attimo, poi abbassò lo sguardo. "Non... non so cosa intendi."

"Sapevi che io stavo mantenendo un segreto, ma pensi che non sapessi che tu stavi facendo lo stesso?" Il dottor Finch fece un piccolo sorriso. "Non ho mai creduto a quelle sciocchezze su Mayhew che scriveva manuali tecnici. Battevi a macchina pagine di manoscritti – fiumi e fiumi di pagine. E poi hai avuto un improvviso interesse per la narrativa poliziesca. Non avevi mai letto un libro di R.W. May – né alcun libro che avesse come protagonista un investigatore – finché non hai iniziato a scrivere quei 'manuali.' No, non è stato difficile fare due più due quando hai preso in prestito tutti i miei libri di R. W. May e poi hai iniziato a borbottare di investigatori dilettanti, false piste e indizi. Pensavi che non stessi prestando attenzione. Che ti serva da lezione, mia cara. I padri tengono sempre d'occhio le loro figlie, specialmente quelle adulte. Ah, ecco il colonnello."

CAPITOLO NOVE

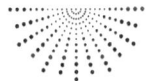

Il colonnello Shaw era un uomo alto e magro, tra i sessanta e i settant'anni, con il volto segnato dall'età, i capelli brizzolati e i baffi bianchi a spazzolino. Furono fatte le presentazioni, spostate le sedie e distribuiti i drink. Shaw mi guardò come se volesse farmi allontanare, ma il dottor Finch disse: "Credo che la signorina Belgrave debba rimanere, colonnello. Lavora per la Hightower Books, che, come vedrà, è coinvolta."

Il colonnello non sembrava contento, ma la parola del dottor Finch doveva avere molto peso perché, dopo un secondo di pausa, fece un cenno di assenso e si rivolse a lui. "Ha detto che si tratta di Mayhew? Lei sa che..." Si schiarì la voce e lanciò un'occhiata ad Anna e a me.

"Che Mayhew era una donna?" chiese il dottore. "Sì." Fece un gesto rivolto a noi ragazze. "E lo sanno anche loro. A questo punto lo sa tutto il villaggio, ne sono certo."

"In questo caso..." Shaw si appoggiò allo schienale della sedia e indicò al dottore di proseguire.

Finch bevve un sorso del suo whisky, poi tenne il bicchiere con entrambe le mani e lo fissò. "Due anni fa, quella che ora sappiamo essere la signorina Mayhew si ammalò di polmonite.

Rimase in casa per più di una settimana prima di mandarmi a chiamare. Era affaticata e aveva la febbre alta. Entrambi ignorammo l'ovvio fatto che fosse una donna fino a quando non cominciò a riprendersi. Quando iniziò a sentirsi meglio, la tosse stizzosa quasi sparita, volle spiegarmi. Le dissi che non ce n'era bisogno, ma lei ribadì che voleva dirlo a qualcuno, certa che quella confessione l'avrebbe fatta sentire meglio. Nel caso le fosse successo qualcosa, qualcuno avrebbe saputo la verità."

Shaw fece una pausa, con il bicchiere a metà strada verso la bocca. "Vuole dire che temeva che qualcuno cercasse di farle del male?"

Mi chinai in avanti. Lady Holt aveva insistito molto sul fatto che la morte di Mayhew fosse stata un incidente. Calder sembrava disposto ad assecondarla, ma supponevo che la probabilità che la vittima fosse stata spinta fosse possibile tanto quanto quella che fosse caduta e fosse stata sepolta da una frana sulla riva del fiume.

Il dottor Finch inclinò il bicchiere da una parte e dall'altra, osservando il liquido che al suo interno si muoveva pigro. "Direi che in quel momento non temeva per la sua vita. Era preoccupata, però. A quanto pare, aveva ragione di esserlo."

Anna diede una pacca sulla spalla del padre. "Non avresti potuto fare nulla. Sono certa che ti ha fatto giurare di mantenere il segreto."

"Sì, l'ha fatto. Ma voleva che la sua storia fosse raccontata, se le fosse successo qualcosa." Bevve in un sol sorso il resto del drink e posò il bicchiere sul tavolino con un tonfo. "Avete mai sentito parlare delle fate di Pikenwillow House?"

Anna rispose: "Sì, certo. È stata una burla che ha coinvolto tante persone sciocche. Cosa c'entra questo con Mayhew?"

Mi raddrizzai mentre le parole del signor Hightower mi riecheggiavano nella mente. Che cosa aveva detto il signor Hightower a proposito dello pseudonimo usato dall'autrice?

"Lo pseudonimo di Mayhew, R. W. May, era basato sul suo nome di battesimo, Ronnie May," proseguì il dottore.

Il mio pensiero ripercorse i nomi, facendo infine il collegamento. "Ronnie… era il diminutivo di Veronica, scommetto."
Mentre stavo riflettendo, avevo tenuto lo sguardo sull'erba
primaverile sotto i miei piedi, ma ora alzai gli occhi. "Mayhew
era Veronica May, vero?"

"Sì."

Anna guardò prima me poi suo padre. "R. W. Mayhew era
Veronica May? La Veronica May che era su tutti i giornali?
Quella? La ragazza di Pikenwillow House?"

Il dottor Finch annuì. "Sì, quella Veronica May." Si rivolse a
Shaw. "Conosce i fatti, colonnello?"

Le fate di Pikenwillow House avevano fatto scalpore sui
media diversi anni prima. La vicenda era iniziata quando
Veronica May e una sua amica, entrambe ragazzine, avevano
scattato alcune fotografie nel giardino della casa della prima. Le
foto mostravano delle fatine che giocavano tra i fiori. Il padre di
Veronica aveva inviato gli scatti a diverse associazioni, tra cui
un'organizzazione interessata ai fenomeni paranormali.

Il colonnello aggrottò le sopracciglia. "Non ricordo molto di
questa storia, se non che era un mucchio di sciocchezze. Credo
che sia stata sfatata anni dopo."

"Sì, è esattamente quello che è successo." Il dottor Finch aprì
la busta che poggiava sulle sue ginocchia e ne estrasse un ritaglio di giornale ingiallito. Lo porse a Shaw. "Dopo essersi
ripresa dalla polmonite, Mayhew mi ha mandato questo. Le due
ragazze avevano creato quelle fotografie per scherzo. Una burla.
Ma il padre aveva assistito alla reazione che esse avevano susci-
tato e aveva capito di poterle sfruttare. Forse credeva nello spiri-
tismo o in altri fenomeni inspiegabili. O forse era
semplicemente un opportunista. Con tutta probabilità la
seconda è la definizione corretta, ma non ho mai incontrato
quell'uomo."

Il dottor Finch prese il suo bicchiere, lo inclinò in modo che
le ultime gocce della bevanda scivolassero sul fondo, poi lo
rimise giù. "Comunque sia, il signor May ha sfruttato l'interesse

per le foto. Mi sono informato sui fatti dopo che la signorina Mayhew mi aveva inviato il ritaglio. Prima che le foto venissero riconosciute come una truffa, il padre divenne un oratore che tenne conferenze in tutta l'Inghilterra e persino sul continente. Faceva visitare la sua casa e dietro compenso affittava il cottage in fondo al suo giardino, dove chi vi soggiornava avrebbe potuto vedere le fate, se le condizioni fossero state perfette, oppure avrebbero potuto partecipare alle sedute spiritiche che organizzava nell'edificio principale."

Shaw, che si era posizionato un monocolo in un'orbita, lesse l'articolo, poi mi passò il ritaglio. Il titolo recitava: "*Le fotografie delle fate sono una bugia! Ritagli di carta, dice la figlia.* Presi la carta sottile per i bordi. "La storia è crollata quando Veronica ha detto la verità."

Il dottor Finch indicò l'articolo di giornale. "Ha descritto esattamente come sono state realizzate. Ha sfatato l'intera faccenda."

Anna si appoggiò al bracciolo della sedia per leggere sopra la mia spalla. "Non ricordo i dettagli."

Le passai l'articolo mentre il dottor Finch continuava. "La signorina Mayhew mi disse che aveva raggiunto un punto in cui non poteva continuare a truffare le persone. Ha contattato un giornalista e ha descritto per filo e per segno il metodo usato per falsificare le fotografie originali. Ha ricalcato le immagini delle fatine da un libro per bambini, ha aggiunto un paio di dettagli suoi – cappelli e guanti – e poi ha usato spille da cappello per sostenere i ritagli tra i fiori del giardino. Pensava che fosse un bello scherzo, ma quando suo padre capì di poterle utilizzare per ingannare la gente, lei si sentì sempre più a disagio. Il signor May si procurò una cinepresa professionale e girò un filmato. Poi comprò un proiettore per proseguire la burla dei presunti folletti."

Il dottor Finch agitò una mano verso il lato opposto del giardino. "Di notte, proiettava le immagini dei folletti danzanti su vari elementi del giardino: il muro del cottage, alcune rocce bianche posizionate strategicamente e la base di una fontana. Naturalmente le immagini duravano solo pochi secondi, ma a quanto pare erano sufficienti a far sì che la leggenda continuasse a circolare tra coloro che erano inclini a credere a questo genere di cose. Guadagnava centinaia di sterline da ogni seduta spiritica. Si faceva pagare per le visite diurne al giardino e ancora di più per i visitatori notturni che potevano assistere al suo spettacolo cinematografico privato. Mayhew mi disse che non era più stata in grado di sopportare la truffa e aveva deciso di rivelare la verità."

Il dottor Finch prese il ritaglio di giornale da Anna e lo rimise nella busta. "Veronica May aveva una fervida immaginazione e un talento per la scrittura. Mentre suo padre faceva soldi a palate con la leggenda delle fate, lei si buttò a scrivere un libro, un romanzo poliziesco. Una volta ricevuta un'offerta dalla Hightower Books, si organizzò per raccontare la verità ai giornali e poi sparire." Il dottor Finch consegnò la busta a Shaw. "È meglio che lo tenga lei, a questo punto."

Shaw annuì e infilò la busta nel fianco della sedia. "Suppongo che sia scomparsa perché aveva paura di suo padre."

"Mi disse che era certa che suo padre si sarebbe infuriato una volta che l'articolo fosse stato pubblicato. Temeva che le avrebbe fatto del male." Il dottor Finch si schiarì la gola. "Mi riferì che suo padre gliene aveva già fatto, in passato."

Per me era inimmaginabile avere un genitore così. "È scioccante." Sebbene mio padre fosse distratto e spesso perso nel suo mondo fatto di ricerche, libri e scrittura, era un uomo gentile e garbato. "E la madre della signorina Mayhew era parte della frode?"

"No. Era morta dando alla luce Veronica." Il dottor Finch prese il decanter del whisky, si versò un altro bicchiere, poi alzò il cristallo in direzione di Shaw. Lui scosse la testa e il dottore continuò. "Naturalmente ho cercato di convincere la signorina Mayhew a uscire allo scoperto, ma non ha voluto saperne. Mi riferì che aveva cambiato aspetto e preso diverse precauzioni affinché suo padre non la trovasse mai. Era seria quando mi disse che se mai le fosse successo qualcosa, la polizia avrebbe dovuto scoprire dove si trovava suo padre quando era morta. Temeva che l'avrebbe rintracciata e... beh, mi parlò senza mezzi termini dicendomi che lui l'avrebbe fatta fuori, se solo avesse potuto. Pensava che, una volta scomparsa, il padre avrebbe rilasciato un'intervista o una dichiarazione in cui spiegava di aver *appena trovato* una lettera o una nota – ovviamente contraffatta – in cui lei ritrattava le sue precedenti affermazioni sulle fate, in modo da attirare di nuovo i curiosi dei fenomeni psichici a Pikenwillow House."

Anna scosse la testa. "E così lei ha indossato una maschera, si è camuffata da uomo e ha vissuto una vita solitaria qui a Hadsworth."

Il dottor Finch sorseggiò dal suo bicchiere. "Le chiesi se si sentisse sola e mi rispose di no, che era *un'anima solitaria*, come si definiva lei. Disse che le piaceva vivere nel cottage, scrivere i suoi libri e vagare per la campagna all'imbrunire. Mi disse che era felice e io le credetti."

Rimanemmo tutti in silenzio per qualche istante, poi il dottor Finch riprese a parlare. "La signorina Mayhew pensava che suo padre non avrebbe cercato di rilasciare una nuova dichiarazione che ritrattasse il suo precedente disconoscimento della storia dei folletti, a meno che non fosse assolutamente sicuro che lei fosse morta. Finché fosse stata in vita, infatti, avrebbe sempre potuto controbattere a qualsiasi dichiarazione fatta da lui." Indicò la busta con il bicchiere. "Insieme all'articolo di giornale, mi ha inviato anche una lettera sigillata con la richiesta di consegnarla a un determinato giornalista se fosse morta inaspettatamente. La darei a lei, colonnello, ma le ho fatto una promessa. E intendo mantenerla."

"Sono d'accordo." Shaw si passò un dito sui baffi sottili. "Ma forse potreste rimandare fino a quando non avremo confermato la posizione del padre."

"È ragionevole."

Shaw mi guardò. "E gradirei la stessa cortesia da parte della Hightower Books. Vi prego di mantenere segrete le informazioni sulla vera identità dello scrittore Mayhew fino al completamento delle indagini."

Come aveva detto il dottor Finch, era una richiesta ragionevole e io fui d'accordo. Shaw si alzò e mise la busta sotto il braccio. "Me ne occupo io."

Il dottor Finch appoggiò le mani sulle ginocchia e si tirò su. "Verrò in paese per rilasciare una dichiarazione formale."

Shaw consultò l'orologio da tasca. "Per quello ci sarà tempo più tardi. Al momento preferirei concentrarmi sulla ricerca del signor May. Venga alla stazione di polizia domani mattina, dottore."

Shaw rifiutò l'offerta di essere accompagnato fuori dalla casa attraverso il salotto, dicendo che sarebbe uscito dal sentiero che correva tra l'edificio e l'ambulatorio.

Mi alzai e strinsi al petto la scatola del manoscritto. Anna non ne aveva parlato e io ero rimasta in silenzio, ma dovevo dire ai funzionari di polizia quello che avevo visto nel cottage di Mayhew. Dopo aver sentito quello che quella ragazza aveva passato, ero più che mai sicura di aver preso la decisione giusta nel confessare il mio ficcanasare. Speravo solo che la polizia non volesse tenersi il manoscritto, perché ero decisa a non consegnarlo. Non aveva nulla a che fare con il signor May e avrei lottato per assicurarmi di poter inviare il libro alla Hightower Books. "È meglio che vada anch'io. Devo tornare a Blackburn Hall." Mi rivolsi al dottor Finch. "Grazie per avermi fatto sapere cosa è successo."

Il dottor Finch disse: "La Hightower Books dovrebbe saperlo... prima o poi. Potrà fornire loro la storia completa non appena Shaw, o chiunque sia il responsabile, le darà il permesso di farlo. Immagino che avranno un certo interesse. La morte di Mayhew finirà su tutti i giornali, ne sono certo." Fece un cenno alla scatola che tenevo in mano. "Il suo ultimo romanzo farà scalpore."

"Sono sicuro che la Hightower Books vorrà farlo uscire il prima possibile." Dovevano approfittarne, visto che non ci sarebbero stati altri libri di R. W. May. Accarezzai la scatola e dissi ad Anna: "Grazie per avermela data. Ne avrò cura."

Lei sobbalzò un po' alle mie parole. "Scusami, non stavo ascoltando."

"Grazie per avermi affidato il libro. Mi assicurerò che arrivi all'editore."

"Bene." Guardò la macchina da scrivere e poi i suoi occhi tornarono verso di me, con le sopracciglia aggrottate. "Sì. È quello che avrebbe voluto Mayhew – o Veronica, credo di poter dire ora."

Anna tornò al tavolo con la macchina da scrivere mentre io percorrevo la stessa strada che aveva preso Shaw. Non sentii il familiare ticchettio e mi voltai indietro prima di girare davanti alla casa. Anna era seduta con le mani in grembo e fissava la macchina da scrivere.

Poverina. La sua principale fonte di reddito era sparita, un fatto che impallidiva rispetto a una morte, ovvio, ma sapevo esattamente come ci si sentiva quando il lavoro si prosciugava come una pozzanghera che evapora quando esce il sole dopo un temporale. Mi ripromisi di parlare di Anna al signor Hightower e di tessere le sue lodi. Aveva salvato l'ultimo libro di Mayhew. Sicuramente l'editore avrebbe potuto inviarle un bonus... o magari trovarle un lavoro. Avrei fatto presente quell'idea al signor Hightower.

Il colonnello mi precedeva di qualche passo lungo la strada. Accelerai il passo. "Colonnello Shaw, posso parlarle?"

"Certamente." Fece una pausa e attese che io raggiungessi il tratto tranquillo del vicolo prima che si immettesse sulla High Street.

"Ho una confessione da fare."

Si girò e mi guardò. "Una confessione?"

"Forse è la parola sbagliata da usare in questa situazione. Devo dirle una cosa. È piuttosto imbarazzante. Stamattina sono passata alla stazione di polizia per parlare con l'ispettore Calder, ma non c'era. Penso che dovrei farlo sapere a lei, ora. Il signor Hightower mi ha mandato a Hadsworth per cercare Mayhew e questo manoscritto." Diedi un colpetto alla scatola, poi spiegai l'accordo di Mayhew con l'avvocato e come il mano-scritto non fosse arrivato. "Così, quando Anna mi ha accennato che l'autore viveva a East Bank Cottage, sono andata a dare un'occhiata di persona."

"Non c'è niente di male." Shaw riprese a passeggiare.

"All'interno."

Shaw si fermò e mi guardò. "Hai fatto irruzione nel cottage?"

"No, certo che no. Ho trovato una chiave. È sopra il telaio della finestra, sul lato destro della porta d'ingresso. Ho dato un'occhiata all'interno e mi sono saltate all'occhio diverse cose." Descrissi i fiori appassiti, il libro aperto sulla sedia, il pane in cucina. "In breve, non sembrava che qualcuno si fosse preparato per un viaggio."

Raggiungemmo la strada principale e la imboccammo. "Potrebbe accompagnarmi alla stazione di polizia e rilasciare subito una deposizione?"

Quindi non avrei ricevuto la stessa cortesia del dottor Finch di essere invitata a presentarmi la mattina dopo. Non potevo biasimare il colonnello. Non mi conosceva affatto. "Certamente." Lo seguii attraverso il parco fino al piccolo edificio che ospitava la stazione di polizia.

CAPITOLO DIECI

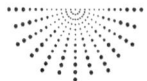

*L*a mia seconda visita alla stazione di polizia durò meno di un quarto d'ora e l'intera faccenda fu gestita con la massima semplicità. Raccontai la mia visita al cottage e Shaw la fece trascrivere a macchina da un agente. Il colonnello mi consegnò la deposizione insieme a una penna. Lessi e firmai il documento con il mio nome. Quanto ero stata sciocca a preoccuparmi di dire alla polizia quello che avevo fatto. Evidentemente ritenevano che il mio ficcanasare fosse una questione di poco conto, che valesse a malapena il loro tempo. Se Shaw avesse detto di voler tenere il manoscritto come prova, sarei stata pronta a far notare che era di proprietà di Anna, non di Mayhew, ma Shaw non ne parlò.

Quando mi alzai, il colonnello prese la deposizione dalla scrivania. "La consegnerò all'ispettore di Scotland Yard quando arriverà. Potrebbe avere altre domande da farle."

Il peso della preoccupazione scese di nuovo sulle mie spalle. "Scotland Yard si occuperà del caso?"

"Senza dubbio."

"Pensavo che voleste scoprire dove si trovava il signor May quando la figlia è morta."

"È al di là delle nostre capacità, qui a Hadsworth. Qualcosa per Scotland Yard, di sicuro."

"Capisco." Shaw si era limitato a raccogliere informazioni da me, ma presto avrebbe affidato il caso a qualcun altro, per questo non aveva avuto domande da farmi.

Di ritorno, riattraversai il parco. Probabilmente avrei dovuto raccontare di nuovo di aver curiosato all'East Bank Cottage all'ispettore di Scotland Yard. Mi stropicciai il naso. Avrei dovuto tacere, ma la mia coscienza aveva avuto la meglio. A volte era proprio scomodo essere la figlia di un vicario.

Lasciai il villaggio e camminai lungo l'alta siepe che costeggiava la strada. Attraversai il ponte e tenni un ritmo sostenuto per alleviare la mia preoccupazione. Spostai la scatola di cartone con il manoscritto di Mayhew nell'incavo dell'altro braccio. Sbuffando, decisi che raccontare di nuovo quella storia sarebbe stato imbarazzante, ma l'avrei superata. Avevo abbastanza tempo per preoccuparmene più tardi. Adesso avevo altre cose su cui concentrarmi.

Non volevo annunciare il mio ritorno dal villaggio, così feci il giro del giardino sul retro ed entrai a Blackburn Hall attraverso le portefinestre aperte nel salotto. L'ingresso a pannelli scuri era silenzioso e vuoto. Mi accomodai sulla sedia accanto al tavolo del telefono e chiesi di essere messa in contatto con la Hightower Books di Londra. Ammirai la robusta boiserie del muro sotto le scale mentre ascoltavo una serie di clic e lunghi silenzi.

Quando finalmente fui collegata, dissi: "Signor Hightower, sono Olive Belgrave. Ho una buona notizia e una decisamente angosciante."

"È meglio che mi dia subito la cattiva notizia."

"Molto bene. Il corpo di Mayhew è stato trovato questa mattina vicino al fiume."

"Santo cielo. Che cosa è successo?"

"A questo punto, nessuno ne è sicuro. Serena Shires, la sorella di Lady Holt, ha visto Mayhew mercoledì mattina, e il corpo è stato trovato non lontano da lì con gli stessi vestiti, quindi deve essere successo quella mattina."

"Sapevo che qualcosa non andava. Odio avere ragione, ma ero sicuro che Mayhew non avrebbe mancato la scadenza. E pensare che è morto da così tanto tempo. Tragico. Semplicemente tragico." Un lungo sospiro attraversò la linea.

"Sì, lo è." Pensai all'East Bank Cottage, con i suoi occhiali da lettura e i tristi fiori appassiti. Il signor Hightower era l'unica persona che aveva mostrato anche solo una traccia di dolore per Mayhew.

La voce dell'editore mi riportò al presente. "Ha detto di avere anche una buona notizia?"

"Sì. Mayhew si faceva dattiloscrivere i testi da una donna, che ha fatto una copia carbone delle pagine manoscritte di *Omicidio alla nona buca*. L'ha conservata e ora l'ho qui con me."

La voce del signor Hightower si alzò. "Eccellente."

"Ho promesso che l'avrei consegnata direttamente nelle sue mani, signor Hightower. Posso partire subito ed essere a Londra entro sera."

"Non ce n'è bisogno. Sto mandando Leland – il signor Busby – con un contratto da far firmare a Lady Holt."

"Davvero?"

"Sì, ho avuto una lunga conversazione con Lady Holt, questo pomeriggio. Ci sono stati dei cambiamenti nel calendario editoriale del prossimo anno, si è creato uno spazio disponibile inaspettato. Il libro sul galateo aggiungerà un certo prestigio al nostro catalogo di prossime pubblicazioni. Quindi non deve affrettarsi a tornare. Dia il manoscritto a Leland."

Non volevo infrangere la promessa fatta ad Anna. "È un peccato che il signor Busby debba mettersi in viaggio apposta. Non è un problema per me tornare in città e lasciarle il manoscritto, poi tornare qui con il contratto per Lady Holt."

"Partirò a breve per Edimburgo. Non è affatto un problema. Leland aveva comunque intenzione di venire a Hadsworth questa settimana. Di solito va nel Kent il venerdì per giocare a golf. Così è anche meglio. Sarà in grado di gestire qualsiasi problema possa insorgere con il contratto."

"Sono sicura che Lady Holt avrà molte domande e richieste."

"È stato così anche con lei, vero?"

Diedi un'occhiata all'ingresso per assicurarmi che fosse ancora vuoto. "Lady Holt è estremamente scrupolosa."

"Sono contento di mandare Leland, allora."

"Ho promesso di consegnarle personalmente il manoscritto. Anna, che è la dattilografa, sembrava un po' riluttante a cedermelo, e le ho assicurato che l'avrei messo direttamente nelle sue mani."

"Le faccia sapere che lo ha dato al mio secondo in comando. Mi fido ciecamente del signor Busby. È un brav'uomo. La Hightower Books può dare un bonus o qualche altro segno del nostro apprezzamento alla signorina... ehm... come si chiamava?"

"Anna Finch. Sono sicuro che lo apprezzerebbe." Se Hightower voleva che il signor Busby avesse per primo il manoscritto, non potevo discutere oltre con lui. La società era sua e le decisioni le prendeva lui. Dovevo solo dire ad Anna che era quello che voleva il signor Hightower. "Anna era anche interessata a sapere se ci fossero posti da dattilografa disponibili presso la sua casa editrice. Glielo riferisco solo per conoscenza. È abile in quello che fa."

O almeno, da quello che avevo sentito quando le avevo fatto visita, sembrava che Anna fosse una dattilografa veloce. Tirai lo spago intorno alla scatola, lo sciolsi e sollevai il coperchio. Una rapida occhiata mostrò un foglio di carta immacolato con il titolo centrato sul nome *R. W. May*. Le pagine entravano perfettamente nella scatola e non riuscivo a sfogliarle facilmente con una mano. Rimisi il coperchio. Avrei dato un'occhiata al manoscritto prima di consegnarlo a Leland per assicurarmi che fosse tutto in ordine.

"Riferirò il suo nome a chi di dovere," disse il signor Hightower. "Bene, signorina Belgrave, grazie per il suo lavoro."

Il signor Hightower stava concludendo, così dissi rapidamente: "C'è un'altra cosa di cui dovrebbe essere a conoscenza riguardo al decesso."

"Che cosa?"

"Il signor Mayhew era in realtà una donna." Il colonnello Shaw non voleva che si diffondesse l'identità di Mayhew come Veronica May, quindi tenni nascosta quella parte dell'informazione, ma la notizia che Mayhew era una donna era già a Blackburn Hall, il che significava che l'intero villaggio l'avrebbe probabilmente saputo nel giro di poche ore, se non l'aveva già fatto. Il silenzio si allungò. "Signor Hightower? È ancora lì?"

"Una donna? Cosa...? È sicura?"

"Ho visto io stessa il corpo. Era sicuramente una donna vestita con abiti da uomo."

"Beh, questa poi!" Rise improvvisamente. "Non mi stupisce che Mayhew non volesse venire a Londra per cenare e conoscere tutti."

"E questo spiega anche l'orribile foto," dissi. "Si è camuffata perché nessuno la riconoscesse."

"Che svolta interessante. Un autore misterioso che vive in incognito." Si schiarì la gola. "Mi scusi, tendo a farmi prendere la mano quando si tratta di affari, che non sono affatto l'obiettivo da raggiungere in questo momento. Pover'uomo – o donna – forse dovrei dire. Povera donna."

Non volevo che il signor Hightower facesse altre domande sulla vera identità di Mayhew, così spostai la conversazione sulla morte. "Sì, a quanto pare quando è precipitata è stata coperta da una cascata di terra, e il corpo è rimasto nascosto fino a quando questa settimana non è arrivata una tempesta. Un albero è caduto, portando alla luce il cadavere."

"Orribile. Semplicemente orribile." Un sospiro si fece sentire sulla linea. "Naturalmente questo significherà la fine dei libri di Mayhew. Immagino che dovremo tirarne fuori il meglio." Lo sentii parlare sottovoce e pensai che probabilmente stava prendendo appunti mentre parlava. "Tiratura extra large per *Omicidio alla nona buca*, e ristampa di tutti gli altri titoli in edizione speciale. Immagino che questo ci basterà per un po' di tempo." La sua voce tornò al tono normale. "Mi scusi. È una cosa a cui pensare in un altro momento. Grazie per le informazioni, signorina Belgrave. Consegni *Omicidio alla nona buca* a Leland e poi finisca il suo soggiorno a Blackburn Hall."

Mentre riponevo la cornetta, Lady Holt scese le scale. "Ha sentito la notizia, signorina Belgrave? Il signor Hightower sta mandando qui il suo secondo con un contratto per la guida al galateo. Credo che sia il caso di festeggiare. Magari un'altra cenetta. So che non sarebbe il caso, visto quello che è successo a... ehm... l'occupante dell'East Bank Cottage, ma il signor Busby sarà nostro ospite. Devo offrirgli un po' di intrattenimento. Lei resterà, vero?"

"Sì, sarebbe bello."

"Eccellente. Vorrei che desse un'occhiata agli ultimi capitoli prima che arrivi il signor Busby. Credo che potremo rileggere almeno un altro capitolo prima del tè."

GIRAI l'ultima pagina della guida al galateo e la misi a faccia in giù sulla pila di fogli completati. "E abbiamo finito." Il mio cervello era pieno di informazioni sulle presentazioni, gli inviti e il galateo durante i pasti, compreso il modo corretto di mangiare una banana se ne veniva servita una a cena: togliere la buccia, metterla sul piatto da dessert e tagliarla in piccoli pezzi con il bordo smussato della forchetta.

Tra le sopracciglia di Lady Holt comparve una ruga. "Forse dovrei includere un capitolo sulle situazioni meno conosciute."

Toccai le pagine per pareggiare la pila. "Non credo proprio. Ha trattato tutto in modo molto approfondito e sono certa che il signor Hightower ne sarà soddisfatto." Lady Holt non sembrava convinta, così dissi: "Forse è il caso che il signor Busby lo esamini e poi chieda l'opinione di Hightower?"

"Sì, credo che sia il piano migliore."

Scostai la sedia prima che Lady Holt potesse cambiare idea. Il timbro profondo di alcune voci maschili ci raggiunse, e un attimo dopo Zippy entrò nel salotto. "Buongiorno, signora madre. Ho portato alcuni amici per il tè."

Sbattei le palpebre quando Jasper Rimington entrò dietro le spalle larghe di Zippy con Monty Park al suo fianco. Monty e Jasper non erano esattamente amici, e mi sorprese vederli insieme. Sotto la chioma di capelli scuri di Monty, il suo viso era corrucciato in quello che avrei definito un broncio se fosse stato una ragazza. Salutò tutti in modo superficiale, mentre Jasper indugiò sulla mano di Lady Holt. Jasper si girò verso di me e io dissi: "Che sorpresa. Avresti dovuto dirmi che saresti venuto a Hadsworth."

"Non lo sapevo nemmeno io fino a stamattina. Doveva essere una giornata sui campi da golf."

"Capisco. E avete giocato insieme? Tutti e tre?"

"Sì," disse Jasper mentre ci spostavamo sulle poltrone raggruppate intorno al camino. "Un'esperienza illuminante. Trovo che non ci sia modo migliore di conoscere qualcuno che fare sport insieme."

Il broncio di Monty si inasprì. "Credo che tu stia citando male Mark Twain. E parlava di viaggi, non di golf."

Jasper sorrise. "Era lui? Probabilmente hai ragione sulla citazione: non sono mai stato bravo a memorizzare informazioni del genere, ma confermo il succo della mia affermazione."

Lady Holt versò il tè e io ne accettai una tazza. Avevo già preso il tè pomeridiano con Anna, ma le convenzioni sociali andavano rispettate. Mescolai il liquido ambrato mentre il mio sguardo andava avanti e indietro tra Jasper e Monty. Jasper sembrava non avere alcuna preoccupazione, mentre Monty aveva l'aria di chi avrebbe voluto colpire qualcosa. Lady Holt chiese: "Com'è andato il golf, oggi?"

Jasper sollevò la tazza da tè per rendere omaggio a Zippy. "Suo figlio ci ha battuti tutti, Lady Holt."

"Uno dei vantaggi del vivere così vicino a un campo," disse Zippy. "Riesco a giocare spesso."

Studiai Zippy, pensando alle allusioni che avevo sentito quella mattina sul fatto che avesse avuto una relazione con l'occupante dell'East Bank Cottage. Ora che sapevo che Mayhew era una donna, quella conversazione assumeva un significato completamente nuovo. Ma Lady Holt apparentemente non lo aveva saputo, al tempo. Si era arrabbiata perché pensava che Zippy stesse visitando il cottage di un uomo. Ma lui lo sapeva? Possibile si fossero innamorati e si incontrassero di nascosto?

Zippy era appoggiato al bracciolo del divano, con i capelli sabbiosi scompigliati dal vento della giornata sul campo, sorseggiando tè e mangiando sandwich. Non aveva certo l'aria di chi ha appena saputo che un amore segreto è morto. Bruciato dal sole e rilassato, aveva l'aria di un uomo la cui principale preoccupazione era quella di tornare al più presto sul green... Quindi forse Zippy non sapeva che Mayhew fosse una donna. Ripensai al passato, cercando di ricordare se il futuro Lord Holt avesse scelto qualche ragazza durante la stagione. Non ne ricordavo nessuna. Era sempre stato appassionato di sport, non di ragazze. Possibile che fosse stato *interessato* a Mayhew?

Monty si dimenò sulla sedia. "Continuo a dire che ci doveva essere qualcosa di strano nei miei tre ferri."

Scelsi un sandwich con crescione e cetriolo. "Come va la tua vacanza passata sui campi da golf, Monty? Ti sta piacendo?"

"Deludente. I green del Lightway lasciavano molto a desiderare."

"Mi dispiace sentirlo," dissi. "Hai giocato da qualche altra parte?"

"Sì, a Dowly, ma i collegamenti erano terribilmente sovraffollati."

"Forse non saresti dovuto andare di sabato," disse Jasper.

"Lo dice l'uomo che gioca a golf solo due volte l'anno." Il tono di Monty era tagliente.

"Sì," disse Jasper nel suo modo semplice. "Gioco solo occasionalmente. Non posso dire di trovare questo sport così avvincente – rincorrere una pallina e farla cadere in una buca. È davvero faticoso."

Monty sbatté la tazza da tè sul piattino. "Allora i punti più fini del gioco ti sono completamente sfuggiti."

"Deve essere così," disse Jasper con il solito tono un po' annoiato, ma lo conoscevo abbastanza bene da capire che stava provocando Monty. "Anche se devo dire che ho ammirato il lungo putt di Zippy all'ultima buca."

Jasper e Zippy continuarono a fare una conversazione leggera. Monty mangiava meccanicamente i suoi sandwich e non partecipava. Mi chiesi se qualcuno avrebbe parlato di Mayhew, ma Lady Holt tenne saldamente le redini della conversazione, guidandoci dal golf agli amici comuni. Osservandola mentre orchestrava la discussione, mi chiesi come avrebbe reagito quando avesse saputo che Scotland Yard si sarebbe occupata delle indagini sul decesso. Ero certa che avrebbe cercato di gestire qualsiasi ispettore fosse arrivato, per far sì che l'intero incidente venisse archiviato. L'indignazione mi attraversò. Non era giusto ignorare la morte di qualcuno, comportarsi come se non fosse mai esistito.

Lo scatto di Jasper che posava la sua tazza mentre si spostava in avanti sulla sedia mi riportò alla conversazione. Disse: "Vorrei fare un giro nei vostri bellissimi giardini, Lady Holt."

"Quando vuole."

Jasper mi guardò. "Ti va di accompagnarmi, Olive?"

"Certo, mi piacerebbe."

Ci allontanammo in silenzio dalla casa lungo il sentiero di ghiaia. Inspirai profondamente l'aria profumata di fiori, contenta di essere uscita dall'atmosfera rigida del salotto. Le basse siepi di bosso su entrambi i lati del sentiero racchiudevano distese di fiori disposti con precisione geometrica. "Che cos'ha Monty?" gli chiesi.

Jasper svoltò lungo un sentiero che si biforcava dalla passerella principale. "Cosa vuoi dire?"

"Sembra fuori di sé."

"Oh, quello. È imbronciato. Si considera una sorta di atleta a cui paragonarsi, sul campo da golf, ma oggi ha giocato male. Ha sbagliato quasi tutte le buche. Dà la colpa alle sue mazze."

Mi spostai a sinistra, in modo da camminare all'ombra di una delle alte siepi. "Beh, chiunque può avere una brutta giornata."

"Vuoi dire che non si comporta sempre così?"

"No, di solito è affascinante e divertente."

"Hmm... deve tenere quell'atteggiamento solo per le signore. Non è mai affascinante o divertente quando si tratta solo di noi uomini."

Mi fermai ad annusare una rosa tea in piena fioritura. "Non sapevo che tu e Monty vi conosceste bene. L'hai raggiunto durante la sua vacanza a golf?"

"No, ho incontrato per caso lui e Zippy mentre arrivavo al campo questa mattina e abbiamo deciso di fare una partita insieme."

"Ma in qualche modo sento che il tuo arrivo a Hadsworth non è così casuale."

Jasper riunì le mani dietro la schiena. "Perché dici così?" Il suo tono cambiò, perdendo traccia della disinvoltura.

"Perché di solito sei troppo pigro per dedicarti a un'attività sportiva. Almeno di recente. Ricordo quando tu e Peter giocavate a cricket dall'alba al tramonto a Parkview durante le vacanze. Ma il golf non si addice all'uomo laconico che sembri essere diventato."

"Tutti hanno bisogno di un po' di esercizio, ogni tanto. Avevo anche il desiderio di vedere come procedeva il tuo incarico per il signor Hightower." Ci fermammo accanto a una fontana di ninfe. "Ho saputo del ritrovamento del corpo di Mayhew. Una situazione triste."

"Tragica. Hai sentito tutta la storia – che Mayhew era una donna mascherata da uomo?"

"È la parte che viene raccontata per prima, ovviamente. Quella più salace."

Volevo raccontargli i retroscena e il motivo per cui Mayhew si nascondeva e si vestiva da donna, ma non potevo. Avevo promesso al colonnello Shaw che sarei rimasta in silenzio. "Quando hai parlato con il signor Hightower, quanto è stato specifico sulla situazione?"

"Hightower mi ha fornito solo il minimo indispensabile. Nessun nome, ma quando ho sentito quello di Mayhew..." Scrollò le spalle. "Sapevo che saresti andata a Blackburn Hall per cercare un autore scomparso. La Hightower Books pubblica i romanzi di R. W. May. Vista la somiglianza dei cognomi... Mi sono chiesto se ci fosse un collegamento. Mi sembrava una conclusione logica."

Il vento cambiò e il sottile spruzzo della fontana mi pungolò il viso. Feci un passo indietro. "La buona notizia è che l'ultimo libro di Mayhew sarà pubblicato. Ne ho trovata una copia per il signor Hightower."

Mi voltai per tornare sui nostri passi fino alla sezione coltivata a rosai, con sfumature che andavano dall'albicocca al rosso sangue. Jasper si mise al mio fianco.

"Eccellente. Sono sicuro che il signor Hightower ne è stato contento. Questo significa che tornerai a Londra?"

"Ho intenzione di fermarmi per qualche giorno ancora."

"Perché? Hai scoperto cos'è successo con Mayhew e hai recuperato il manoscritto."

Sfiorai i petali vellutati di una rosa. "Perché c'è stato un decesso e mi interessa scoprire cosa è successo esattamente."

"È un problema della polizia, non tuo."

"Se tutti avessimo questo atteggiamento, il mondo sarebbe un posto terribile." Rilasciai la rosa e mi incamminai lungo il sentiero. "E Lady Holt sta facendo pressione perché la morte di Mayhew sia dichiarata un incidente. È così prepotente. Non escluderei che possa scavalcare la testa del responsabile. È il tipo che coltiva i contatti e sa esattamente chi chiamare per assicurarsi che gli investigatori facciano un passo indietro."

"Credo che tu sopravvaluti il suo potere."

"Allora non hai frequentato Lady Holt abbastanza a lungo per capirla appieno." Sospirai, pensando al cottage di Mayhew: accogliente e confortevole, come se qualcuno fosse uscito per un momento e non fosse più tornato. "Qui c'è molto di più di quello che si vede in superficie, ne sono certa."

Mi incamminai, aumentando il passo. "Non è giusto che la morte di Mayhew venga taciuta perché potrebbe riflettersi negativamente su Blackburn Hall. Non posso andarmene. *Qualcuno* deve avere a cuore gli interessi di Mayhew. Inoltre, mi conosci. Sono incredibilmente curiosa. Voglio sapere tutta la storia."

"Questo mi preoccupa più di ogni altra cosa."

"È dolce da parte tua preoccuparti per me."

Ero a pochi passi dal sentiero quando mi accorsi che Jasper aveva smesso di camminare. Mi voltai. Il sole brillava sui suoi capelli biondi e le sue mani erano ancora strette dietro la schiena, ma il suo viso era diverso, più teso, come se volesse dire qualcosa e stesse lottando per far uscire le parole.

"Cosa c'è?" chiesi.

Rilasciò le mani e colmò rapidamente la distanza che ci separava. Dopo una rapida occhiata al giardino, abbassò la voce. "Certo che mi preoccupo per te. Non l'hai detto apertamente, ma sospetti che si sia trattato di un omicidio, il che significa che qualcuno qui intorno è un assassino."

"È quello che voglio scoprire."

"Ed è per questo che sono preoccupato."

L'irritazione mi percorreva a fuoco lento. "Smettila di trattarmi come una bambina. Non passiamo più il tempo ad arrampicarci sugli alberi e a guardare il fiume a Parkview. Non devi proteggermi."

"Non ho mai detto che ti stai comportando come una bambina."

"No, ma vuoi tenermi al guinzaglio. Se potessi, mi riporteresti a Londra, vero?"

"Ti butti a capofitto nelle cose senza riflettere. Potrebbe essere... pericoloso."

"Quindi sarei impetuosa e miope?" Altre parole affiorarono, ma le tenni a freno. "Ci sono così tante cose che vorrei dirti in questo momento, ma me le tengo dentro. Non voglio pentirmene in seguito, e questo non è affatto impetuoso o poco lungimirante. Anzi, è proprio il contrario."

Jasper distolse lo sguardo e si passò le dita tra i capelli, facendo rizzare quelli intorno alla fronte. "Ti ho mandata io da Hightower."

"E non dovevo accettare il lavoro, ma l'ho fatto. È colpa mia, non tua."

Ci fissammo per un attimo. In qualche modo ci eravamo allontanati e ora ci trovavamo ai lati opposti del sentiero. Tirai un sospiro e lo raggiunsi. "Non litighiamo, Jasper. Sei l'unica persona che voglio sempre al mio fianco. Sarebbe molto più facile tornare a Londra, ma non riuscirei a dimenticare questa storia. Se posso contribuire in qualche modo a scoprire la verità sulla morte di Mayhew, lo farò. Tanto vale che te ne fai una ragione. Inoltre, devo consegnare il manoscritto al socio del signor Hightower, che verrà domani. Lady Holt mi ha chiesto di restare per qualche giorno e io ho accettato. Tregua?"

Jasper guardò il giardino, con gli occhi socchiusi per qualche secondo. "A una condizione. Se vuoi giocare a fare Sherlock, io sarò il tuo Watson."

Alzai la testa per guardarlo in viso. "Tu saresti il mio Watson?"

"Beh, preferirei essere Sherlock, naturalmente, ma quel ruolo sembra essere già occupato."

"Ho capito cosa stai facendo, lo sai? È una scusa per tenermi d'occhio."

"Sono così evidente?"

"Sì, ma non sono contraria all'idea di avere un partner," dissi lentamente. "Qualcuno con cui scambiare le idee."

"Bene, allora." Allungò il braccio.

Gli passai la mano intorno al gomito e riprendemmo a camminare, con passi lenti e incerti, come se non fossimo sicuri di come procedere sulla nostra nuova strada. Passeggiammo in silenzio e i miei pensieri tornarono al tranquillo cottage e all'esistenza solitaria di Mayhew. "Allora... ehm... socio, quanto conosci Zippy?"

"Per quanto si possa conoscere un uomo di qualche anno più giovane di noi. Ci siamo incontrati ogni tanto, ma non direi che siamo particolarmente amici."

Ci incamminammo verso il gruppo di rose successivo, che erano cremisi come il sangue. "Diresti che è uno di quegli uomini che... ehm... preferiscono quelli del loro stesso sesso alle donne?"

Jasper si fermò. "Olive, mi sconvolgi. Le giovani donne non dovrebbero sapere cose del genere, tantomeno parlarne."

Scoppiai a ridere. "Jasper, ho avuto un'educazione classica."

"A quanto pare. Ho paura di chiederti perché vuoi saperlo."

"È solo una di quelle stranezze che tendono ad assillarmi. Vorrei che fosse risolta."

"Uno dei motivi per cui resti?"

"Mi conosci troppo bene."

"Capisco." Riprendemmo a camminare. "Beh, in questo caso direi di no, Zippy è fermamente nel campo degli uomini che preferiscono le donne."

"Sei sicuro?"

"Diciamo solo che è noto per essere estremamente amichevole con almeno due ballerine di alcuni spettacoli popolari. E non sarò più specifico di così. Non sarebbe giusto nei confronti delle signore coinvolte."

"Non mi servono i nomi. Solo le sue inclinazioni." Ci allontanammo verso il viale dei tassi. "È interessante. Mi chiedo se sua madre lo sappia."

"Dell'inclinazione per le ballerine? Spero di no. È il genere di cose che un uomo nasconde alla madre."

"Suppongo di sì. Questo potrebbe essere parte del problema."

CAPITOLO UNDICI

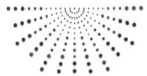

*L*a cena fu tranquilla, con solo Lord e Lady Holt e me. Dopo che Jasper e io fummo tornati dalla nostra passeggiata in giardino, lui e Monty partirono per cenare con un amico comune a Sidlingham, un villaggio vicino. Zippy disse di avere la gola irritata. Lady Holt dichiarò che era il polline a causargli sempre l'allergia.

"Tuttavia, meglio prevenire che curare," disse Zippy. "Mi scuserete, non si sa mai che mi stia venendo qualcosa." Quando si inchinò sulla mia mano per darmi la buonanotte al massimo della galanteria, notai che né gli occhi né il naso erano rossi. Non l'avevo sentito tirare su nemmeno una volta in tutto il giorno, ma non avevo intenzione di smascherarlo. Forse si sentiva davvero male... o forse era il suo modo di sfuggire per qualche ora alla personalità manageriale di sua madre.

Lady Holt era quasi euforica e condivise tutti i suoi piani per la pubblicazione del manoscritto durante il pasto di quattro portate. Lord Holt non contribuì alla conversazione se non con un occasionale grugnito o un borbottio, che io interpretai come un assenso ai piani della moglie per la cena della sera successiva. Anche Serena non era scesa per unirsi a noi, e ci aveva fatto sapere che era a un punto critico e non poteva smettere di lavorare.

Prima di scendere a cena, avevo esplorato i piani superiori di Blackburn Hall e avevo trovato il laboratorio di Serena. Avevo seguito un forte fruscio fino a una porta a vetri, aperta di qualche centimetro. Avevo alzato la mano per bussare, ma poi il fruscio si era interrotto bruscamente, seguito a breve da un tonfo. "Inutile pezzo di merda." Le parole si erano trasformate in un borbottio rabbioso, quindi avevo deciso che non era il momento ideale per chiedere a Serena di vedere il suo lavoro.

Dopo cena, una volta portato il caffè e messo sul tavolo del salotto, dove potevamo servirci da soli, mi scusai dicendo che dovevo compilare una relazione per il signor Hightower. Al piano di sopra, nella mia stanza, gli scrissi un riassunto del libro di galateo, descrivendo quelli che secondo me erano i punti di forza e quelli migliorabili con qualche taglio al contenuto. Avrei lasciato che qualcuno della Hightower Books affrontasse l'argomento con Lady Holt – non avevo proprio intenzione di farlo di persona.

Misi da parte il rapporto, poi mi accoccolai in poltrona con la scatola del manoscritto sulle ginocchia. Tolsi il coperchio e sfogliai il frontespizio. Il libro era dedicato ad "A. F." e la riga sotto recitava: "*Questo non sarebbe stato possibile senza di te.*" Sfogliai il primo capitolo e dopo poche pagine mi immersi nella storia.

Sebbene i nomi fossero diversi, l'ambientazione del libro era chiaramente ispirata a Hadsworth e al campo da golf di Rosewood Hills. In quel libro comparivano Lady Eileen Dunwood e il suo autista, Nick Fitzhugh, la coppia di investigatori appartenenti ai *Bright Young People* che aveva fatto la sua comparsa nel primo libro della serie. In *Omicidio alla nona buca*, Lady Eileen si recava in campagna per una vacanza all'insegna del golf. Con Nick che le faceva da caddie, la donna si divertiva a giocare, ma poi trovava un cadavere alla nona buca che invischiava entrambi in un misterioso omicidio. Mi accoccolai di più sulla sedia, godendomi la storia. Jasper aveva ragione: libri del genere erano davvero divertenti.

I rintocchi dell'orologio sulla mensola del camino suonarono e alzai lo sguardo. Le due del mattino? Possibile che fosse davvero così tardi? Santo cielo, mi ero lasciata trascinare dalla storia. Anche se volevo scoprire perché il custode del campo fosse scomparso, misi un segno nel punto in cui ero arrivata. C'era qualcosa nel libro che mi stuzzicava, qualche pensiero interessante che mi passava per la testa mentre leggevo, ma ero così presa dalla storia che non mi ero fermata a pensarci, e non riuscivo a riportarlo alla mente. Ora che avevo smesso di leggere, sentivo gli occhi pesanti e presi a sbadigliare. Il pensiero o l'impressione sfuggente, o qualunque cosa fosse, probabilmente mi sarebbe venuto in mente la mattina seguente, quando non sarei stata così esausta. Riposi il manoscritto nel cassetto della scrivania, mi infilai nel letto e spensi la luce.

Le tende non erano state chiuse completamente e tra i pannelli si intravedeva uno spicchio di cielo notturno. Spinsi indietro le coperte e andai a chiuderle. La luce del sole mi avrebbe svegliata e volevo dormire il più possibile, visto che avevo letto ben oltre l'ora in cui sarei dovuta coricarmi.

La mia stanza aveva una vista sul retro della casa e mi soffermai ad ammirare i giardini formali prima di chiudere le tende. Un frammento di luna fece capolino tra uno strato di nuvole, imbiancando il giardino con sfumature monocromatiche. Vidi qualcosa di tremolante con la coda dell'occhio e spostai l'attenzione dai giardini alla striscia di buio che delimitava il parco di Blackburn Hall. Un raggio dorato attraversò l'oscurità per un istante, poi sparì. Un altro breve bagliore, una striscia gialla e ondeggiante, illuminò il sentiero che costeggiava il fiume da Blackburn Hall all'East Bank Cottage, poi fu il buio. Afferrai la stoffa delle tende con una mano e osservai il sentiero, facendo scorrere lo sguardo avanti e indietro lungo il tratto buio accanto al fiume, ma quella luce non lampeggiò più.

Chiusi le tende e mi infilai nel letto. Perché qualcuno si

trovava sul sentiero alle due di notte? Era un po' tardi per una passeggiata notturna. E perché non usare sempre la torcia? Di certo era abbastanza buio da averne bisogno in una notte nuvolosa in cui si vedeva solo un sottile spicchio di luna.

Mi girai su un fianco e mi raggomitolai. Dovevo essermi addormentata subito perché mi svegliai in quella stessa posizione, sapendo istintivamente che qualcosa mi aveva destata. Presi l'orologio da polso sul comodino e lo inclinai in modo da poter vedere il quadrante dipinto con vernice al radio. Le tre del mattino.

Un'asse del pavimento scricchiolò nel corridoio, poi un lieve fischiettio penetrò nei pannelli della mia porta. Il fischio si fece più forte, poi svanì. Scivolai fuori dal letto, mi avvicinai all'uscio e lo aprii. Poco più avanti nel corridoio, una porta si aprì e la luce della stanza si accese, illuminando il corridoio, mettendo in risalto i capelli sabbiosi di Zippy e proiettando l'ombra mostruosa della sua struttura massiccia sul tappeto del corridoio. Zippy entrò nella sua stanza fischiettando le ultime battute di *Ain't We Got Fun*. La porta si chiuse con uno scatto e il corridoio tornò buio.

PAGAI le conseguenze del mio comportamento da nottambula la mattina dopo. Fui l'ultima ad arrivare nella sala della colazione. Riempii il mio piatto e mi sedetti di fronte a Zippy. "Com'è andata la serata? Hai fatto tardi?"

"No. Sono andato a letto presto e oggi mi sento molto più in forma."

"Mi fa piacere sentirlo. A proposito di udito, avete un fantasma?"

Zippy si fermò, con il cucchiaio in bilico sulla marmellata. "Un fantasma?"

"Blackburn Hall ne ha uno, voglio dire? È una dimora infestata?"

Zippy spalmò la marmellata. "No, niente di così suggestivo. La mamma non lo tollererebbe."

"È strano. Mi sembrava di aver sentito fischiettare, ieri sera."

Zippy si concentrò sulla distribuzione della marmellata sul bordo del suo toast. "Non ho mai sentito parlare di una cosa del genere."

"Devo averlo sognato."

Lady Holt entrò. "Oh, finalmente è scesa, signorina Belgrave." Aprii la bocca per scusarmi, ma Lady Holt continuò: "Questa sera è tutto pronto per una piccola cena in onore del signor Busby. Ci saranno il dottor Finch e Anna, il colonnello e sua moglie, Victoria, oltre al simpatico giovanotto che Zippy ha portato ieri, il signor Rimington. Ho invitato anche l'altro giovane, il signor Park, se non sbaglio, ma oggi deve ripartire."

"Non ci sarò." Zippy mangiò metà del suo toast in un sol boccone. "Devo incontrare un amico a Sidlingham."

Lady Holt si accigliò. "Perché non l'hai detto prima? Avrei potuto organizzare tutto per domani sera. Chi ti ha invitato a cena?"

"Oh, non è una cena." Zippy si mise in bocca l'ultimo boccone di toast.

La fronte della donna si distese. "Oh, bene. Potrai unirti a noi per la cena e sgattaiolare via dopo." Lady Holt fece una pausa, ripeté i nomi mentre li scandiva sulle dita, poi aggiunse: "E ci saranno anche Don ed Emily."

Zippy vide il mio sguardo perplesso. Spingendo indietro la sedia, disse: "L'avvocato e sua moglie."

"Oh, questo mi ricorda una cosa." Posai l'argenteria sul piatto e controllai l'orologio da polso, poi mi girai sulla sedia. "Bower, puoi farmi portare la Morris?"

"Certo, signorina, ma ne occupo subito."

"Vai a fare un giro in macchina?" chiese Zippy.

"Solo al villaggio. Voglio andare a trovare l'avvocato durante le poche ore che, per adesso, passa in ufficio. Ho provato ieri, ma si era fatto troppo tardi." Prendere la Morris mi avrebbe fatto risparmiare un po' di tempo e avrei dovuto farcela prima che chiudesse l'ufficio. Nel caso in cui Lady Holt volesse sviarmi, aggiunsi: "Su richiesta del signor Hightower."

"Don non sarà in ufficio oggi. Emily ha promesso di tenerlo a casa tutto il giorno, in modo che possa riposare in vista di stasera," disse Lady Holt.

"Oh." Stavo già attraversando la stanza. Mi fermai. "Beh, immagino che potrò parlare con lui stasera a cena." Non sarebbe stato l'ideale, ma visto che non ero riuscita ancora a incontrarlo, sarebbe stato meglio cogliere l'occasione quella sera per farlo. Dovevo assicurarmi che Lady Holt non fosse nei paraggi. Sarebbe stato segno di pessima educazione mischiare gli affari con un'occasione mondana.

POCHI MINUTI DOPO, uscendo dalla sala della colazione, per poco non mi scontrai con Bower. Prima non mi ero accorta che aveva lasciato la stanza, ma il maggiordomo aveva comunque la tendenza a muoversi silenzioso come un fantasma. "Mi scusi, signorina Belgrave."

"È colpa mia..." Mi interruppi, notando l'uomo con i capelli castano chiaro e i baffi sottili che seguiva Bower. "Ispettore Longly. Mi chiedevo se fosse lei."

"Signorina Belgrave."

Mi ricordai in men che non si dica di non allungare la mano destra. La manica destra dell'ispettore era vuota e bloccata contro la giacca: una ferita di guerra. Ci stringemmo la sinistra, cosa piuttosto imbarazzante. Doveva essere difficile per lui, dato che la semplice interazione sociale dello stringere la mano metteva in evidenza la sua ferita. "Avevo letto il suo nome nelle deposizioni e mi chiedevo quanto tempo sarebbe passato prima che lei saltasse fuori. Avrei dovuto sapere che l'avrei trovata in prima linea."

La mia compassione si sciolse alla traccia di freddezza nel suo tono. "Sono qui per pura coincidenza, ispettore."

Longly inclinò la testa da un lato, chiaramente in disaccordo con le mie parole. "Più di questo, credo. Direi che è indirettamente coinvolta. Devo ricordarle che Scotland Yard è sempre felice di ascoltare qualsiasi teoria, signorina Belgrave. Ma si assicuri che questa volta rimangano teorie, d'accordo? Non prenda in mano la situazione."

Arrossii. La sfacciataggine di quell'uomo, che in sostanza mi diceva di farmi gli affari miei quando aveva chiuso il caso di Archly Manor solo perché avevo fatto pressione, era incredibile. Prima che potessi rispondere, Longly disse a Bower: "Non disturbi la signorina Shires. Se la signorina Belgrave mi concede un momento del suo tempo, parlerò prima con lei."

Aveva formulato la frase come a chiedermi il permesso, ma era solo una formalità. "Certo che ho tempo di parlare con lei, ispettore Longly," dissi con decisione.

"Molto bene," disse Bower. "Lady Holt ha detto che potete usare il salotto piccolo." Ci accompagnò in una stanza in cui non ero mai stata prima. Si trovava sul lato ovest della casa ed era in ombra al mattino. Le pareti erano ricoperte da una ricca carta da parati all'antica, con uccelli e fiori, mentre mobili spaiati di stili diversi riempivano la stanza. Bower accese diverse lampade.

Longly esaminò la stanza, che non conteneva una scrivania. Le sue labbra si contrassero brevemente su un lato, evidentemente non contento di Lady Holt. Ero sicura che la scelta della stanza per i colloqui fosse stata intenzionale: un sottile messaggio a Longly che non era il benvenuto a Blackburn Hall. Lui prese una sedia Hepplewhite e la spostò davanti al caminetto spento. Mi fece cenno di sedermi sul divano. "Prego, si accomodi," disse e si sedette anche lui.

Mentre sprofondavo nel divano e incrociavo le braccia sul petto, pensai di chiedere a Bower di accendere il fuoco. Anche se era estate, quella stanza in ombra era fredda. Ma ciò non avrebbe fatto altro che prolungare il tempo trascorso con Longly, e io non volevo farlo. Preferivo rabbrividire un po' ed essere fuori di lì in pochi istanti.

Longly aveva posizionato la sedia in modo da avere un tavolino alla sua sinistra. Vi appoggiò il taccuino e la penna e si mise in grembo un faldone. "Cominciamo con ciò che l'ha portata a Blackburn Hall. Adesso lavora per la Hightower Books?"

Avevo dimenticato quanto Longly fosse scrupoloso. Le sue domande mi portarono dall'incontro con il signor Hightower alla scoperta della vera identità di Mayhew. Mi agitai un po' quando descrissi l'ingresso nel cottage, ma Longly sembrò prenderla con filosofia, annotando ciò che avevo descritto ma senza fare altre domande al riguardo. Era più interessato alla scoperta del corpo della vittima. Quando descrissi l'apparizione di Serena sul sentiero davanti a me, sentivo le dita dei piedi e delle mani ormai fredde.

Non nascosi nulla, tranne la vera ragione per cui il signor Hightower aveva voluto tenere segreta la scomparsa di Mayhew. Dipendeva da lui decidere se voleva condividere o meno il piccolo momento di crisi della sua azienda, non da me. Mi spostai un po', rannicchiandomi nell'angolo del divano nel tentativo di stare al caldo. "Siete riusciti a stabilire se la morte di Mayhew è stata un incidente?"

"Non posso fare commenti al riguardo. I risultati dell'autopsia non sono stati resi pubblici."

La sua ritrosia mi fece pensare che considerasse sospetta la morte dell'autore. "Lady Holt non ne sarà felice."

Mi guardò negli occhi senza sollevare la testa, che era china sul quaderno. "Perché dice così?"

"Lady Holt voleva che l'ispettore di polizia di Hadsworth dichiarasse che si trattava di un incidente e dimenticasse l'intera faccenda."

"Allora immagino che renderemo Lady Holt infelice."

Passarono alcuni secondi mentre la matita di Longly grattava sul foglio. Spinsi le mani nei cuscini, preparandomi ad alzarmi. "Vuole che dica a Bower di mandare Serena?"

"Sì. Se le viene in mente qualcos'altro di rilevante, mi troverà al Crown di Hadsworth. Un'altra cosa, signorina Belgrave." Si concentrò sui suoi appunti mentre chiedeva: "Sua cugina ha intenzione di raggiungerla qui?"

"Violet? No, al momento è in Francia."

"No, intendo l'altra sua cugina, Gwen – ehm – la signorina Stone."

Era un rossore quello che si insinuava sugli zigomi di Longly? L'ispettore era sembrato preso da Gwen ad Archly Manor, ma poiché lei non lo aveva più nominato, avevo pensato che il suo breve interesse fosse svanito... ma a quanto pareva non era così. "Oh, *Gwen*. Anche lei è in Francia. Zia Caroline ha pensato che una vacanza avrebbe fatto bene a tutte loro."

"Sì, sono sicuro che è così."

"Quindi, no, non è previsto che Gwen visiti Blackburn Hall," dissi. "La prossima volta che le parlerò, le dirò che ha chiesto di lei."

"Non lo faccia." Longly fece scorrere un dito lungo un lato del colletto. "Voglio dire, non ce n'è bisogno. Non si faccia scrupoli."

"Va bene. Non ne parlerò," dissi.

Longly sembrava triste e sollevato allo stesso tempo. Mi voltai verso la porta e Longly disse: "Un'ultima cosa."

Feci una pausa, con la mano sulla maniglia. "L'ha già detto."

Longly si schiarì la gola. "Sì, giusto. Bene, questa *è* la mia ultima domanda. Dove ha messo le buste?"

"Buste?"

"Esatto, signorina Belgrave," disse, tornando con la voce alla sua normale cadenza sicura. Toccò con un dito il faldone. "Lei ha parlato di alcune buste nella sua deposizione al colonnello Shaw. È qui come rappresentante della Hightower Books. Sarebbe logico che avesse raccolto tutto il materiale scritto dell'autore che era riuscita a trovare per consegnarlo al signor

Hightower. Anche se mi sorprende che lei sia stata così approssimativa da menzionarlo nella sua deposizione pensando che sarebbe stato ignorato."

"Sta parlando delle buste nell'East Bank Cottage?"

"Sì. Ha dichiarato di averle viste."

"È così. Erano sul tappeto dentro la porta d'ingresso. Le ho lasciate lì."

"Sono appena arrivato dall'East Bank Cottage e non ci sono più. Capisco che lei abbia voluto recuperarle per il signor Hightower, ma rompere una finestra è un po' troppo, non crede?"

Fui attraversata da un moto di irritazione. Non sentivo più freddo. "Non avrei mai rotto una finestra. Ho usato la chiave posata sul telaio quando cercavo Mayhew e l'ho riposta lì quando me ne sono andata. Anche questo è scritto nella deposizione. Se avessi voluto tornare nel cottage, perché avrei dovuto rompere una finestra? Avrei usato di nuovo la chiave."

"Quindi, per la cronaca, non ha lei le buste?"

"No. Sono importanti?" chiesi mentre la mia mente correva. Anna aveva detto che Mayhew le aveva mandato un biglietto quando aveva lasciato la città. Non riuscivo a ricordare le sue parole esatte, ma mi pareva che avesse detto che il biglietto la pregava di continuare a dattiloscrivere il prossimo libro. E Anna stava battendo a macchina quando ero arrivata a casa sua... quella grande pila di pagine accanto alla macchina da scrivere. Ero certa fossero troppe per essere gli appunti di una delle riunioni che di tanto in tanto batteva a macchina per l'Istituto Femminile.

Si era agitata quando le avevo detto che Mayhew era morto. Sarebbe stato sconcertante per chiunque scoprire che l'uomo per cui si lavorava era morto diversi giorni prima – e che quell'uomo era una donna. Se Mayhew le avesse inviato diversi capitoli e lei li avesse battuti a macchina e lasciati al cottage man mano che li completava, questo spiegava la pila di buste dietro la porta e la sua reazione nervosa alla notizia che l'autore era morto.

Longly parlò, riportandomi al presente. "Importanti? Non ne ho idea."

"Se non sa se le buste sono importanti, perché mi accusa di averle prese?"

"Per vedere la sua reazione. Non si preoccupi. Ha superato la prova a pieni voti e sono convinto che non le abbia lei. Sono comunque un problema secondario."

"Allora perché si preoccupa di loro?"

"Questioni in sospeso, signorina Belgrave. Non mi piacciono. Per esperienza, possono tornare a perseguitarmi."

CAPITOLO DODICI

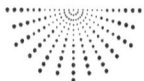

Q uando lasciai Longly, Bower mi intercettò dicendo che Lady Holt voleva vedermi. Lo seguii nella sala della colazione, dove la donna sedeva a un tavolo rotondo con pile di carte sparse davanti a lei sulla superficie di legno lucido.

"Oh, bene. Signorina Belgrave, vorrei un consiglio." Bower si dileguò mentre la padrona di casa indicava la sedia accanto alla sua. "Ho deciso che la guida al galateo è troppo breve. Sarebbe utile inserire almeno tre capitoli aggiuntivi. Vorrei il suo parere su quale di questi articoli che ho scritto sarebbe il migliore."

"Ma il suo libro è già completo così com'è."

"Sarà la guida definitiva al comportamento corretto. Devo esplorare ogni possibile argomento. Cosa ne pensa di questo sul galateo per i bambini?"

Lady Holt non si lasciò distrarre. Secondo lei, il libro aveva bisogno di almeno altri tre capitoli e ne avrebbe trovati altri tre da inserire. Mi sedetti e presi l'articolo che mi porgeva.

Mi tenne occupata mentre discutevamo gli aspetti positivi e negativi dell'inclusione dei vari argomenti. Facemmo una breve pausa per il pranzo, poi tornammo al lavoro. Furono le tre passate prima che Lady Holt fosse soddisfatta della scelta dei nuovi capitoli, del loro contenuto e della loro disposizione all'interno del manoscritto. Dopo il tè mi dileguai e salii in camera mia, dicendo che volevo riposare fino a cena.

Mentre lavoravo con Lady Holt, una parte della mia mente era tornata alle domande di Longly sulle buste dell'East Bank Cottage. Mi sembrava che ci fossero due probabili candidati che avrebbero potuto prenderle: Zippy e Anna. Non riuscivo a immaginare perché mai Zippy le potesse volere. Sapeva che Mayhew scriveva romanzi gialli? Non lo credevo probabile, ma non sapevo perché l'avesse frequentato così tanto da far sì che Lady Holt ne venisse a conoscenza.

E la sera prima si era aggirato sul sentiero che portava dal cottage a Blackburn Hall. Gli avevo visto solo la schiena, mentre entrava nella sua stanza, e avrebbe potuto benissimo stringere al petto le buste. Anna sembrava una candidata molto più probabile e mi sarebbe piaciuto chiederle spiegazioni, ma mancava troppo poco all'ora di cena per andare in paese.

Avevo comunque un po' di tempo prima di dovermi vestire. Seppi da Bower che Zippy era ancora sul campo da golf. Controllai l'ora mentre tornavo di sopra. Zippy ce l'avrebbe fatta per un pelo. Lady Holt non sarebbe stata contenta se avesse fatto tardi a cena.

Mi soffermai sulla porta della mia stanza. La casa era nella sua tregua pre-cena ed era estremamente silenziosa. Nessun domestico si affrettava lungo i corridoi, Zippy e Lord Holt erano fuori e Serena e Lady Holt erano occupate in altre parti della casa. Se avessi dato una rapida occhiata alla stanza di Zippy, avrei visto le buste? Lottai con la mia coscienza per qualche secondo, poi lasciai che la mia curiosità avesse la meglio sulla voce sensata della mia testa.

Percorsi il corridoio fino alla stanza di Zippy. La maniglia della porta girò facilmente e io entrai. Chiusi la porta in silenzio e rimasi con la schiena rivolta verso di essa, con la mano che ancora stringeva la maniglia come se lasciarla significasse essere del tutto coinvolta. Nessuna pila di buste scartate era appoggiata sulla scrivania o su una sedia. Irruzione. Era il massimo della maleducazione, per non dire della scorrettezza, stare nella stanza di Zippy, ma visto che ero arrivata fin lì, tanto valeva finire il lavoro.

Rilasciai la maniglia della porta e mi misi a girare per la stanza, controllando sotto il letto e, dopo un respiro profondo per calmare i nervi, nell'armadio e nei cassetti dello scrittoio, che conteneva solo fogli bianchi, qualche matita e un paio di programmi di spettacoli londinesi. Trascinando una sedia, mi avvicinai all'armadio, mi misi in punta di piedi e diedi un'occhiata alla parte superiore, ma anche lì non c'era nulla, nemmeno un granello di polvere. Dovetti ammirare lo standard di pulizia imposto da Lady Holt e riposizionai con cura la sedia in modo che le gambe poggiassero esattamente nelle scanalature che aveva lasciato nel tappeto. Tornai alla porta e controllai il corridoio. Era vuoto, così mi precipitai nella mia stanza e chiusi la porta, con il cuore che batteva all'impazzata.

Rilasciai un lungo respiro. Impossibile capire se fosse stata una perdita di tempo o meno. Con un'intera casa a disposizione, Zippy avrebbe potuto mettere le buste ovunque. La sua stanza era forse il posto meno probabile, ma almeno ora sapevo che non erano lì. Avevo ancora tempo prima di vestirmi per la cena, ma non volevo tornare di sotto e rischiare che Lady Holt mi chiedesse di lavorare di nuovo al manoscritto.

Il pensiero del libro sul galateo mi fece venire in mente l'ultimo manoscritto di Mayhew. Non l'avevo ancora completato e avevo solo poco tempo per finire di leggerlo prima dell'arrivo del signor Busby. In quel momento avrei dovuto consegnarglielo, e volevo davvero sapere chi era il colpevole.

Mi sentivo nervosa e non ero sicura che la lettura avrebbe contribuito a rilassarmi, ma nel giro di pochi istanti mi lasciai coinvolgere dalla storia. Non mi mossi finché non lessi la parola *fine*. Il libro si era concluso con un finale soddisfacente che comprendeva la spiegazione del crimine, la cattura del colpe-

vole e un accenno al fatto che Lady Eileen potesse nutrire sentimenti più che amichevoli per il suo autista.

Ma una pila – una spessa pila – di pagine manoscritte erano
rimaste dopo quella che concludeva il libro. Forse era presente
un lungo epilogo? Non ricordavo ce ne fosse uno negli altri libri
di Mayhew, ma immaginai che non ci dovesse essere uno
schema ricorrente.

La sezione successiva non era un epilogo. Era intitolata
Capitolo 30, ma io avevo appena letto il Capitolo 30. Riconobbi le
righe iniziali. Era lo stesso, ma la pagina era coperta da scara-
bocchi e annotazioni in due diverse grafie. Una era a spirale e
tondeggiante. L'altra più spigolosa e con le lettere scritte più
vicine. Anna doveva aver accidentalmente incluso una sezione
di una bozza precedente nel manoscritto finale.

Sfogliai le note scritte a mano. Era uno sguardo affascinante
su come era stato scritto originariamente il capitolo. Con chi
aveva lavorato Mayhew per portare il capitolo dalla prima
grezza bozza alla prosa finale? Non poteva averglielo corretto il
signor Hightower, visto che era ansioso di ricevere il manoscritto e di leggerlo.

Scorrendo gli appunti scritti a mano, dopo qualche pagina
emerse uno schema. La persona che scriveva con una grafia più
angolosa e più difficile da leggere tendeva a scrivere frasi
complete e a porre domande. A un certo punto, una nota diceva
È troppo presto per rivelare che la pipa era un depistaggio?

La persona che scriveva con una calligrafia tondeggiante con
grandi anelli rispondeva alle domande con parole o brevi frasi,
come ad esempio *Bello,* oppure *Occhi blu, non marroni.*

Sfogliai l'ultima pagina della bozza. Sotto l'ultima riga del
testo dattiloscritto, la persona che aveva scritto con la grafia
angolare aveva inserito una breve nota.

*Il prossimo libro sta arrivando. Lady Eileen partirà per un viaggio nel
sud della Francia per trascorrere del tempo sullo yacht di un'amica,*

dove qualcuno verrà spinto fuori bordo (ovviamente!). Cosa ne pensi? Alla Hightower piacerà questa idea? Ho scritto i primi tre capitoli.

IL BIGLIETTO di risposta era stato scritto con la solita calligrafia inanellata.

Ben fatto, Anna. La Hightower sarà contenta di questo lavoro. È venuto davvero bene. Basta che tu scriva una versione pulita e poi potrò spedirla. Per quanto riguarda il prossimo libro, un mistero ambientato su uno yacht sembra perfetto. Credo davvero che alla Hightower piacerà. Gliene parlerò nella mia prossima lettera.

Lasciai cadere le pagine in grembo e mi premetti le dita sulle tempie. Anna era molto più di una dattilografa. Era la ghostwriter di Mayhew.

CAPITOLO TREDICI

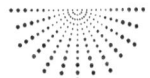

Il suono sordo del gong che indicava che era ora di prepararsi pulsò nell'aria e io saltai su dalla sedia, spargendo le pagine del manoscritto sul tappeto. Ero stata così coinvolta dalla storia e poi dalla lettura delle note scritte a mano nella bozza che non mi ero resa conto di quanto tempo fosse passato. Raccolsi le pagine del manoscritto e le rimisi nella scatola, ma tenni le bozze separate.

Il signor Busby era probabilmente arrivato mentre leggevo. Era troppo tardi per consegnarglielo prima di cena e non sarebbe stato opportuno farlo in salotto. Avrei dovuto darglielo dopo cena o il giorno seguente.

Mi sfregai la fronte. Cosa dovevo fare con le bozze delle pagine con le note a margine? Avrei dovuto restituirle ad Anna... o darle a Longly? Se la morte di Mayhew era sospetta, il fatto di essere la ghostwriter di Mayhew dava ad Anna un motivo per volerla morta?

Un colpetto alla porta e la cameriera, Janet, entrò per aiutare a vestirmi per la cena. Infilai le bozze nel cassetto della scrivania, sotto la scatola del manoscritto, e mi voltai per dire a Janet quale vestito volevo indossare quella sera.

Ero contenta di non aver ancora indossato il mio abito

migliore. La scelta di cosa mettere fu semplice e potei rimuginare su ciò che avevo scoperto su Anna e Mayhew mentre mi preparavo per la cena. Janet non era una chiacchierona e la sua reticenza mi permise di pensare mentre mi cambiavo. L'abito di seta blu reale, un altro di quelli che Gwen mi aveva regalato, mi scivolò sulle spalle lieve come un sussurro e si sistemò intorno alle mie gambe con un mormorio. Le perline che ornavano l'orlo a zig zag fremevano quando mi muovevo.

Ora ero sicura che la mia ipotesi sul fatto che Anna avesse preso le buste fosse esatta. Decisi che quella sera l'avrei allontanata da tutti gli altri per fare quattro chiacchiere con lei. Janet mi passò il filo di perle della mamma. Me le avvolsi intorno al collo, mi lisciai i guanti sui gomiti e scesi per la cena.

Entrai nel salotto e Jasper mi venne incontro con un drink in mano. "Sei splendida."

"Grazie. Tu sei elegante come sempre." Non riconobbi la bevanda, che era di un giallo pallido. "Cos'è?"

"Un intruglio di Zippy. L'ha chiamato *Three O'Clock in the Morning.*"

"Un argomento di cui credo conosca tutto."

Jasper si accigliò. "Cioè?"

"Ieri sera Zippy non si sentiva bene e ha saltato la cena, ma l'ho visto tornare in camera sua, completamente vestito, alle tre del mattino." Se avevo ragione e Anna aveva preso le buste dal cottage, allora da dove tornava Zippy a quell'ora?

Jasper sorseggiò il suo drink. "E tu cosa ci facevi ancora sveglia?"

"Non ero sveglia. Mi ha svegliato il fischiettio di Zippy. Mi ero messa a leggere, prima, ma a quell'ora dormivo già." Inclinai il bicchiere. "È davvero molto buono, dolce e con un tocco di agrumi."

"Allora ti piace la scabrosa narrativa poliziesca che ti ho regalato?"

"Non sono ancora arrivata al libro che mi hai regalato tu. Ma mi piace il genere."

"Sono incuriosito. Stavi sfogliando l'ultimo manoscritto di Mayhew?"

"Non dovrei proprio dirlo."

"È così, allora! Come sta Lady Eileen? E quel Nick ha trovato il coraggio di saltare le barriere sociali e chiederle di sposarlo?"

"Dovrai leggerlo tu stesso. Cosa ne pensi dei libri di Mayhew?"

"Mi piacciono. Crea sempre dei bei misteri. I primi libri erano un po' seri per i miei gusti, ma con l'avanzare della serie si sono alleggeriti notevolmente. Gli omicidi mi piacciono con un tocco di umorismo…"

Le sue parole ebbero un'eco. Lo colpii con il mio bicchiere. "Ben detto."

Jasper fece un passo indietro. "Mi fa piacere che tu sia d'accordo, intenditrice quale sei."

Gli rivolsi il mio sguardo di disapprovazione, quello che usavo con i giovani che cercavano di comportarsi male con me in taxi. "Non c'è bisogno di indietreggiare così. Sono una giovane donna educata, non rovescerei mai il mio drink sui tuoi vestiti da sera. Mi hai fatto venire in mente una cosa." Jasper aveva descritto qualcosa che mi aveva dato fastidio tra il primo libro di Mayhew e l'ultimo: la differenza nel tono.

Omicidio alla nona buca era folle e divertente, mentre il primo libro aveva un'atmosfera più cupa. Dalle note scritte a mano sulle bozze sapevo che l'ultimo l'aveva scritto Anna. Aveva sicuramente un tono più leggero. Jasper aveva notato che i libri più recenti avevano una struttura simile. Questo significava che Anna aveva fatto da ghostwriter per più di un testo?

Cercai Anna nella stanza, ma lei e il dottor Finch non erano ancora arrivati. Volevo parlarle prima di dire a Jasper quello che avevo scoperto su di lei.

Lady Holt ci raggiunse. "Olive, lascia che ti presenti i nostri ospiti." Jasper mi salutò con un gesto del suo bicchiere e si allontanò per parlare con Zippy, mentre io seguii Lady Holt. Si fermò accanto al colonnello Shaw. Una donna grassottella, con un fermaglio di piume nei capelli castani sbiaditi, stava in piedi al suo fianco e si sventolava il viso. Il suo vestito era rosa pallido, della stessa tonalità delle sue guance arrossate. Chiuse il ventaglio mentre Lady Holt iniziava le presentazioni. "Colonnello e signora Shaw, questa è Olive Belgrave, una delle nostre ospiti della Hightower Books."

"Piacere," dissi alla signora Shaw e aspettai un attimo che il colonnello Shaw mi dicesse che ci eravamo già incontrati prima, ma lui si limitò a sorridere e dire: "Piacere mio." Ero sollevata di non dover spiegare a Lady Holt perché avessi fatto due chiacchiere con il commissario capo.

La signora Shaw aprì il ventaglio. "Cosa fa per la casa editrice, signorina Belgrave?"

"Sì, di cosa si occupa?" La seconda domanda venne da una voce più profonda alle mie spalle.

Lady Holt e io facemmo un passo indietro e Leland Busby entrò nel nostro cerchio. L'avevo visto dall'altra parte dell'ufficio del signor Hightower, ma ora che ero più vicina mi resi conto che non era così giovane come pensavo. I capelli scuri che gli ricadevano sulla fronte avevano qualche filo di grigio alle tempie e un paio di rughe spuntavano dagli angoli degli occhi. Si tolse una sigaretta dalle labbra. Un sorriso gli piegò l'angolo della bocca mentre il suo sguardo spaziava nella stanza. Era alto solo qualche centimetro più di me e aveva una corporatura spartana, che mi ricordava quella di un fantino. Inclinò il braccio da un lato e il fumo della sigaretta si arricciò sulla sua schiena mentre abbassava la voce. "La signorina Belgrave è una dipendente così nuova che nemmeno *io* l'ho ancora conosciuta."

Le sopracciglia di Lady Holt si alzarono di scatto. "Impossibile."

Lui diede un altro tiro alla sigaretta. "È così, mia signora," disse il signor Busby e mi guardò come per dire: *Parla per tirarti fuori da questa situazione.* Espirò e io feci un passo indietro.

L'irritazione mi ribolliva dentro, ma sorrisi al signor Busby. Se pensava che me la sarei svignata dopo qualche parola di sfida, si sbagliava. "Piacere di conoscerla, signor Busby." Usai quella che mia cugina Gwen avrebbe definito *la voce della signora del maniero*.

Chiaramente, lui non era contento che Hightower mi avesse assunta e mandata a Blackburn Hall. Non sapevo se il signor Busby fosse irritato perché la decisione era stata presa senza il suo contributo o se pensasse che avrebbe dovuto essere lui a visitare Blackburn Hall, ma non avevo intenzione di abbassarmi al suo comportamento infantile.

Spostai la mia attenzione su Lady Holt. "Il signor Hightower mi ha assunta proprio per lavorare con lei, Lady Holt. Ha ritenuto che la situazione necessitasse di un tocco speciale e non", dissi lanciando un'occhiata al signor Busby, "di una gestione ordinaria."

Lady Holt annuì e sembrò soddisfatta. "Molto appropriato mandare una signora a parlare con me."

Il signor Busby si scusò e si allontanò per prendere un altro drink, lasciando una boccata di fumo nell'aria. Mentre mi passava accanto, mormorò sottovoce, in modo che solo io potessi sentire: "Il primo round l'ha vinto lei."

Accanto a me, la signora Shaw riprese ad agitare con foga il suo ventaglio avanti e indietro per disperdere il fumo. I capelli le svolazzavano intorno al viso rosa.

"Sta bene?" chiesi.

La signora scosse la testa, inspirò affannosamente e diede una pacca sul braccio del marito. "Rodney, le mie... sigarette." Le parole le uscirono in un rantolo.

"Oh, cielo," disse Lady Holt. "Victoria, hai di nuovo uno dei tuoi attacchi?"

La signora Shaw annuì e fece girare il ventaglio più velocemente.

"Asma?" chiesi.

"Sì." Il colonnello Shaw si tastò le tasche. "Non le ho, mia cara," disse alla moglie. "Devo aver lasciato il pacchetto nell'altra giacca."

Lady Holt si offrì di mandare qualcuno a prenderle. "La vostra casa non è lontana. Non ci vorrà molto, Victoria. Il dottor Finch dovrebbe essere qui a momenti. Hai bisogno di sederti?"

"Sigarette per l'asma?" Pensai alla scatola che Essie mi aveva spinto tra le mani. Le avevo tolte dalla borsetta? No, non credevo. E avevo portato quella borsa con me a Blackburn Hall. "Credo di averne qualcuna. Di sopra, nella mia stanza."

Il colonnello Shaw, che aveva preso il braccio di sua moglie, la sostenne fino a una sedia. "Ti troveremo qualcosa a breve, cara."

Lady Holt mi disse di parlare con Bower, che fece un cenno a uno dei camerieri. "Nella mia borsetta," gli spiegai. "L'ho lasciata sullo scrittoio della mia stanza." Mi voltai verso la signora Shaw. "Me le ha date un'amica. Anch'io soffro d'asma."

La signora Shaw lottò per tirare un'altra boccata d'aria. "Non se... se ne ha bisogno... lei."

"Oh, no. Non ne faccio uso. Cioè, ogni tanto ho ancora degli attacchi, ma non uso le sigarette. La mia amica non lo sapeva e ha insistito perché le prendessi."

Il colonnello Shaw, che si stava controllando le tasche, interruppe il suo frenetico frugare e scavare. "Un attimo. Eccone una." Estrasse una sola sigaretta dal taschino. La porse alla signora Shaw. "Deve essere caduta dalla scatolina e al mio cameriere è sfuggita," mi disse.

Jasper attraversò la stanza e porse un accendino alla signora Shaw. Lei aspirò la sigaretta facendo entrare il fumo nei polmoni, aspettò un attimo, poi lo espulse, rilassando le spalle. Tirò un respiro strozzato. "Così... va meglio."

"Ora starà bene," annunciò il colonnello Shaw.

"È così imbarazzante," disse la signora Shaw tra una boccata e l'altra della sigaretta. "Mi dispiace aver rovinato la tua bella serata, Maria."

"Sciocchezze," disse Lady Holt. "Non c'è nulla di rovinato. La serata non è nemmeno iniziata. Riposati lì finché non ti sentirai meglio."

Il cameriere tornò con la scatolina di cartone delle sigarette dell'asma e me le porse. Le offrii alla signora Shaw, ma lei le rifiutò. "Grazie, ma ora sto bene. Trovo che una sigaretta sia sufficiente." Il suo respiro era molto più facile e non sembrava così arrossata.

Appoggiai il pacchetto sul runner bordato di pizzo che copriva il tavolo dietro il divano. "Gliele lascio qui, nel caso cambiasse idea."

"È un pensiero gentile. Grazie."

"Ti lasciamo riposare un momento, Victoria," disse Lady Holt e mi condusse dall'altra parte della stanza. "Credo che abbiate conosciuto tutti, tranne il nostro avvocato. Lui e sua moglie sono arrivati durante l'episodio della signora Shaw." Lady Holt mi guidò verso un uomo anziano dal fisico robusto, i capelli brizzolati e la carnagione cerea. Una donna si trovava leggermente dietro le sue spalle. Era più giovane di almeno due decenni, aveva capelli neri corvini e occhi verde chiaro. Guardò più volte il volto dell'uomo mentre io e Lady Holt attraversavamo la stanza per raggiungerli.

Lady Holt disse: "Don ed Emily, lasciate che vi presenti la signorina Olive Belgrave. Signorina Belgrave, questo è il signor Donald Pearce e sua moglie Emily. È stato un piacere accoglierli di recente ad Hadsworth..."

La voce di Lady Holt continuava a parlare, ma l'unica cosa che sentivo era il nome di Donald Pearce. Riecheggiava nella mia testa. *Donald Pearce.* Poteva essere lo stesso...? Quanti avvocati potevano chiamarsi così?

Una scarica di freddo intorpidimento e poi di caldo furore mi assalì, proprio come un anno prima.

La voce di Lady Holt si spense completamente e io mi trovai di nuovo nello studio di mio padre, ancora scossa dallo shock di sapere che papà aveva sposato la sua infermiera. A un certo punto mi ero accorta che c'era anche qualcos'altro che non andava. Papà era stato evasivo quando avevo parlato di tornare all'università in America per continuare i miei studi, ma quando avevo accennato al fatto che mi ero informata sul costo del viaggio per l'America, avevo colto lo sguardo significativo che Sonia gli aveva rivolto.

Come una bambina chiamata nell'ufficio del preside, papà mi aveva condotta nel suo studio e aveva chiuso la porta. Gli scaffali di libri andavano dal pavimento al soffitto, con i dorsi dorati che brillavano anche nella penombra. Mi ero appollaiata sul bracciolo della poltrona accanto al fuoco, dove avevo trascorso molti pomeriggi a leggere mentre papà lavorava ai suoi commenti alle scritture.

Lui si era seduto pesantemente dietro la scrivania, poi si era tolto gli occhiali e strofinato gli occhi. "Mi dispiace, Olive. Non c'è un modo semplice per dirtelo, quindi lo dirò subito. Ho seguito un consiglio sbagliato. Ora me ne rendo conto, ma all'epoca mi sembrava del tutto sicuro. Pearce mi aveva assicurato che tutti coloro che avevano partecipato avevano ricevuto il doppio, a volte il triplo, del capitale investito. Ma non è andata così." Si era sistemato con cura le stanghette degli occhiali.

"Cosa stai dicendo, che sei sul lastrico?" Avevo dato un'occhiata agli scaffali e sperato che non dovesse vendere nessuno dei suoi libri rari. Gli avrebbe spezzato il cuore.

"No, grazie al cielo. Non ho investito il capitale della mia eredità. Sarebbe stato... terribile. No, non è così grave, ma temo che del tuo conto fiduciario non sia rimasto nulla. Completamente spazzato via."

CAPITOLO QUATTORDICI

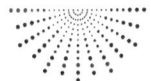

*L*a voce di Lady Holt mi riportò nel salotto. "Sono felice che ti sia ripreso dalla caduta, Don. Oh, scusatemi. Devo parlare con Serena…"

Allungai una mano per non perdere l'equilibrio, premendola contro lo schienale di una sedia. "Il signor Pearce, dello studio Mercer, Blackthorne e Thompkins?" chiesi.

L'ampiezza del sorriso di Pearce diminuì di diversi gradi. Accanto a lui si udì un sibilo mentre la moglie aspirava affannosamente. L'avvocato mi chiese: "Ci conosciamo?"

"No, ma non per mancanza di tentativi da parte mia. Lei conosce mio padre, Cecil Belgrave." Il mio tono era uniforme, ma il mio petto si alzava e si abbassava e il cuore batteva forte. "In effetti, gli ha dato degli orribili consigli finanziari."

Le mani della signora Pearce si portarono ai capelli e poi al girocollo di perle. Il sorriso del signor Pearce si fece fisso. "Immagino si riferisca all'incidente Hartman. Un affare sfortunato. Io stesso ho perso un bel po' di soldi, quindi la sua famiglia ha tutta la mia solidarietà. Molto spiacevole."

Pearce lanciò uno sguardo oltre le mie spalle. "Emily ha la gola secca. Dobbiamo prendere un cocktail. È stato un piacere conoscerla." Si allontanò, con la moglie che lo seguiva. Si voltò verso di lei e controllò i suoi passi. Quando lei si avvicinò, le mise una mano sulla schiena e la spinse in avanti perché lo precedesse.

Jasper apparve di fronte a me. "Sembra che tu abbia bisogno di un drink." Mi tolse di mano il bicchiere da cocktail e lo sostituì con un altro.

Il freddo del bicchiere si scontrò con il mio palmo caldo. "Quell'uomo è un ciarlatano. Non posso credere che si muova in società come se nulla fosse. Ha convinto mio padre a investire tutto il mio fondo fiduciario in qualche losca operazione."

"Ah, ecco perché assomigli all'illustrazione di uno dei miei libri di scuola, la bellissima *Furia Vendicatrice*."

Bevvi il nuovo cocktail. Aveva un sapore aspro che mi fece trasalire. Dall'altra parte della stanza, Pearce disse qualcosa al dottor Finch e tutti i membri del gruppo risero.

"Attenta, se continui a fissarlo brucerai i mobili," disse Jasper.

"L'ho cercato – Pearce voglio dire," gli spiegai. "Dopo che mio padre mi disse che il fondo era sparito. Volevo parlargli, ma lui si era improvvisamente ritirato. Più tardi ho saputo che ha lasciato lo studio in disgrazia. Nessuno lo ammise apertamente, al tempo, ma ho sentito dire che Pearce riceveva una tangente per ogni capitale che procurava per il ridicolo *investimento* Hartman. Non è mai stato provato nulla, ma il fatto che sia scomparso dalla città e si sia nascosto in un piccolo villaggio rurale parla da sé."

Jasper mi toccò il dorso della mano, dove ancora stringevo la sedia. "Mi dispiace, mia cara."

Mentre parlavo, fissavo la nuca di Pearce, ma ora rivolsi lo sguardo a Jasper. La compassione nei suoi occhi placò parte della furia che mi sembrava di irradiare. Girai la mano sotto la sua e gli diedi una rapida stretta alle dita, poi la tolsi e squadrai le spalle. "Se Pearce pensa che lascerò perdere, si sbaglia di grosso."

"Cos'hai intenzione di fare?"

"Vorrei torcergli il collo." Inclinai il mio drink verso l'alto, finendolo. "Ma sarebbe poco signorile."

"All'estremo. Sono sicuro che Lady Holt ha un capitolo a riguardo nella sua guida al galateo." Guardò il bicchiere vuoto che avevo in mano. "Ne gradisci un altro? Te lo porto, se vuoi, ma poi basta."

"Sì, me ne servirebbe un altro. Credo che sarà una lunga serata. Devo organizzare la mia vendetta sul signor Pearce. È incredibile che l'abbia fatta franca."

Jasper prese il mio bicchiere. "Fino a ora. Vedrai, pagherà per le sue malefatte."

MENTRE JASPER SI ALLONTANAVA, Anna lasciò il fianco del padre e mi raggiunse. "Buonasera, Olive. Sono molto contenta che tu sia ancora qui." Guardò in giro per la stanza e poi si voltò verso di me. "Devo chiederti una cosa."

La fissai, la mia mente era così piena dell'incontro con Pearce che aveva cancellato tutto il resto. Di che cosa volevo parlarle? Oh, sì. Le pagine della bozza del manoscritto. Distolsi i miei pensieri da Pearce e mi concentrai su Anna. "Volevo parlarti anche io."

Quando Jasper arrivò, si scusò e mi consegnò il mio drink fresco. "Vedo che state spettegolando di gusto, quindi non mi intrometto."

Anna osservò Jasper mentre attraversava la stanza. La signora Shaw gli disse qualcosa e lui le sedette accanto. Anna si voltò verso di me. "Si tratta di mio padre." Mi fece allontanare di qualche passo verso un paio di sedie in un angolo lontano della stanza. "Ha il risultato dell'autopsia su Mayhew."

"Non avevo capito che sarebbe stato tuo padre a farla."

Anna scosse la testa. "Non l'ha fatta lui, ma il medico legale è un amico. È passato a trovare papà questo pomeriggio." Il suo sguardo andò al dottor Finch, che stava dall'altra parte della stanza. "Erano in giardino e io in salotto. Con le finestre aperte, le loro voci si udivano. Quando ho sentito... beh, non sono riuscita ad andarmene quando ho capito di cosa stavano parlando." Si mise a giocherellare con il fermaglio di perline che le tratteneva i capelli ramati. "E poi è arrivato l'ispettore... Oh, è tutto così complicato. Non so cosa fare. Ho saputo di quello che è successo ad Archly Manor, di come hai dimostrato che tua cugina non era coinvolta in quell'incidente." Le sue dita fredde si strinsero al mio polso. "Ho bisogno che tu faccia lo stesso per papà. Se si viene a sapere, se ci sono voci, ne sarà devastato. La sua reputazione..." Mi lasciò il polso e si premette le dita sulle labbra per un momento, mentre lottava per controllare le sue emozioni. "La reputazione di un medico è tutto. Devi rendertene conto. Non ha ucciso lui Mayhew. So che non l'ha fatto."

Un po' del drink mi andò di traverso. "L'ispettore Longly lo ha accusato di averla uccisa?"

"No, niente di così diretto. Erano tutte allusioni, domande e sottili accuse." Il suo sguardo si spostò nella stanza. "Ti prego di non farne parola con nessuno."

"Non lo farò, te lo prometto."

"È così angosciante. Papà sta facendo finta di niente, stasera, ma da quando l'ispettore Longly se n'è andato se ne va in giro sconvolto."

Longly doveva avere qualche nuova informazione che lo aveva portato a interrogare il dottor Finch in quel modo. "Quali sono stati i risultati dell'autopsia?"

"Inconcludenti. È presente un colpo alla testa, ma il medico legale non ha saputo dire con certezza quando sia avvenuto. Se prima o durante la caduta. Il letto del fiume è roccioso. Ma dato che non si può escludere un omicidio, la morte è sospetta. Lo capisci, vero?"

"Sì, l'ispettore Longly dovrà continuare a indagare. Ma cosa ha a che fare con tuo padre?"

"Hanno trovato un testamento scritto a mano nel cottage di Mayhew. Papà è l'unico beneficiario."

"Oh, mio Dio..."

"Sapevo che avresti capito." Il suo sguardo si spostò sul dottor Finch e poi di nuovo su di me, mentre abbassava ancora di più la voce. "Ma a prescindere da ciò che l'ispettore Longly ha lasciato intendere, anche se papà avesse saputo di essere il beneficiario – e non lo sapeva – non avrebbe mai fatto del male a nessuno. È contrario a ogni forma di violenza, è la sua natura."

"Tuo padre sapeva del testamento?"

"No." I capelli le sfiorarono le guance mentre scuoteva la testa. "Sono sicura che non lo sapeva. Papà era così scioccato che non è riuscito a proferire parola per qualche istante."

"Mi chiedo perché Mayhew abbia fatto di tuo padre il suo beneficiario."

"Longly ha letto una parte del testamento a papà. La signorina era grata a papà di aver mantenuto segreta la sua vera identità."

"Hai detto che il testamento era scritto a mano?" Guardai dall'altra parte della stanza. I signori Pearce stavano chiacchierando con Lord e Lady Holt. "Perché Mayhew non ha fatto redigere il testamento al signor Pearce?"

Anna si spostò in modo da dare le spalle alla stanza. "Detto tra noi, non credo che il signor Pearce sia davvero così... affidabile. Forse Mayhew non riponeva piena fiducia in lui. Ci sono state alcune voci sull'avvocato – che ha lasciato una città in disgrazia ed è dovuto venire qui. Odio parlare male di qualcuno senza alcun fondamento, ma le voci su di lui erano proprio queste."

"Non devi scusarti con me. Ho la stessa sensazione, su di lui."

"Davvero?"

"Sì, ma te ne parlerò più tardi." Quindi Mayhew si era affidata a Pearce per spedire i manoscritti alla Hightower Books, ma non per fare testamento.

"Ma capisci in che situazione lascia papà, vero?" Anna trangugiò il suo cocktail. "È tutto un terribile pasticcio. Non c'è modo di dimostrare che papà *non* sapesse del testamento."

"Allora suppongo che per tuo padre la cosa migliore da fare sia dimostrare che non c'era quando Mayhew è morta. L'autopsia ha indicato l'ora del decesso?"

"Niente di specifico, tra cinque e sette giorni fa."

"Ma sappiamo che Serena ha visto Mayhew il... vediamo... ha detto che era mercoledì mattina. L'ha vista sul sentiero, a poca distanza da dove è stato trovato il suo corpo." E la servitù aveva detto che Mayhew non era stata vista in paese. "Deve essere morta poco dopo che Serena l'ha vista. Questa tempistica combacia con la stima dell'ora del decesso. Scommetto che Longly concentrerà la sua attenzione su mercoledì mattina. Credo che tuo padre dovrebbe documentare dove si trovava in quelle ore."

"Suppongo che sia la soluzione migliore. E dovrebbe essere possibile... Credo." Fissò per un attimo il suo bicchiere vuoto, lo sguardo non concentrato. "Sì, doveva andare alla fattoria dei Birchwick e l'ho accompagnato io. La signora Birchwick è entrata in travaglio. Siamo stati via tutta la mattina. È molto lontana." La testa di Anna si alzò di scatto. "Mi dispiace. Sono stata terribilmente scortese, Olive. Di cosa volevi parlarmi?"

Mi ero chiesta se menzionare o meno le pagine extra del manoscritto. Il ruolo di Anna come ghostwriter era ovviamente un segreto. Nemmeno il signor Hightower ne era a conoscenza, perché sicuramente sarebbe andato alla ricerca di Anna se avesse saputo della sua esistenza. Ma ora, con la notizia dell'autopsia inconcludente e del dottor Finch come beneficiario del testamento di Mayhew, non potevo sorvolare sul ruolo della figlia. Non vedevo come avrei potuto affrontare l'argomento, quindi scelsi un approccio diretto. "Da quanto tempo scrivevi come ghostwriter per Mayhew?"

Anna, che stava per posare il suo bicchiere, lo lasciò cadere sul tavolo. "Cosa?" Fermò il bicchiere che dondolava. "Non so cosa vuoi dire."

"Anna, mi hai dato tu diverse pagine di una bozza insieme al manoscritto finito. La bozza era piena di appunti tra te e Mayhew. Nelle note si parlava anche del libro successivo. Quello su Lady Eileen che va a trovare la sua amica sullo yacht."

La sua pelle pallida si schiarì ulteriormente, facendo risaltare le lentiggini. Anna si appoggiò al bracciolo della sedia. "Non posso credere di essere stata così stupida." Si strinse una mano in grembo. "Ma ero così di fretta."

Mi sedetti accanto a lei. "Eri la ghostwriter di Mayhew." Dissi quella frase come un'affermazione, non come una domanda.

Anna annuì, poi si guardò intorno, sembrando ricordare che eravamo in una stanza piena di gente.

"Nessuno ci ascolta," le dissi. "*Omicidio alla nona buca* è stato il primo libro che hai scritto per lei?"

Inspirò profondamente e rilassò la mano. "Il secondo."

"Capisco. Come 'è successo?"

"Ho iniziato come dattilografa. Immagino che lui avesse sentito... Voglio dire *lei*. Ho pensato a Mayhew come a un uomo per così tanto tempo che è difficile passare all'altro pronome." Si spostò in modo da essere rivolta verso di me. "Suppongo che Mayhew avesse sentito da qualcuno che facevo la dattilografa. Un giorno, circa... vediamo, sarà stato circa due anni fa, ricevetti un biglietto da... *lei* che mi chiedeva se potessi battere a macchina un suo manoscritto completato. Risposi che l'avrei fatto con piacere. Ero felice di quel lavoro. Lei mi inviava i capitoli scritti a mano e io li battevo a macchina. All'inizio inviava un capitolo ogni pochi giorni, ma poi l'intervallo tra un capitolo e l'altro diventava sempre più lungo. Alla fine mi ha mandato un biglietto dicendo che era bloccata e che mi avrebbe mandato del materiale quando avesse avuto qualcosa."

Anna si toccò il fermaglio tra i capelli e le sue dita tracciarono nervosamente le perline. "Ho avuto un'idea che avrebbe potuto funzionare. Avevo scritto la storia a macchina.

Conoscevo i personaggi e la scena in cui Mayhew si era bloccata. Le mandai un biglietto con un suggerimento. A lei piacque molto e decise di utilizzarlo. Mi mandò il capitolo successivo."

Anna chiuse le dita delle mani in una stretta in grembo. "Da quel momento in poi, iniziammo a mandarci delle note avanti e indietro, discutendo di quello che sarebbe successo. Poi Mayhew ha avuto un'altra difficoltà con la trama. In uno dei suoi appunti mi disse che avrei dovuto fare un tentativo. Non sapevo se fosse seria o meno, ma decisi di farlo. Scrissi la scena e gliela spedii. Mayhew me la fece avere indietro dicendo che era meravigliosa. Da quel momento, il mio contributo è cresciuto gradualmente fino ad arrivare al punto che ero io a scrivere le storie e lei le modificava. Mayhew era stufa di Lady Eileen, direi."

"Dopo pochi libri?"

Anna scrollò le spalle. "Non so perché. Credo che volesse scrivere un'altra storia che non fosse un giallo, ma la Hightower Books non era interessata." La tensione nelle spalle di Anna si allentò e lei si appoggiò al cuscino. "Non sai quanto sia bello parlarne. Tenermi tutto dentro è stato orribile." Il suo viso si abbassò. "Certo, non fa che peggiorare una situazione complicata. Se Longly sapesse..."

"Allora sia tu che suo padre avreste avuto un motivo per volerla morta."

Il suo sguardo volò fino al mio viso. "Cosa vuoi dire?"

"Eri tu l'unica persona ad Hadsworth a sapere che Mayhew era in realtà l'autrice R.W. May. E se l'avessi uccisa tu, per poter continuare a scrivere la serie?"

"Ma come avrei potuto continuare?" I suoi occhi si allargarono e scosse la testa. "Non ho contatti alla Hightower Books."

"Con il sistema che Mayhew aveva messo in piedi – che prevedeva di inviare i manoscritti attraverso Pearce – non c'era bisogno di conoscere nessuno alla Hightower Books. Cosa ti avrebbe impedito di scrivere i libri e poi di inviarli attraverso l'avvocato? Nessuno alla casa editrice avrebbe mai scoperto che i manoscritti non provenivano da Mayhew."

Anna si allontanò da me come se avessi una malattia contagiosa. "Ma è assurdo. Ma è... non avrei mai..." Deglutì, poi trasse un respiro instabile. "Non sapevo nemmeno che Mayhew fosse morta."

Era così agitata che le accarezzai la mano. "Sto solo dicendo quello che penserà l'ispettore Longly, capisci?" Mantenni la voce calma mentre dicevo: "Sapevi che Mayhew inviava i manoscritti, non è vero?" Continuai con lo stesso tono rilassante. "Quando abbiamo parlato a cena l'ultima volta, hai detto di aver lasciato qualcosa all'avvocato di Mayhew, ma poi ha esitato quando stavi per dire che cosa gli avevi consegnato. Era un manoscritto, vero?"

Le guance di Anna diventarono rosee. "Ecco perché sono uno strazio quando gioco a carte. Non riesco a bluffare per niente. Sì, Mayhew mi ha fatto prendere il manoscritto precedente. Eravamo arrivate alla scadenza. Mi ha scritto un biglietto in cui mi chiedeva di battere a macchina l'ultimo capitolo, poi di impacchettare il tutto e di consegnarlo al signor Pearce. La nota di Mayhew diceva che Pearce avrebbe fatto in modo che arrivasse alla Hightower Books. Ho pensato che fosse un po' strano, ma Mayhew *era* strano, quindi non ci ho rimuginato più di tanto." Le parole accelerarono e Anna si sporse in avanti. "Non ho niente a che fare con la morte di Mayhew."

"Certo che no," dissi, ma in realtà non avevo idea se fosse vero o meno. Capivo perché Longly aveva parlato con il dottor Finch. Gran parte della vita di Mayhew si intersecava con quella del dottore e di sua figlia. Ma non si poteva dire una cosa del genere a una persona da poco conosciuta. Fortunatamente, avevo avuto anni di pratica nell'educare la mia espressione in modo che non mostrasse le mie vere emozioni. Il più delle volte avevo usato quell'abilità per mascherare la noia quando qualche vecchio rimbambito si dilungava a cena sulla caccia o sulle imprese militari di un tempo. Raramente l'avevo usata per evitare che la risposta a una domanda scomoda mi apparisse in faccia. Anna sembrava così ansiosa che cambiai discorso. "Cosa diceva esattamente il biglietto che Mayhew ti ha mandato?"

Al mio tono colloquiale, Anna si rilassò assumendo una postura più normale, ma continuò a tenersi a distanza, come se non fosse sicura di potersi fidarsi. "Quale biglietto?"

"Quello che diceva che Mayhew stava lasciando Hadsworth."

"Diceva che se ne stava andando e di continuare con il libro successivo fino al suo ritorno."

"Era scritto a mano?"

"No, dattiloscritto."

"Era normale? Mayhew batteva a macchina i suoi appunti?"

"No. Di solito erano scritti a mano alla fine delle bozze del manoscritto." Deglutì. "Oh, capisco. Stai dicendo che è una prova in più che potrebbe essere usata per dimostrare che Mayhew è stata uccisa. Una nota dattiloscritta invece di una scritta a mano. È una buona cosa, no? Dimostra che qualcun altro ha fatto credere che Mayhew sarebbe tornata."

Bower annunciò la cena, interrompendoci. "Potrebbe essere," dissi mentre Anna e io ci alzavamo. "Parliamo dopo cena. Hai ancora quel biglietto?"

"Suppongo di sì. Di solito metto tutto in un faldone. Ne ho uno per ogni libro. Dovrebbe essere lì. Guarderò quando torno a casa."

Ci avviammo verso la porta del salotto, ma prima di unirci agli altri commensali, Anna disse: "Nessun altro sa cosa facevo davvero per Mayhew. Non puoi dirlo a nessun altro. Non ora. Peggiorerebbe ulteriormente le cose." Aveva tenuto la voce bassa, ma le sue parole erano piene di panico.

"No, non lo farò," dissi, ripromettendomi di trovare un modo per verificare se lei e suo padre fossero davvero stati alla fattoria dei Birchwick lo scorso mercoledì mattina. Forse uno dei domestici ne era a conoscenza. Potevo chiedere a Janet o a Bower quanto fosse lontana la fattoria, e riguardo alla nascita del bambino... beh, potevo domandarlo a Janet. Non riuscivo a immaginare Bower che parlava di un bambino. Ma un nuovo nato avrebbe fatto notizia, nel villaggio.

Se il dottor Finch e Anna non fossero stati alla fattoria, beh, le bugie annullavano la promessa di mantenere il segreto, soprattutto perché la morte di Mayhew poteva essere dovuta a un omicidio. Ma non potevo tradire Anna e suo padre, non dopo aver sperimentato in prima persona l'orrore di avere qualcuno che sospetta di omicidio te e i tuoi cari.

Mentre andavamo a cena, mi chiesi quante macchine da scrivere ci fossero a Hadsworth e chi vi avesse accesso.

CAPITOLO QUINDICI

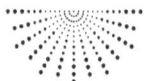

$\mathcal{N}$on sapevo cosa fosse stato servito per cena quella sera. Avevo la mente troppo piena dell'incontro con Pearce e del fatto che Anna fosse la ghostwriter di Mayhew. Per fortuna ero seduta accanto a Lord Holt, che mi fece un monologo sulle sue ultime partite di golf. Dovetti solo mormorare qualche occasionale 'capisco' o 'interessante'. Quando ci cambiammo di posto, mi trovai Jasper al fianco, che sembrò intuire che non potevo sopportare nulla di più di una conversazione leggera. Fece in modo di discutere delle nostre conoscenze a Londra e sul suo tempo trascorso sul campo da golf.

Passai la maggior parte della serata a guardare Pearce, che era seduto all'altro capo del tavolo accanto a Lady Holt. L'avvocato, rilassato e sorridente, raccontò diverse storie che fecero ridere la padrona di casa. Dall'altra parte del tavolo, sua moglie conversava tranquillamente con il signor Busby e poi con il colonnello Shaw, ma il suo sguardo tornava continuamente al marito.

Quando Lady Holt si alzò e condusse le signore nel salotto, mi trovai accanto alla signora Shaw, che iniziò una conversazione sui viaggi. Volevo parlare con Anna, ma la moglie del colonnello si lanciò in una storia complicata sul periodo trascorso da lei e dal marito in India, sul loro bungalow e sul fantasma che lo infestava. "Era il fantasma di una donna e le piaceva riorganizzare il servizio a tavola", disse la signora Shaw, "il che era un po' complicato quando si avevano ospiti, ma non la si poteva biasimare, poverina. Suo marito l'aveva pugnalata con un coltello da cucina. Viene voglia di buttare l'argenteria per terra."

Il dottor Finch entrò nella stanza e si scusò con Lady Holt. "Ho ricevuto una telefonata e devo andare."

Anna, che stava parlando con Serena, lo raggiunse. "Vengo con te."

Lady Holt disse: "Non c'è bisogno che te ne vada anche tu, Anna. Possiamo chiedere all'autista di prendere la macchina e di accompagnarti a casa più tardi."

"È meglio che vada con papà."

"No, rimani," disse il dottor Finch. "Divertiti."

Anna si sistemò meglio lo scialle intorno alle spalle. "Hai lasciato gli occhiali a casa, sul tavolo vicino alla porta. Sai che è meglio se guido io. La tua visione da lontano è terribile, di notte."

Il dottor Finch non discusse oltre. Nel giro di pochi istanti fu portata la sua macchina e lui e Anna si allontanarono. Dopo la loro partenza, un domestico entrò e posò una caffettiera su un tavolo in fondo alla stanza, dove erano disposte tazze, latte e zucchero.

"Oh, ecco il caffè." La signora Shaw si spostò in avanti sul cuscino del divano. "Credo che ne prenderò un po'."

"Lasci fare a me." Mi alzai. "Come lo gradisce?"

"Molto gentile da parte sua. Con un goccio di latte."

Attraversai la stanza e mi fermai nei pressi del tavolo dietro la signora Pearce. Lei si versò mezza tazza di caffè, aggiunse un bel po' di latte, poi abbassò la testa e si allontanò da me.

La partenza del dottor Finch doveva aver indotto gli uomini

a ridurre il tempo trascorso da soli in sala da pranzo, perché apparvero in salotto mentre versavo il caffè per me e la signora Shaw. Pearce si avvicinò al tavolo mentre posavo la caffettiera e aggiungevo il latte alla tazza della moglie del colonnello.

L'avvocato prese la caffettiera. "È stata una bella cena quella di stasera, vero?"

La rabbia mi fece battere il cuore e tremare le mani. Il cucchiaino tintinnò contro il piattino di porcellana. "Non pensi di poter appianare quello che è successo e fingere di essere un geniale avvocato di campagna."

"Vedo che nutre astio nei miei confronti, signorina Belgrave, ma le assicuro che non ho fatto nulla di male. Farebbe meglio a incanalare la sua rabbia in qualcos'altro. L'incidente è stato oggetto di un'indagine e io non ho avuto alcuna colpa."

"Al contrario: lei è stato indagato, ma non sono state trovate prove sufficienti per dimostrare la sua colpevolezza. Per questo motivo le è stato permesso di lasciare Londra e di intraprendere la professione di avvocato in questo pittoresco villaggio."

Pearce prese il suo caffè e mi rivolse quello che sembrava un sorriso piacevole, ma che non si estendeva ai suoi occhi grigi, che avevano il colore della lamiera. "Non mi crei problemi. Se ne pentirebbe, glielo assicuro."

Si allontanò. Mi voltai e colsi lo sguardo preoccupato della signora Pearce che lo fissava dall'altra parte della stanza. Quando l'avvocato si sedette accanto al signor Busby, l'attenzione della signora Pearce tornò su di me. Mi studiò, con una ruga tra le sopracciglia. Emily Pearce doveva essere una di quelle anime sensibili che erano in sintonia con l'atmosfera e potevano captare le più piccole vibrazioni di disappunto. Mi concessi un secondo per ricomporre il mio volto in un'espressione di accurata indifferenza sociale, poi presi le due tazze di caffè.

Tornai al divano e ne passai una alla signora Shaw. "Ho sentito dire che in India, d'estate, tutti si ritirano sulle montagne."

"Caffè perfetto, grazie," mi disse. "Sì, chi poteva fuggire in montagna lo faceva, d'estate. Il clima era fresco e il lago incantevole..."

La signora Shaw fu felice di chiacchierare dell'India, raccontando i suoi ricordi, il che mi diede il tempo di calmarmi. Anche se avevo di nuovo sul volto un'espressione adatta a un evento sociale, il mio cuore batteva forte e le mie mani fremevano, facendo tintinnare la tazza nel piattino. Come aveva osato Pearce dirmi di dimenticare tutto? Aveva messo il mio mondo sottosopra. Non potevo dimenticarlo e basta, ma non era il momento giusto per rimuginarci sopra.

Mi costrinsi a distogliere i pensieri dall'avvocato. Lady Holt suggerì il bridge e, nonostante i miei migliori tentativi di evitarlo, mi ritrovai a un tavolo con i signori Pearce. Lady Holt era decisa a giocare a carte. Zippy cercò di giustificarsi e di uscire dalla porta, ma la madre lo bloccò subito. "Sciocchezze. Hai tempo per il bridge. Il tuo amico ti aspetterà." E lo guidò al suo tavolo.

La signora Shaw disse che non avrebbe partecipato perché eravamo in numero dispari e Lord Holt fece subito cenno al signor Busby di sedersi al tavolo da gioco con Lady Holt. "Gli ospiti devono avere la precedenza," disse Lord Holt e si ritirò verso il mobile delle bevande.

Almeno ero in coppia con Jasper. Pearce fece notare diversi errori alla moglie, che mormorò: "Sì, certo, avrei dovuto farlo," con lo stesso tono con cui si chiede di passare il burro sul tavolo. Jasper non era un tipo competitivo, ma era un buon giocatore e vincemmo la maggior parte delle partite.

Mentre mescolavo le carte, Pearce spostò la sedia. "Altro caffè, mia cara?" chiese alla moglie.

Lei non alzò lo sguardo dal foglio del punteggio. "Sì, grazie," disse in modo distratto.

Lui si allontanò portando con sé la tazza della moglie. La sua era mezza piena e l'aveva lasciata sul tavolo. Pensai che probabilmente volesse sfogare la sua frustrazione nei confronti del gioco pessimo di lei. Tornò, posò con un colpo secco la tazza mezza piena di caffè marrone chiaro della moglie, poi si rimise a sedere.

Verso la fine della mano successiva, il ritmo di gioco rallentò. Era il turno di Pearce. Mi concentrai sulle carte e alzai lo sguardo per capire perché l'avvocato ci stesse mettendo così tanto. Studiava le carte con il volto arrossato, sbattendo più volte le palpebre. Si allentò il colletto, poi si rivolse a un cameriere che stava sparecchiando il caffè. "Portami un bicchiere d'acqua."

Il cameriere se ne andò e Pearce rivolse di nuovo l'attenzione al tavolo. "Fa caldo, stasera."

La temperatura della stanza mi sembrava ottimale, ma davo le spalle alla portafinestra aperta e una brezza fresca mi solleticava la nuca. Quando arrivò l'acqua, Pearce la bevve in pochi sorsi. Il gioco continuò per qualche minuto, poi Pearce sbatté la mano sul tavolo. La signora Pearce, Jasper e io trasalimmo per l'improvviso e violento movimento. "Preso," disse il signor Pearce.

Allontanò la mano, ma sotto di essa non c'era nulla. Rimanemmo tutti seduti in un silenzio attonito. "Ce n'è un altro." Pearce sbatté di nuovo la mano, poi indicò Jasper dall'altra parte del tavolo. "È vicino al tuo braccio, amico. Presto, prendilo."

Jasper mise le carte sul tavolo a faccia in giù. "Cosa vede?" La sua voce era un contrappunto calmo al tono stridente e poco formale dell'avvocato.

"Insetti..." Pearce si tirò di nuovo il colletto. La sua carnagione rubiconda era ora rosso vivo e il suo petto si alzava e si abbassava come se avesse fatto uno sprint.

La signora Pearce gli mise una mano sul braccio. "Don..."

Lui le scostò la mano, con lo sguardo che si muoveva intorno al tavolo. "Presto, prendeteli! Non li vedete? Sono su tutto il tavolo!" Si alzò e la sedia cadde. Facendo un passo indietro, inciampò nella gamba della sedia. Si aggrappò al tavolo e ne afferrò il bordo mentre cadeva.

Il tavolo si impennò. Le carte scivolarono. Le tazze caddero e si frantumarono, e Pearce crollò a terra tra i cocci di porcellana.

CAPITOLO SEDICI

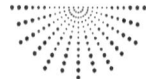

*P*er uno o due secondi la stanza rimase completamente in silenzio, a parte il ticchettio dell'orologio sulla mensola del camino e il sussurro del vento che soffiava tra gli alberi fuori dalle portefinestre aperte. Dall'altra parte del tavolo, la signora Pearce sedeva immobile sulla sedia, con le dita di entrambe le mani premute sulla bocca e lo sguardo fisso sul marito a terra. Al tavolo accanto a noi, l'espressione di Lady Holt trasmetteva incredulità mentre osservava le carte sparse e la forma prona dell'uomo. La padrona di casa non sembrava sapere cosa fare. Il collasso di un ospite non era un argomento trattato nei manuali di galateo.

Serena fu la prima a muoversi. Lasciò l'altro tavolo e si inginocchiò accanto all'avvocato.

La signora Pearce si sporse in avanti e afferrò il bordo del tavolo. "È il cuore? Il suo è debole." Gli occhi verde chiaro di Emily Pearce sembravano enormi, mentre passavano dalla figura del marito sul pavimento a Serena.

Lord Holt, che aveva preso posto dall'altra parte della stanza, si voltò e appoggiò il braccio lungo lo schienale della sedia. "Il vecchio ha bevuto troppo?"

"No, non è questo." Serena tastò il polso, aprì una palpebra del signor Pearce, poi si sedette sui talloni.

Lady Holt posò le carte sul tavolo e si rivolse a Zippy. "Mandate a chiamare il dottor Finch."

Zippy si alzò ma esitò quando Serena parlò.

"No, mi dispiace... ma non serve." Serena lanciò un'occhiata alla signora Pearce, che era diventata pallida come le tazze di porcellana da cui avevamo bevuto. Scostai la sedia e mi alzai, in modo da avere una visione migliore dell'avvocato.

Mi sedetti bruscamente. Era morto, lo capii con uno sguardo. La mascella gli pendeva allentata e la sua forma aveva la qualità senza vita di una carcassa che un insetto si lascia dietro quando si libera della pelle. La signora Pearce, con la pelle bianca come un cencio, chiese: "È morto, vero?"

Serena si alzò in piedi. "Sì, temo di sì, Emily."

La signora Shaw posò la rivista che stava sfogliando e attraversò la stanza. Si tolse lo scialle e lo fece cadere sulle spalle della signora Pearce. Lo scialle si stese su ogni lato di lei, le frange si posarono sulle carte da gioco sparse sul tavolo. "Oh, cielo. Non credete che un po' di brandy per Emily sarebbe opportuno?" Lo scialle cominciò a scivolare e la signora Shaw lo aggiustò in modo che non cadesse.

Lady Holt sbatté le palpebre. Dopo un secondo, disse: "Sì, certo." Fece cenno a un cameriere di provvedere.

Serena si avvicinò al colonnello Shaw, che era ancora seduto. Si chinò e gli rivolse alcune parole all'orecchio. Il volto del colonnello non cambiò, ma la sua postura si irrigidì e il suo sguardo passò dal corpo di Pearce al nostro tavolo, poi a qualcosa sul pavimento.

Inclinai la testa per poter vedere sotto il tavolo. L'attenzione del colonnello Shaw era fissata sulla tazza frantumata di Pearce. I resti del caffè si erano sparsi sul tappeto, lasciando macchie scure... insieme a qualcos'altro. Spostai leggermente la punta della scarpa su una macchia marrone vicino al mio piede, trascinando via un pezzetto di quella che sembrava una foglia dal liquido che aveva impregnato il tappeto.

Un cameriere si fece avanti per sistemare la sedia caduta, ma il colonnello Shaw tese una mano. "È meglio lasciar perdere, per ora." E rimise a posto la sedia. "Lord Holt, credo che dovremmo trasferirci tutti in biblioteca. Dobbiamo chiudere questa stanza." Si rivolse al nostro tavolo. "Tranne la signorina Belgrave e il signor Rimington. Vorrei parlare con entrambi."

Sentivo le gambe molli mentre Jasper e io camminavamo lungo il corridoio fino al piccolo salotto dove il colonnello Shaw aveva detto che ci avrebbe raggiunto. Non avevo mai visto qualcuno morire. Avevo già visto un cadavere, ma era scioccante pensare che solo pochi istanti prima di crollare, il signor Pearce stesse giocando a carte accanto a me. Jasper mi offrì il braccio e io lo presi, felice di sentirlo solido sotto la mia mano. "Hai visto qualcosa?" chiesi.

Lui scosse la testa mentre apriva la porta e lasciava che lo precedessi nella stanza fredda. "No, ma non sono sicuro che ci fosse molto da vedere."

Il salotto era buio, quindi mi feci strada nel labirinto di mobili fino a un tavolo e accesi una lampada. "C'era qualcosa, forse pezzi di foglie, nel suo caffè."

"Allora hai visto più di me."

"Una parte è schizzata sotto il tavolo e mi è finita vicino al piede."

"Hmm... qualcosa che produce allucinazioni." Jasper chiamò un cameriere e gli ordinò di accendere il fuoco e di portare il tè. Aspettai, a braccia incrociate, che il servitore finisse, poi presi posto vicino al fuoco scoppiettante. "Per me niente tè." Un fremito mi salì lungo la schiena quando pensai allo sguardo spalancato di Pearce che si guardava intorno. "Era convinto che degli insetti strisciassero sul tavolo."

Mentre il cameriere si avvicinava alla porta, Jasper gli disse: "Lascia perdere il tè. Porta invece del brandy."

Guardai le fiamme per qualche istante, poi la porta scattò di nuovo e il cameriere tornò.

"Ecco, bevi questo." Jasper mi porse un bicchiere. Io sorseggiai e mi strozzai, ma la bevanda mi riscaldò dall'interno. Jasper aveva un bicchiere uguale. Si sedette sul divano e bevve.

Cullai il bicchiere tra le mani. "Non sembri affatto scosso. Anzi, sembri il modello di uno di quegli spot pubblicitari per le nuove camicie con il colletto attaccato, un tipo freddamente cordiale in abiti da sera."

"Oh, sono agitato eccome. Sono solo bravo a nasconderlo."

Presi un altro piccolo sorso. "Due morti così vicine... sicuramente sono collegate."

"Mayhew e Pearce? Può darsi. Si conoscevano?"

"Sì. Pearce era l'avvocato di Mayhew."

"Non è certo un motivo per..."

"C'è dell'altro." Bevvi un altro sorso di brandy, feci una smorfia, poi mi sedetti in avanti sul cuscino. "Non te l'ho detto prima perché sapevo che ti saresti agitato, ma ho dato una rapida occhiata al cottage di Mayhew." Raccontai a Jasper dello stato dell'East Bank Cottage e dell'inconcludente autopsia.

"Suppongo che dovrei accigliarmi e rimproverarti, ma..."

"Lascia perdere," dissi. "Ci sono cose più importanti su cui concentrarsi, ora."

"Sono d'accordo." Guardò il fuoco. "Dato che il legame tra Mayhew e Pearce è un rapporto d'affari, suppongo che la domanda sia: chi vorrebbe uccidere un avvocato e il suo cliente?"

Il lato della gamba vicino al fuoco era troppo caldo e mi scostai dalle fiamme. Sia Anna che il dottor Finch avevano un motivo per volere Mayhew e Pearce fuori dai piedi. Ma entrambi dovevano trovarsi alla fattoria dei Birchwick. Poiché avevo promesso ad Anna che avrei mantenuto il silenzio su ciò che mi aveva rivelato quella sera, non dissi nulla a Jasper su di lei o il padre.

Lui si sistemò meglio sulla sedia. "Sembra che il suo caffè sia stato alterato, quindi suppongo che la domanda principale sia: chi ha versato il caffè di Pearce?"

"Se lo è versato lui stesso."

"Hai visto Pearce versarsi la tazza di caffè da solo?"

"Sì, ero proprio accanto a lui."

"C'era qualcun altro in giro?"

Guardai in basso, nel bicchiere. "No, non credo." Ero stata così concentrata sul fatto che Pearce mi provocasse spingendomi a incanalare la mia rabbia da qualche altra parte che non avevo notato molto di quello che succedeva intorno a noi, ma non credevo che Pearce avrebbe fatto quei commenti se ci fosse stata la possibilità che qualcuno li sentisse.

"Hai notato chi ha frequentato dopo aver preso il caffè?"

"No. Ho portato la tazza alla signora Shaw e mi sono seduta con lei. Qualche minuto dopo, Lady Holt ha proposto il bridge e Pearce ha portato la sua tazza al nostro tavolo."

"E nel trambusto di preparare i tavoli e prendere posto, qualcuno potrebbe aver fatto cadere qualcosa nel suo caffè."

"Ma lui avrebbe notato di certo quei pezzetti di foglie nel liquido," dissi.

"Non se erano saturi e affondati sul fondo della tazza," disse Jasper. "Il suo caffè era proprio vicino al mio gomito e non ho notato nulla che galleggiasse. Qualcuno deve essersi assicurato che le foglie fossero ben imbevute prima di aggiungerle alla tazza di Pearce."

"Ma come si può fare una cosa del genere?"

"È probabile che chiunque sia stato le avesse nella sua tazza," disse Jasper. "Sarebbe stato il modo più semplice. Poi, mentre ci preparavamo per il bridge, quella persona non avrebbe dovuto fare altro che rovesciare il contenuto della propria tazza in quella di Pearce e assicurarsi che i fondi si depositassero prima che lui se ne accorgesse."

"E tra tutti i presenti alla cena di stasera, noi tre avevamo la migliore opportunità di aggiungere qualcosa: tu, io ed Emily Pearce." Mi sentivo nauseata. "Ecco perché il colonnello vuole parlare con noi."

"Sono sicuro che hai ragione. Darà alla signora Pearce un po' di tempo per riprendersi prima di parlarle."

"Che impressione ti ha fatto, lei?" gli chiesi.

"Sembra timida."

"Sì, non è il tipo che avvelena il marito e per giunta in compagnia."

Jasper picchiettò il bordo del suo tumbler mentre guardava il fuoco. "Anche se il trucco che ha fatto all'inizio della partita è stato piuttosto audace."

La porta si aprì ed entrò l'ispettore Longly con un agente. Fece un cenno a entrambi. "Buonasera. Il colonnello Shaw mi ha chiesto di interrogarvi." Le sue parole erano taglienti e i suoi modi formali. "Signor Rimington, se vuole aspettare nella stanza accanto..." Longly tenne aperta la porta con la mano sinistra.

Jasper si alzò. "Certo, ispettore." Si girò in modo che solo io potessi vedere il suo volto e mi rivolse un sorriso caloroso, poi uscì dalla porta con il suo bicchiere.

Posai il mio sul tavolino. Non volevo che qualcosa mi offuscasse i pensieri. Se il colonnello Shaw si era già rivolto a Longly, allora la morte di Pearce veniva sicuramente considerata un crimine. L'agente si spostò da un lato della stanza e Longly si sedette al posto di Jasper. "Signorina Belgrave, se potesse descrivere ciò che è accaduto questa sera..." disse mentre si sistemava il taccuino sulle ginocchia e tirava fuori una matita.

"Stavamo giocando a bridge..."

Girò la matita nell'aria. "No, torni all'inizio della serata. A che ora siete arrivati in salotto e chi altro c'era?"

Longly mi fece ripercorrere la serata, ricostruendo i miei movimenti nella stanza. Quando descrissi di aver versato il caffè per me e la signora Shaw, Longly chiese: "Il signor Pearce si è unito a lei al tavolo?"

"Sì, esatto."

"Qualcun altro si è avvicinato a voi?"

"No, non credo."

"Lei che cosa ha fatto?"

"Ho versato due tazze di caffè."

"E questo è tutto?" chiese Longly.

"Sì."

"Non ha aggiunto nulla alle tazze?"

"Latte per la signora Shaw. Io il caffè lo prendo nero."

"E nessun altro si è avvicinato al tavolo durante quel lasso di tempo, a parte il signor Pearce?"

"Come ho detto, non credo."

Prese un pezzo di carta dalla tasca. Era uno schizzo del salotto. "Mi faccia vedere come ha raggiunto il tavolo su cui era posato il caffè."

Mi sollevò il fatto che non avesse chiesto di cosa avessimo parlato io e Pearce. Tracciai il percorso dalle poltrone dove ci eravamo sedute io e la signora Shaw, attraverso la stanza e intorno al divano fino al tavolo con il caffè.

Lui piegò il foglio e lo mise via, poi si infilò un guanto sulla mano. Frugò nella borsa che l'agente gli aveva consegnato e tirò fuori il mio pacchetto di sigarette. "Sono queste le sigarette per l'asma che ha fatto recuperare al domestico dalla sua stanza?"

"Sì." Il mio stomaco si ribellò. Non sapevo esattamente dove Longly volesse arrivare con le sue domande, ma il mio istinto mi diceva che non era una buona cosa.

"Quante sigarette c'erano dentro?"

"Non lo so. Forse una mezza dozzina. Non le fumo."

"Non ha controllato?"

"No. Come le ho detto, non le fumo. Le ho tenute solo perché era più facile che cercare di restituirle a Essie – Essie Matthews. Se la conoscesse, capirebbe. Non accetta un no come risposta."

"Dove le ha lasciate, in salotto?"

"Sul tavolo dietro il divano." Il mio cuore batteva forte. Un attimo prima avevo tracciato sul foglio il percorso che avevo fatto nel salotto e che mi aveva fatta passare vicino a quel tavolo.

"Dopo le ha spostate?" chiese Longly.

"No. Anzi, me ne ero dimenticata."

Longly rimise il pacchetto di sigarette nella borsa, la mise da parte e poi si tolse il guanto. "Conosceva il signor Pearce?"

"No. Sapevo chi era, ma non lo avevo mai incontrato di persona." Mi chinai in avanti. "Pensa che le sigarette per l'asma siano state usate per avvelenarlo? Era quello che c'era nel suo caffè?"

Gli occhi di Longly si restrinsero. "Ha notato qualcosa nel caffè del signor Pearce?"

"Solo dopo che si è rovesciato. C'era qualcosa sul tappeto insieme al caffè. Sembravano pezzi di foglie o di erba."

Longly prese nota. "Ha parlato con il signor Pearce?"

"Certo," dissi, notando che Longly non aveva risposto alla mia domanda sulla sostanza contenuta nel caffè. "Abbiamo chiacchierato tutti insieme durante la serata."

"Ma la sua conversazione con il signor Pearce è stata tesa. Di cosa avete parlato?"

"Posso assicurarle che non ha nulla a che fare con la morte del signor Pearce."

"Di che cosa avete discusso?"

Qualcuno doveva aver sentito la mia conversazione con l'avvocato prima di cena o i suoi commenti mentre mi versava il caffè. Per un momento pensai di sorvolare sul mio legame con lui, ma decisi subito che sarebbe stato molto meglio raccontare a Longly quello che era successo. In quel modo non sarebbe sembrato che stessi cercando di nascondere qualcosa. Chiesi: "Sa qualcosa del signor Pearce, a parte la sua posizione nella comunità? No? Il signor Pearce era coinvolto nel reclutamento di investitori per la Hartman Consolidated. Ne ha sentito parlare?"

"La truffa mascherata da investimento? Sì, la conosco bene."

"Ho saputo che il signor Pearce ha convinto molte persone a investirvi. Mio padre era uno di loro, e ha investito una notevole quantità di denaro – beh, l'intero ammontare del mio fondo fiduciario. È andato tutto perso. Il signor Pearce dice che anche lui ha perso dei soldi, ma io non gli ho creduto."

"No?"

"No. Credo che Pearce fosse coinvolto e che ricevesse denaro per ogni singolo investitore che reclutava per la Hartman. Ho sentito molte voci in tal senso. Quando l'intera faccenda è crollata, è stato indagato, ma non sono state trovate prove sufficienti ad accusarlo."

"Lei ne sa qualcosa."

"Se i mezzi che le avrebbero dovuto garantire un'indipendenza finanziaria le venissero improvvisamente tolti, credo che anche lei vorrebbe saperne di più."

"Sono sicuro che sarebbe così. Fino a che punto sono arrivate le sue indagini?"

"Ho cercato tutto quello che ho potuto sui giornali e poi sono andata all'ufficio dello studio Mercer, Blackthorne e Thompkins. Volevo parlare personalmente con il signor Pearce, ma non lavorava più lì e nessuno ha voluto darmi il suo indirizzo attuale."

"Quindi, quando l'ha visto qui, era la prima volta che lo incontrava?"

"Esatto."

"Ed era molto arrabbiata." Longly posò la matita che stava facendo ruotare. "Sarebbe comprensibile se avesse voluto vendicarsi."

"Ero arrabbiata e sconvolta, ma non ho fatto nulla per fargli del male. Anzi, avevo intenzione di contattarla per farle conoscere il suo passato."

"Capisco," disse Longly, ma il suo tono sembrava dubbioso.

CAPITOLO DICIASSETTE

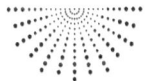

"*E* poi ha voluto ispezionare i vassoi di tazze e bicchieri sporchi del salotto," disse Janet mentre riponeva le mie scarpe.

Mi allacciai la cintura della vestaglia e presi la spazzola per i capelli. Quando Janet era arrivata per aiutarmi a cambiarmi, le avevo chiesto se l'ispettore Longly fosse ancora al piano terra, e lei mi aveva riferito quello che le aveva detto una delle cameriere di cucina, Bess. "E sembrava interessato a tutto ciò che aveva trovato?" chiesi.

Janet alzò le spalle. "Non c'era niente da trovare. Tutte le tazze e i bicchieri del salotto erano già stati lavati, no?" Janet chiuse le ante dell'armadio. "Allora ha guardato nella spazzatura," disse, con un tono che indicava che lo riteneva di un atto stravagante. "Ha tirato fuori un pezzetto di carta e l'ha messo in un altro sacchetto, anche se la carta era bagnata fradicia."

"Quanto era grande?" chiesi. "Quel pezzetto, voglio dire. L'ha visto la cameriera?"

"Sì, l'ispettore gliel'ha mostrato e lei ha detto che era infilato nei fondi di una delle tazze di caffè sporche sul vassoio. Alcune persone fanno così, spengono la sigaretta nella tazza da cui hanno bevuto."

"Sì, lo so," dissi. "Quindi era una cartina per sigarette?"

"Bess ha detto che sembrava così. L'ha vista quando ha portato il vassoio delle tazze sporche dal salotto al retrocucina."

Congedai Janet e mi misi a letto, con i pensieri che vorticavano.

PIÙ TARDI, quella notte, mi girai e sprimacciai il cuscino sotto la guancia. Ero sveglia da ore. La casa si era fatta a poco a poco silenziosa, ma ogni volta che chiudevo gli occhi vedevo Pearce, la sua mano che sbatteva a terra e il suo sguardo frenetico. Mi tirai la coperta sulle spalle. Se solo papà non avesse investito il mio fondo fiduciario nella Hartman Consolidated…

Tutta una serie di domande mi ruotava nella mente, e la preoccupazione mi attanagliava mentre giravo intorno a ciò che mi aveva chiesto Longly. Perché avevo usato parole come *vendetta* e *malefatte* quando avevo parlato di Pearce con Jasper? Mi rigirai per trovare una nuova posizione sotto le lenzuola. Qualcuno mi aveva sentita? Sicuramente Longly sapeva che volevo solo che venisse fuori la verità sull'avvocato. Ma gli occhi freddi con cui l'ispettore mi aveva guardata mi avevano messa in agitazione. Avevo pensato di dirgli quello che io e Jasper avevamo capito – ovvero come aggiungere al caffè delle foglie macerate in modo che non si notasse – ma non volevo dare a Longly un motivo per sospettare di me più di quanto già non facesse.

Mi rigirai di nuovo, interrogandomi sulle domande di Longly riguardo alle sigarette. Anche se lui non l'aveva detto apertamente, sembrava che le sigarette all'asma avessero qualcosa a che fare con la morte di Pearce. L'interesse dell'ispettore per quella abbandonata tra i rifiuti della cucina indicava che pensava che fosse importante.

Qualcuno aveva estratto una sigaretta dal pacchetto abbandonato in salotto e l'aveva usata per uccidere l'avvocato? Era quello che Longly pensava fosse successo? Se così fosse stato, l'ispettore avrebbe fatto analizzare il pacchetto alla ricerca di impronte digitali, ne ero certa. E le mie ci sarebbero state. Magari ne avrebbe trovate altre, però. Il mio cuore si sollevò al pensiero, poi affondò. Tutte le signore indossavano i guanti. Poi fu la volta del mio umore di affondare quando ricordai il runner bordato di pizzo sul tavolo alle spalle del divano. Se era stato un uomo a prendere una sigaretta, avrebbe potuto usare il tessuto per coprirsi il pollice mentre apriva il pacchetto e lo inclinava in modo da farne scivolare fuori una.

No, non potevo contare sulla possibilità che un'altra serie di impronte sul pacchetto distogliesse l'attenzione di Longly da me. Se qualcuno era stato abbastanza furbo da usare le sigarette per uccidere Pearce, dubitavo che avesse lasciato le sue impronte, soprattutto perché sembrava che quella furbizia gli avesse fatto immergere la cartina delle sigarette in una tazza da caffè e distruggere le impronte digitali.

Ma le sigarette per l'asma erano comuni. Molte persone le usavano. Si potevano comprare in qualsiasi farmacia. Come potevano essere usate per nuocere a un altro essere umano?

Sprimacciai il cuscino, riaggiustandolo sotto l'orecchio. La signora Pearce aveva detto che suo marito aveva il cuore debole. Avevo visto i pezzetti di foglie nei resti del suo caffè, quindi sapevo che c'era qualcosa dentro, ma era quella la sostanza che lo aveva ucciso? O era stata una combinazione delle due cose, le sigarette per l'asma e il cuore debole, a causare la morte? Sarebbe stata fatta un'autopsia, ma ci sarebbe voluto un po' di tempo. Immaginai che i risultati non sarebbero stati resi pubblici per giorni e giorni.

Mi costrinsi a chiudere gli occhi e a respirare con un ritmo costante. Il debole ticchettio dell'orologio segnava i secondi. Dopo qualche minuto, gettai indietro le coperte, infilai i piedi nelle pantofole e presi la vestaglia. Non avevo modo di capire se le condizioni di salute di Pearce avessero influito sulla sua morte, ma avrei potuto dare risposta alle mie domande.

Blackburn Hall aveva una biblioteca grande e ben fornita. Avrei almeno potuto documentarmi sulle sigarette per l'asma. Mi sarei sentita meglio se avessi fatto qualcosa invece di preoccuparmi.

Chiusi la porta della mia stanza e strisciai silenziosamente lungo la spessa moquette del corridoio, restando al centro del tappeto per assicurarmi di non urtare i mobili. Una volta raggiunte le scale, la luce della luna che filtrava dalle alte finestre sul pianerottolo fu sufficiente a farmi vedere dove andavo. Attraversai l'ingresso in punta di piedi, in modo che le mie pantofole non sbattessero contro il parquet. Poi chiusi la porta della biblioteca, accesi alcune lampade e andai a esaminare gli scaffali.

Dopo aver cercato tra i libri, trovai una sezione dedicata agli argomenti medici. Sfogliai titoli sulle malattie tropicali, sulla salute degli equini e uno spesso libro di anatomia. Circa a metà dello scaffale, trovai un tomo di medicina generale. Mentre lo estraevo, un libro più piccolo cadde a terra.

Presi in mano il volumetto rilegato in pelle marrone. L'avevo già visto sulla scrivania di Lady Holt. Non aveva un titolo sul dorso e anche il fronte era vuoto. Sfogliai la prima pagina. In una calligrafia spigolosa e poco leggibile vi era scritto: *L'erbario di Lady Holt.* La data sotto era del Seicento, quindi doveva essere stato tramandato di generazione in generazione, da una Lady all'altra.

Portai entrambi i libri sul tavolo della biblioteca. Misi da parte l'erbario rilegato in pelle e mi concentrai prima sul libro di medicina. Trovai le sigarette per l'asma nell'indice, poi andai alla sezione che le descriveva. Scorsi fino a trovare un elenco di ingredienti. Le mie sopracciglia si alzarono. Non contenevano tabacco, ma una miscela di erbe della famiglia della belladonna. La mia conoscenza delle piante era approssimativa, ma sapevo che quella, nello specifico, poteva essere letale. Gli ingredienti più comuni delle sigarette per l'asma erano la belladonna e la *datura stramonium,* nota anche come erba del diavolo. Entrambe le piante contenevano atropina, che dilatava le vie respiratorie e facilitava la respirazione quando veniva inalata. Ma quando se ne abusava, una persona poteva morire. Il mio cuore batteva forte. Longly aveva fatto così tante domande sulle sigarette. Feci un respiro profondo e sfogliai un'altra sezione, alla ricerca di ulteriori informazioni.

Le pagine si aprirono alla voce *datura stramonium*, dove un foglio piegato era stato lasciato nel libro. Lo aprii. L'intestazione recitava: *Confronto sui tassi di deterioramento dei tipi di tessuto*, di Serena Shires. Il tutto era stato scritto a mano in un corsivo frettoloso. Scorsi la descrizione di come il cotone, il lino, la lana e la seta si deteriorassero quando venivano interrati. Alcune parti erano state barrate e alcune parole modificate o cancellate. Doveva essere una bozza dell'articolo di cui Serena aveva parlato a Calder. Ma perché si trovava nel libro di medicina... alla voce sulla *datura stramonium*? Strano trovarlo lì.

Ci avrei pensato più tardi. Lo misi da parte e mi concentrai sulla pianta e sull'atropina che conteneva. Oltre a dilatare le vie respiratorie, l'atropina agiva sul corpo in altri modi. Dilatava le pupille, aumentava la frequenza cardiaca e spesso causava secchezza delle fauci, sete, aumento della temperatura corporea, confusione, allucinazioni, sonnolenza e persino coma.

Quella sera ero stata concentrata sulle mie carte e non avevo notato l'aspetto degli occhi di Pearce, che però aveva chiesto dell'acqua e si era tirato il colletto come se avesse caldo. Serena gli aveva sollevato una palpebra. Avrei potuto chiederle cosa avesse notato. Pearce era confuso e la storia degli insetti era stata sicuramente un'allucinazione. Non riuscii a reprimere un brivido, ricordando l'intensità del suo sguardo e il suo tono urgente mentre ordinava a Jasper di schiacciare gli insetti sul tavolo.

Mi scrollai di dosso il ricordo e tornai alla prima voce per finire di leggere delle sigarette per l'asma. Continuai, affascinata e leggermente stupita dal fatto che una pianta così pericolosa fosse usata per curare l'asma. Sebbene la *datura stramonium* fosse l'ingrediente più comune, la potenza delle sigarette per l'asma variava. Molti chimici avevano le loro ricette e anche le diverse marche di sigarette avevano le loro composizioni personalizzate.

Essie aveva detto che le sigarette per l'asma che mi aveva dato erano di una nuova marca che sarebbe uscita a breve, il che significava che non potevo correre alla farmacia del paese a prenderne un altro pacchetto per verificarne il contenuto. E probabilmente non era comunque una buona idea farlo. Sarebbe sembrato sospetto a Longly, visto che gli avevo detto che non le usavo. Un trafiletto in fondo all'articolo affermava che erano noti casi di sovradosaggio accidentale, ma i benefici superavano i rischi per la maggior parte dei pazienti.

Sfiorai il foglio sulla ricerca di Serena. Era solo un pezzo di carta abbandonato che qualcuno aveva raccolto e usato per segnare la posizione nel libro? Ma perché si trovava alla voce sulla *datura stramonium*? Era stata Serena a metterlo lì? Misi da parte il foglio e chiusi il libro di medicina, chiedendomi se Serena lo avesse consultato di recente. Sembrava proprio che avessi due motivi per parlarle, più tardi.

Presi l'erbario e lo sfogliai, ma non c'erano pezzi di carta in più o pagine inserite come segnalibri. Il volume, rilegato in pelle, era pieno di rimedi casalinghi, tra cui cataplasmi per la tosse e pomate per le ustioni, oltre a ricette per lozioni e profumi.

Presi a sfogliarlo lentamente. La varietà delle calligrafie presenti mostrava che diverse donne avevano elencato le proprie ricette e aggiunto note alle voci più vecchie. Mi soffermai a rileggerne una, un rimedio per l'insonnia che utilizzava foglie di erba del diavolo schiacciate. Quello era uno dei nomi comuni della *datura stramonium* nel libro di medicina. Fissai l'ultima riga della ricetta. *È essenziale un dosaggio accurato*, si leggeva nella calligrafia angusta e antiquata. *Una quantità eccessiva provoca palpitazioni.*

Chiusi l'erbario e lo impilai sul libro più grande. Serena

aveva consultato il libro di medicina... o l'erbario? I due volumi erano affiancati. Era possibile che li avesse consultati entrambi. Ma perché avrebbe voluto fare del male a Pearce? Non aveva alcun legame con lui, che io sapessi. Quella sera non si erano parlati molto e io non avevo notato nulla di non detto tra loro. Avrei chiesto a Jasper se avesse notato qualcosa: nonostante il suo atteggiamento rilassato, era incredibilmente attento.

Feci scorrere il dito sul bordo dell'erbario, che si trovava sulla scrivania di Lady Holt quando ero arrivata a Blackburn Hall. La padrona di casa sapeva che l'erba del diavolo era un ingrediente comune delle sigarette per l'asma?

Spinsi indietro la sedia e mi alzai. I pensieri erano troppo assurdi, troppo fantastici. Potevo davvero considerare Lady Holt – una autorità in materia di buone maniere e comportamento corretto – capace di avvelenare uno dei suoi ospiti? Rimisi i libri sullo scaffale, presi il foglio sulla decomposizione, spensi le lampade e salii le scale attraverso la luce argentea della luna. I miei pensieri erano pieni di ciò che avevo letto, ed ero a metà del corridoio buio del piano superiore quando sentii il gemito di un'asse del pavimento e il fruscio di un tessuto. Mi distrassi dalle mie fantasticherie e rimasi immobile.

Non volevo essere scoperta in un corridoio buio. Alcune persone avrebbero potuto interpretare la mia presenza lì come un invito. Se mi fossi girata e fossi tornata sui miei passi, la luce della luna sulle scale mi avrebbe messa in risalto. Non potevo andare avanti perché i rumori provenivano da quella direzione e tutte le porte intorno a me erano chiuse. Non potevo entrare in una stanza: avrebbe causato problemi peggiori.

Mi spostai di lato, con le mani tese. I miei polpastrelli toccarono il vetro freddo di una vetrina. Mi accoccolai accanto a essa. Il fruscio si fece più forte e vidi passare una forma alta e imponente, con il movimento flessuoso di un giovane. L'andatura era veloce e i passi della persona poco controllati.

Una volta che la figura mi fu passata davanti, mi lasciai andare a un altro respiro, mentre la guardavo scomparire giù per le scale. Quando ero uscita dalla mia stanza, il piccolo orologio sul caminetto aveva indicato che era quasi l'una di notte. Chi poteva aggirarsi per la casa a quell'ora assurda? La ridicolaggine della domanda mi colpì. Io stessa lo stavo facendo. Cosa impediva a qualcun altro di comportarsi alla stessa maniera?

Tornai sul tappeto spesso e raggiunsi le scale. La luce della luna illuminò Zippy che girava il pianerottolo e scendeva in fretta l'ultima rampa verso l'ingresso. Aspettai che la sua testa, visibile attraverso la balaustra, sparisse sotto il livello del pavimento, poi mi avvicinai in punta di piedi alla cima delle scale, ma rimasi nell'ombra vicino al muro, lontano dalla luce della luna.

Mi aspettavo che il battito sicuro delle pantofole di Zippy sul parquet continuasse attraverso l'ingresso, ma fece solo qualche passo. Alcune note di una melodia fischiata si alzarono, poi si udì un clic metallico. Il mormorio della sua voce mi raggiunse, ma non riuscii a distinguere le parole. Mi spostai sul pianerottolo e mi sporsi oltre la balaustra, poi mi ritrassi. Zippy era seduto sulla sedia accanto al tavolo del telefono. Io ero proprio sopra di lui, con lo sguardo rivolto alla sommità della sua testa mentre lui si premeva la l'auricolare all'orecchio.

La chiamata doveva essere andata a buon fine, perché lo vidi avvicinare la bocca al microfono. "Sono io. Lo so... mi dispiace. Non sono riuscito a liberarmi. No, no. Non è così. Volevo venire. Ma Pearce ha avuto un attacco di qualche tipo ed è morto. Sì, spaventosamente scioccante. Sono dovuto rimanere. Interrogato dalla polizia e tutto il resto. Impossibile uscire... Sì, domani. Ci vediamo, allora."

Risalii di corsa le scale e percorsi il corridoio fino alla mia stanza. Chiusi la porta e mi appoggiai a essa, aspettando che il mio battito cardiaco rallentasse. Quando anche il respiro tornò normale, sentii un leggero fischio. Si fece più forte, continuò oltre la mia porta, poi svanì. Udii una porta aprirsi e chiudersi, poi il corridoio si fece silenzioso.

CAPITOLO DICIOTTO

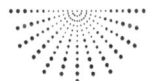

*L*a mattina dopo mi misi un leggero strato di cipria e un velo di rossetto e decisi che era il massimo che potessi fare per distrarre il prossimo dalle mie occhiaie. Tra il tentativo di capire a chi avesse telefonato Zippy – chiedendomi se avesse qualcosa a che fare con le due morti – e quello di capire chi potesse essere a conoscenza degli ingredienti pericolosi delle sigarette per l'asma, non avevo dormito molto.

Nell'oscurità della notte appena passata, mi ero concentrata maggiormente sulle sigarette, ma alla luce del giorno mi ero resa conto che scoprire come era stato ucciso Pearce era l'ultima delle mie preoccupazioni. Avrei dovuto preoccuparmi di più delle domande dell'ispettore Longly sul mio legame con il defunto e sulla possibilità di aggiungere qualcosa al suo caffè. Mi aspettavo che l'ispettore arrivasse a breve per continuare la nostra conversazione della sera prima. Posai il pettine e cercai di scrollarmi di dosso la sensazione di disagio e agitazione che incombeva su di me come una nuvola. Ero sicura che ormai l'ispettore avesse indagato sia sul passato di Pearce che sul mio, e che quel giorno avrebbe avuto domande più mirate.

Scacciai quei pensieri e mi allontanai dallo specchio. Andai alla scrivania. Invece di concentrarmi su preoccupazioni e speculazioni, avevo del lavoro vero e proprio da svolgere. Presi la scatola con il manoscritto di *Omicidio alla nona buca* che Anna mi aveva dato. Esitai sulle pagine della bozza originale, quelle con le note scritte a mano tra Mayhew e Anna.

Feci scorrere le pagine avanti e indietro mentre rimuginavo tra me e me. La cosa più semplice da fare sarebbe stata darle a Longly e lasciare che se ne occupasse lui, ma avevo promesso ad Anna di mantenere il suo segreto – cosa che ero intenzionata a fare, purché lei dicesse la verità. Riposi le pagine nella scrivania e tornai al tavolo da toeletta finché Janet non entrò per prendere il vassoio con la cioccolata calda che aveva portato prima.

"Janet, sei cresciuta qui a Hadsworth?"

Janet si fermò sulla via della porta, con il vassoio tra le mani. "Sì, signorina."

"Bene. Forse può aiutarmi. La fattoria dei Birchwick è vicina?"

"Sì, signorina. È a nord di Sidlingham."

"Oh, la conosci?" Misi giù la spazzola e feci perno sullo sgabello in modo da trovarmi di fronte a lei.

"Ci vivono i miei zii."

"Capisco. È stata la signorina Finch a parlarmene. Lei e il dottor Finch sono andati lì la settimana scorsa per far nascere un bambino..."

Janet annuì. "È vero. Il piccolo Henry ha compiuto una settimana due giorni fa." Il suo normale riserbo cadde e un ampio sorriso le si aprì sul volto. "È dolcissimo. Mangia e dorme. Non è affatto come il primo figlio di mia zia. Quello aveva le coliche."

"Quindi deve essere stato mercoledì," dissi più a me stessa che a lei, mentre facevo a mente i calcoli.

Ma Janet mi ascoltò e disse: "È nato allo scoccare del mezzogiorno. Non è interessante? E dopo sole cinque ore di travaglio."

"Immagino che la signorina Finch abbia aiutato suo padre."

"Oh, no. La signorina è un tipo schizzinoso. Ha intrattenuto il figlio maggiore di mia zia e si è seduta con lo zio. È stata mia madre ad aiutare il dottore."

"Capisco."

"Mio zio non sa gestire bene questo genere di cose. Ha detto che sarebbe andato fuori di testa se non ci fosse stata la signorina Finch. Forse non è brava come infermiera, ma ha detto che prepara un ottimo tè." L'espressione di Janet si chiuse improvvisamente, come se temesse di aver detto troppo. "È tutto, signorina?"

"Sì, grazie."

Janet si chiuse la porta alle spalle e io mi girai sullo sgabello, voltandomi verso la toeletta, dove era appoggiata la scatola del manoscritto di *Omicidio alla nona buca*. Almeno ora potevo mantenere il segreto di Anna senza che la mia coscienza mi pungolasse troppo. Presi la scatola insieme al foglio di Serena sulla decomposizione che avevo tolto dal libro di medicina. Dopo essere tornata di corsa in camera mia la sera prima, l'avevo messo sotto una boccetta di profumo. Piegai il foglio di Serena e lo infilai in tasca. Speravo di poterne parlare con lei quel giorno stesso.

Mentre scendevo le scale, incontrai il signor Busby che saliva al trotto la rampa inferiore, scostandosi la chioma scura dalla fronte. Mi raggiunse sul pianerottolo. "Signorina Belgrave. Proprio la persona che stavo cercando." Alzò le sopracciglia e abbassò la testa verso la scatola che avevo tra le braccia. "Il manoscritto di May, suppongo."

Gli porsi la scatola. "Glielo stavo portando. Con tutto quello che è successo ieri, non ho avuto modo di darglielo."

"Sì, certo." Una cameriera stava attraversando l'ingresso e il signor Busby schioccò le dita nella sua direzione. "Tu, lì. Sì, tu. Vieni qui."

La cameriera si infilò il piumino al fianco e salì le scale fino al pianerottolo. Il signor Busby le porse la scatola. "Vedi di metterla in camera mia."

La ragazza deglutì e diede un'occhiata alla rampa di scale successiva e poi di nuovo al signor Busby. "Chiedo scusa, signore, ma quale stanza?"

"Non sai in quale stanza si trovano i suoi ospiti?"

"Mi dispiace, signore. Sono stata assente per malattia."

"Sono il signor Busby. Sono nella stanza in stile Hepplewhite."

"Bene, signore. La porterò direttamente lì." La cameriera fece un inchino e salì di corsa la rampa di scale successiva.

La guardai andare via, poi mi voltai verso il signor Busby. "Quella è l'unica copia del manoscritto."

"Crede che dovrei tenerla sotto chiave?" Il suo tono lasciava intendere che pensava che fossi una sciocca. "So come fare il mio lavoro, signorina Belgrave, a differenza di un'arrivista come lei. So che pensa di lavorare per la Hightower Books, ma le assicuro che questa piccola escursione per il mio socio sarà l'ultima per la nostra casa editrice."

Un movimento dietro le mie spalle attirò la sua attenzione. Si spostò di lato e il suo volto si trasformò in un ampio sorriso. "Buongiorno, Lady Holt." Mi sfiorò, salì le scale e allungò il braccio.

Avrei voluto dire al signor Busby che non avevo alcun desiderio di continuare a lavorare alla Hightower Books finché ci fosse stato lui, ma mi limitai a dare il buongiorno a Lady Holt, poi scesi al piano di sotto precedendoli entrambi.

Bower mi raggiunse in fondo alle scale. "Un messaggio telefonico per lei, signorina Belgrave, da parte della signorina Finch. È impegnata, questa mattina, ma vi invita a farle visita a casa alle tre. Ha detto che riguardava un biglietto di cui avete parlato."

Anna doveva aver trovato il biglietto dattiloscritto ricevuto da Mayhew. Ringraziai Bower per il messaggio e andai nella sala della colazione, con l'intenzione di mangiare velocemente e di andarmene il prima possibile. Non volevo stare vicino al signor Busby più del necessario.

Poiché Anna non era disponibile fino al primo pomeriggio, dopo la colazione andai a cercare Serena. Bussai alla porta del suo laboratorio, che si aprì al mio tocco. Entrai, ma la stanza era vuota.

Su un lato del locale, lungo e stretto, si aprivano alte finestre prive di tende e due lampadari pendevano da medaglioni in gesso sul soffitto. I lampadari erano gli unici elementi decorativi della stanza. Non c'erano tappeti o divani accoglienti. Diversi tavoli a cavalletto poggiavano sul nudo pavimento di legno. Sulle pareti più corte della stanza erano stati sistemati degli armadi e su quella più lunga, di fronte alle finestre, erano allineate delle librerie.

Era uno spazio così interessante che non potevo andarmene senza dare una rapida occhiata in giro. Alcune penne erano sparse sulla superficie di lavoro di uno dei tavoli, insieme a pezzi di tessuto e vasetti di inchiostro. Su un altro tavolo c'erano un becco Bunsen, provette di vetro e bicchieri, oltre a pinze di metallo e guanti spessi. Su un altro tavolo, scatole di legno ricoperte di terra erano racchiuse in una teca di vetro in miniatura. Mi avvicinai abbastanza per leggere le etichette apposte sulle scatole: *velluto, tweed, tela, chintz, cuoio* e *feltro.* Davanti a ogni scatola c'era un foglio di carta pieno di note meticolose che descrivevano lo stato del materiale nel tempo. *Presenza di spore di muffa. Bordo destro sfrangiato. Macchie estese.* La calligrafia era simile al corsivo disordinato che avevo visto sul foglio infilato nel libro di medicina la sera prima.

Un altro tavolo era disseminato di parti di un aspirapolvere smontato, mentre le vetrine in fondo alla stanza contenevano varie bottiglie e barattoli pieni di esemplari conservati in liquido. Riconobbi un polpo, un'anguilla, diversi tipi di pesce e alcune parti che sembravano sospettosamente umane, come bulbi oculari e dita, ma era impossibile che Serena conservasse esemplari umani nella sua stanza di lavoro... o no?

Mi avvicinai alla porta, ma mi fermai e tornai a guardare i libri. Diversi testi di medicina erano allineati sugli scaffali. Se Serena voleva cercare la *datura stramonium*, aveva molte possibilità di farlo lì. Perché avrebbe dovuto cercare un libro nella biblioteca di Blackburn Hall e lasciarvi uno dei suoi documenti? Era un'altra domanda a cui non sapevo rispondere.

Uscii dal laboratorio e girai per il resto di Blackburn Hall, ma non riuscii a trovare Serena. Scoprii che le sue mazze da golf erano ancora nell'armadio sotto le scale, quindi non pensavo fosse sul campo. Mentre indietreggiavo dall'armadio, la voce di Bower risuonò alle mie spalle. "Posso aiutarla a trovare dell'attrezzatura sportiva, signorina Belgrave?"

"No, in realtà stavo cercando Serena. Ho visto ora che le sue mazze sono qui."

"La signorina Shires è andata in paese. Credo che intenda tornare prima di pranzo. Volete che le dica che desiderate parlarle?"

"Sì, grazie."

"Molto bene."

"Il signor Rimington è passato oggi?" Visto che Bower teneva d'occhio tutti, tanto valeva sfruttare le sue conoscenze.

"Lui e il signor Brown hanno fatto colazione presto e sono partiti per il campo da golf."

Mi ci volle un secondo per ricordare che il signor Brown era Zippy. "Grazie. Credo che farò una passeggiata in giardino fino all'ora di pranzo." Avevo intenzione di uscire dalla portafinestra del salotto, ma appena la raggiunsi mi fermai.

Il signor Busby era seduto a un tavolo rotondo sulla terrazza, fumava una sigaretta e leggeva il manoscritto che gli avevo dato quella mattina. La scatola era sulle sue ginocchia e lui vi aveva appoggiato sopra una pila di pagine. Non volevo incontrarlo di nuovo, così tornai indietro attraverso il salotto fino alla sala della colazione, con l'intenzione di lasciare la casa attraverso quelle porte che davano sui giardini sul lato est della casa.

Vi trovai Lady Holt che sistemava i fiori. "Oh, mi perdoni," dissi. "Non volevo disturbarla."

"Non si preoccupi. Anzi, gradirei la sua opinione su questa disposizione che voglio usare a cena." Girò un vaso di iris in modo che potessi vederlo da ogni lato. "Interferirà con gli ospiti dall'altra parte del tavolo?"

"Non credo che sarà un problema." Il vaso mi arrivava quasi al gomito e i fiori che Lady Holt vi aveva sistemato erano iris viola dal gambo robusto. I pochi pezzetti di edera che ingentilivano la composizione non pendevano oltre il bordo.

"Bene," disse Lady Holt. "Odio i fiori cadenti che mi bloccano la visuale."

Lady Holt raccolse un iris da un cestino sul tavolo. Dato che Serena non c'era, quello sembrava essere il momento ideale per chiedere a Lady Holt informazioni sull'erbario. "Vuole un aiuto?"

"Sì, se potesse passarmi quelle forbici gliene sarei grata." Lady Holt rivolse la sua attenzione a un secondo vaso di iris e tagliò alcune foglie.

Non potevo chiederle direttamente del libricino. Raccolsi le foglie mentre le tagliava, formando un mucchietto. "Ho notato l'erbario sulla vostra scrivania mentre lavoravamo al libro sul galateo. Mi chiedevo se il signor Busby potesse essere interessato a pubblicare qualcosa del genere."

Lady Holt fece una pausa, con la forbice a mezz'aria. "Non ci avevo pensato."

"Potrebbe essere interessante compilare un elenco di ricette e rimedi. Immagino che il suo erbario risalga a molte generazioni fa."

"Esatto." Si appoggiò il manico della forbice sul mento. "Dovrebbe essere modificato. Alcune informazioni sono obsolete, ma contiene alcune ricette interessanti e utili."

"Lo usa ancora?"

"Oh, sì. In effetti, l'ho consultato qualche giorno fa per confermare che la mia ricetta per la crema per le mani conteneva un cucchiaio pieno di miele." Scosse un po' la testa. "Henderson – la mia cameriera – insisteva che era solo un cucchiaino. Ma io ero certa che fosse un cucchiaio intero."

"Dovrebbe accennare l'idea al signor Busby e vedere se è interessato."

Lady Holt aggiustò la posizione di uno degli iris. "Lo farò. È un ottimo suggerimento." Girò il vaso e aggiunse i fiori all'altro lato. "Questi sono per la cena di stasera. Si ferma qui?"

"Sì, se non è sconveniente. Con la morte del signor Pearce..." Il giorno prima non ero riuscita a capire come avrei potuto prolungare ulteriormente la mia permanenza a Blackburn Hall. Dal momento che il signor Busby era sul posto, non c'era più bisogno che mi lavorassi Lady Holt, ma dubitavo che Longly volesse che mi rifugiassi a Londra subito dopo una morte sospetta. L'ispettore aveva già dimostrato di non gradire che lasciassi una casa di campagna quando era in corso un'indagine.

Lady Holt fece scorrere le forbici nell'aria con un movimento impaziente. "Un tale sconvolgimento. Naturalmente deve restare finché quel terribile ispettore non smetterà di fare domande fastidiose e l'inchiesta non sarà conclusa." Infilzò altri fiori al loro posto. "Che faccia tosta, l'ispettore, a pensare che qualcuno possa fare *una cosa del genere*", disse agitando di nuovo le forbici avanti e indietro, e io pensai che non volesse davvero pronunciare la parola *omicidio*, "durante una delle mie serate, e oltretutto mentre era in corso una partita di bridge. Che maleducazione."

Pensavo che l'omicidio andasse ben oltre la maleducazione, ma ero sua ospite e tenni questo pensiero per me. Invece, chiesi: "Ha idea di cosa pensi l'ispettore Longly?"

Lei staccò una foglia cadente. "No. Non ha voluto dire nulla né a me né a Lord Holt. Una mancanza di rispetto. Il minimo che poteva fare era tenerci informati." Un'altra foglia colpì il tavolo. "Quello sciocco sembrava pensare che uno degli ospiti avesse avvelenato intenzionalmente il signor Pearce. Gli ho detto che era impossibile. Nessuno lo aveva in antipatia."

"Il signor Pearce aveva una buona reputazione in paese?"

"Certo." Lo disse come se chiunque avesse a che fare con Blackburn Hall avesse di default una reputazione eccellente. Inserì dell'edera nella composizione. "E la povera Emily..."

Raccolsi le ultime foglie cadute e le aggiunsi al mucchio. "Come sta?"

"Devastata. Una donna così dolce. Così devota al marito. Non so perché quell'ispettore l'abbia trattata in modo così rude."

"L'ispettore Longly l'ha turbata ulteriormente?"

"L'ha fatta piangere. Sono intervenuta, naturalmente. È una donna delicata. Nervosa, sa. L'ispettore ha detto che stava facendo solo domande di routine, ma deve tenere conto dell'indole di una persona. Emily è delicata. Non dovrebbe adottare con lei la stessa linea di condotta che adotterebbe con un criminale incallito." Lady Holt fece un passo indietro per osservare la seconda composizione floreale, poi mosse qualche stelo. "Sono sicura che Longly scoprirà che è stato tutto un incidente."

Gli incidenti sembravano essere la risposta predefinita di Lady Holt per qualsiasi cosa non fosse di suo gradimento a Blackburn Hall. Non cercai di discutere con lei. Girò il vaso per esaminarlo da tutti i lati. Il suo tono diceva che l'argomento era chiuso, così cercai qualcos'altro su cui conversare e mi vennero in mente la telefonata e le scorribande notturne di Zippy. "L'amico di suo figlio si unirà a noi per la cena di domani?"

"A chi si riferisce?" Il suo tono era tagliente come le sue forbici.

"Oh, Zippy non ha un amico qui a Hadsworth? Qualcuno a cui è particolarmente legato? Non ha accennato...?"

"No, non ha nessuno." Le labbra di Lady Holt si strinsero.

CAPITOLO DICIANNOVE

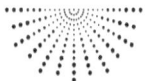

*L*a porta della sala della colazione si aprì ed entrò Serena. Evidentemente era appena tornata, perché indossava ancora cappello e guanti e portava con sé una piccola borsetta di metallo a maglie argentate. "Ciao, Maria," disse a Lady Holt.

"Serena," disse l'altra donna in tono gelido.

Lanciai uno sguardo tra di loro, percependo la tensione nell'aria. Lady Holt si concentrava sulle composizioni floreali. Serena ignorò la sorella. "Ciao, Olive. Bower ha detto che mi stavi cercando."

"Sì, vorrei chiacchierare un attimo con te, se non è un problema."

Lady Holt posò le forbici sul tavolo. "Allora vi lascio."

"Non ce n'è bisogno," disse Serena e poi si rivolse a me. "Perché non vieni nel mio laboratorio, Olive?"

Mentre salivamo le scale, Serena disse: "Devo scusarmi per Maria. Non è contenta di me."

"Credo che sia con me che è arrabbiata."

Il metallo della borsa di Serena tintinnò mentre il suo braccio oscillava. "Con te? Perché dovrebbe essere arrabbiata con te?"

"Ho chiesto degli amici di Zippy qui in paese e Lady Holt

non è parsa contenta. Ho sentito che Zippy è… ehm… *vicino* a qualcuno di Hadsworth…"

"Beh, una buona notizia," disse Serena. "Questo dovrebbe distrarre Maria dall'essere arrabbiata con me per un po'. Zippy ha un'amicizia speciale qui intorno, ma è una persona che mia sorella non approva. Nessuna delle famiglie è all'altezza dei suoi standard, almeno così crede lei, il che è assurdo. Anna, per esempio, andrebbe benissimo per Zippy, ma gli interessi di lui sono rivolti da un'altra parte, diciamo così."

"Attualmente è impegnato?"

"Oh, sì. Non c'è dubbio."

Quindi Lady Holt sosteneva che Zippy non avesse alcun legame ad Hadsworth, mentre Serena diceva di sì. Pensai che la seconda valutazione fosse probabilmente la più onesta delle due.

Serena spinse la porta del laboratorio e mi fece cenno di entrare. "Tanto meglio per me. Oggi lascerò che Zippy abbia tutta l'attenzione su di sé."

"Perché tua sorella dovrebbe essere arrabbiata con te, oggi?"

Serena gettò la borsetta su uno dei tavoli, su cui atterrò con un tintinnio. "Maria è irritata con me perché ho partecipato all'inchiesta sulla morte di Mayhew." Si strinse la punta dei guanti. "Secondo Maria, dovremmo ignorare completamente eventi come l'inchiesta perché così è come se non esistessero, almeno nel suo mondo." Lasciò cadere i guanti sopra la borsetta e tirò fuori una panca da sotto uno dei tavoli a cavalletto. "Siediti, per favore."

"Non sapevo che l'inchiesta fosse oggi." Quello spiegava perché l'ispettore Longly non fosse arrivato a Blackburn Hall quella mattina.

"Maria ha fatto del suo meglio per mantenere il silenzio."

Mi infilai tra il tavolo e la panca. "Chi c'era all'inchiesta?"

"Il medico legale, il colonnello Shaw, l'ispettore Calder e l'ispettore Longly, e la maggior parte del villaggio, a quanto pare." Serena si spostò in fondo alla stanza e prese un bollitore da un mobile. "Gradisci una tazza di tè?"

"Sì, grazie."

Riempì il bollitore d'acqua dal rubinetto di un piccolo lavandino che non avevo notato. Lo posò sul fornello Bunsen, aprì un altro armadietto e ne estrasse due tazze spesse.

"Mi sorprende che non abbiano voluto anche me all'inchiesta," dissi. "Dopotutto, ero con te quando hai scoperto il corpo di Mayhew."

Scrollò le spalle. "A quanto pare, avevano bisogno solo della mia testimonianza."

"Hanno raggiunto un verdetto?"

Serena chiuse lo sportello dell'armadietto. "Morte accidentale."

"Davvero?" Ero scioccata. Non avevano tenuto conto dello stato del cottage di Mayhew?

Serena mise a disposizione zucchero, cucchiaini e un barattolo di cracker. "Almeno Maria sarà felice," disse, poi rabbrividì. "Detto così, sembra terribile. Volevo solo dire che mia sorella sarà contenta che l'inchiesta sia finita e che il verdetto sia stato di morte accidentale."

Misi in fila i cucchiaini. "Perché Lady Holt è così decisa a far dichiarare accidentale la morte di Mayhew?"

Serena incrociò le braccia e appoggiò il fianco al tavolo mentre aspettava che l'acqua bollisse. "Perché non vuole che a Blackburn Hall ci sia anche solo un accenno di scandalo. Non si addice", disse agitando la mano con un movimento che abbracciava il terreno e Blackburn Hall, "all'immagine che vuole dare. Sono sicura che la situazione peggiorerà con la pubblicazione del suo libro di galateo." Sospirò. "Maria avrà infiniti giornalisti e si aspetterà un comportamento corretto da tutti noi, e sarà più irritata del solito con me." Inclinò la testa verso il tavolo con le scatole di terra e poi diede un'occhiata all'armadietto con i campioni sotto liquido. "Non sono un tipo esattamente convenzionale. Maria mi trova difficile da gestire."

L'aria uscì dal bollitore con un fischio e Serena spense il fornelletto. "L'unica altra informazione interessante che è emersa è che il padre di Mayhew è morto sei mesi fa. Solo un breve accenno. Non ho capito perché questo particolare sia stato inserito tra le prove, ma a quanto pare era importante."

Smisi di spostare i cucchiaini. "Oh." Se il padre di Mayhew era morto da mesi, allora non poteva avere nulla a che fare con la morte della figlia.

Serena portò al tavolo la teiera. "Sai perché è importante?"

"Mayhew aveva paura di lui," dissi, pensando che fosse abbastanza generico da soddisfare la sua curiosità, ma non così specifico da infrangere la promessa che avevo fatto al colonnello Shaw di mantenere segreto il passato della defunta. Sembrava che avessero deciso di tralasciare il legame di Mayhew con May e le famigerate fatine di Pikenwillow. Ero sicura che se il legame con quelle creature fosse stato menzionato, sarebbe stata la prima cosa di cui Serena avrebbe parlato. Percepii l'influenza di Lady Holt sull'esito dell'inchiesta. C'era da scommetterlo, il colonnello Shaw e gli investigatori avevano tenuto la cosa fuori dal procedimento pubblico per far felice Lady Holt. Se si fosse saputo che Mayhew era in realtà Veronica May, associata alla truffa di Pikenwillow, tutti i giornali di gossip di Londra avrebbero inviato un giornalista.

Serena si fermò, con la teiera in bilico sulle tazze. "Capisco." Versò il liquido fumante, mi porse una tazza e si sedette di fronte a me, appoggiando la teiera su una presina di feltro.

"È emerso qualcos'altro di interessante durante l'inchiesta?" chiesi.

"No. È stato tutto molto semplice."

Quindi, oltre a tralasciare la vera identità di Mayhew, gli investigatori stavano anche tacendo la sua vocazione di romanziere. Una tattica per assicurarsi che i giornalisti non si riversassero su Hadsworth e Blackburn Hall? Cullai la tazza tra le mani. "La morte di Pearce è stata discussa oggi all'inchiesta?"

"No." Serena mescolò il suo tè. "Mi aspettavo che venisse fatto il suo nome, ma nessuno ha detto una parola su di lui."

Stavo per bere un sorso, ma allontanai la tazza dalla bocca. "Che strano. Pensavo che due morti così vicine in un villaggio talmente piccolo dovessero essere collegate."

"Ma la morte di Mayhew è stata un incidente. La situazione di Pearce è completamente diversa."

Non ero convinta che la morte di Mayhew fosse stata accidentale, ma a meno che non volessi diffondere il fatto che avevo curiosato nel cottage, non potevo sostenere la mia tesi.

Serena sorseggiò il suo tè, poi disse: "Cambiamo argomento, non volevi parlarmi dell'inchiesta. Volevi parlare di golf?"

"Golf?"

"La nostra partita è domani mattina, ricordi? Non sentirti nervosa. Ti mostrerò alcuni semplici swing per iniziare, e poi è sempre meglio tuffarsi subito. Non bisogna pensare troppo: è questo che può rovinare il tuo gioco."

Con tutto quello che era successo, avevo completamente dimenticato di aver accettato di giocare a golf con lei. "Sono sicura che sarà un momento piacevole." Ero interessata a provare quello sport, ma non era quello su cui volevo concentrarmi ora. Il tè era troppo caldo e posai la tazza. "In realtà, volevo parlarti di qualcosa di completamente diverso: le sigarette per l'asma. Dopo quello che è successo ieri sera, mi sono documentata. Non avevo idea che contenessero ingredienti così pericolosi, come la belladonna e la *datura stramonium.*"

Le sopracciglia di Serena si aggrottano. "Davvero? Non lo sapevo nemmeno io. Non ho l'asma e non ce l'ha nessun altro in famiglia."

"Pensavo che le avessi studiate per qualche... motivo scientifico." Mi guardai intorno, passando dalle scatole di terra al tavolo con il becco Bunsen.

"No. Al momento sono concentrata sullo studio della decomposizione... Beh, ho alcuni progetti secondari come la penna che non deve essere ricaricata e i miglioramenti all'aspirapolvere, ma quelli sono più che altro una pausa dal mio vero lavoro. Servono a pulire il palato, diciamo."

"Allora mi chiedo come questo sia finito in un libro di medicina in biblioteca." Tirai fuori il foglio dalla tasca. "Fungeva da segnalibro alla pagina con una voce sulla *datura stramonium*. È tuo, vero? Ho pensato che potessi cercarlo."

Serena prese il foglio, con la fronte corrugata. Scorse la pagina, poi il suo viso si distese. "Oh, sì. Ho cercato una ricetta per il fluido al creosoto diffusibile, che deve trovarsi nella stessa pagina. Le voci sono in ordine alfabetico." Lo disse come se ciò rispondesse alla mia domanda. "Questo non mi serve." Sollevò il foglio. "È una vecchia bozza – carta straccia. Devo averlo preso per usarlo come segnalibro."

"Non sono sicura di capire. Diffusibile...?"

"Fluido al creosoto diffusibile. È un conservante." Fece un cenno verso gli esemplari nelle vetrine. "Ho fatto cadere uno dei barattoli. Si è rotto e una parte della soluzione è fuoriuscita. Ho dovuto cercare la ricetta corretta della soluzione per riempirlo di nuovo. Non uso gli esemplari, ma potrebbero essere utili a qualcun altro per studi scientifici."

Era una spiegazione perfettamente logica e Serena non sembrava affatto preoccupata. Forse il fatto di aver trovato il foglio di Serena nel libro di medicina vicino alla voce sulla *datura stramonium* era una coincidenza.

Serena lasciò cadere sul tavolo i suoi appunti scritti a mano. "Chissà se la signora Shaw sa cosa c'è nelle sue sigarette... Forse dovrei parlargliene."

"Penso che sia una buona idea. Sono piuttosto pericolose. Uno dei segni di un'overdose è la dilatazione delle pupille. Tu hai guardato negli occhi di Pearce. Erano dilatati?"

Annuì. "Erano enormi. Non ho mai visto nulla di simile. È stato davvero molto interessante, dal punto di vista scientifico." Serena scosse un po' la testa e prese il suo tè. "Ed è questo che mi mette nei guai."

"In che senso?"

Bevve un lungo sorso, poi disse: "L'ispettore Longly e il colonnello Shaw avevano alcune domande da farmi dopo l'inchiesta."

"A proposito di Mayhew?"

"No, riguardanti Pearce. Segui il mio consiglio e non dedicarti a un hobby che abbia a che fare con la morte. A quanto pare, mi ha resa una sospettata."

"Cosa?"

"Secondo il colonnello Shaw, sono una donna piuttosto strana con un'attrazione per la morte." Sollevò la tazza verso le scatole di terra e i vasi di campioni.

"I tuoi esemplari ti mettono tra le fila dei sospetti?"

"Il colonnello è all'antica. Pensa che una donna debba sposarsi e avere figli. Lo metto a disagio con i miei studi scientifici e il mio interesse per la decomposizione. E gli esemplari, naturalmente. Quelli lo mettono *estremamente* a disagio. Non è una cosa appropriata da possedere per una donna, sai. La cosa buffa è che non sono nemmeno miei." Sollevò il boccale in direzione dei barattoli. "Appartenevano al prozio Jonas. Questo era il suo laboratorio. Era uno di quei signori vittoriani con la mania della classificazione. Ha passato la vita a raccogliere e conservare esemplari."

"Come fa il colonnello Shaw a sapere che li hai tu?"

"Tutti nel villaggio li conoscono. La maggior parte della gente li trova... sgradevoli. E il colonnello e la signora Shaw abitano di fronte alla chiesa, quindi c'è anche questo."

"Che cosa c'entra la chiesa?"

"Mi piacciono i cimiteri. Ci vado quando ho bisogno di pensare. Li trovo molto rilassanti. Mi piace passeggiare e leggere le date sulle lapidi. Mi aiuta a schiarirmi le idee." Sorseggiò il tè e posò la tazza. "Per fortuna, possedere esemplari e passeggiare nei cimiteri non costituisce una base abbastanza solida per arrestarmi e accusarmi della morte di Pearce."

Per un attimo accarezzai l'idea che la mente scientifica di Serena, unita al suo interesse per la morte, l'avesse spinta a mettere la *datura stramonium* nella tazza di caffè dell'avvocato. Avrebbe potuto farlo per il gusto di assistere a un decesso in prima persona? Sembrava una teoria assurda. La scacciai dalla mia mente. Sebbene il suo interesse scientifico potesse non essere considerato da signora, non pensavo che fosse mentalmente squilibrata. E non sembrava eccessivamente preoccupata. Anzi, la sua testa era inclinata da un lato e mi osservava toccare la presina quadrata di feltro su cui poggiava la teiera. "Mi chiedo... Non ho mai provato il feltro..." mormorò, con lo sguardo fisso sul tavolo con le penne.

"Beh, meglio che ti lasci lavorare." Mi alzai. "Grazie per il tè."

"È stato un piacere," disse automaticamente. "Credo di avere del feltro avanzato. Se no, la signora Jones ne avrà un po'..." Stava parlando da sola. Si spostò verso gli armadietti e cominciò ad aprire le ante e a scrutare il contenuto. Mentre era occupata, raccolsi il foglio che avevo trovato nel libro di medicina. L'aveva gettato con noncuranza su una pila disordinata di carte. Dubitavo che ne avrebbe sentita la mancanza. Serena non sembrò nemmeno accorgersi che ero ancora nel laboratorio mentre mi avvicinavo alla porta. Stava aprendo cassetti e rovistandovi dentro. Era in uno stato in cui avevo visto spesso mio padre: persa nei suoi pensieri e consapevole solo in minima parte di ciò che accadeva intorno a lei.

Mi soffermai sulla porta. Serena era concentrata, ma forse, se le avessi chiesto un'ultima cosa, avrebbe risposto senza pensare. "Consulti mai l'erbario di Lady Holt?"

Spinse un cassetto e aprì quello sotto di esso. "No," disse senza alzare lo sguardo. "Non mi ammalo mai e non mi interessano lozioni e pozioni di bellezza."

CAPITOLO VENTI

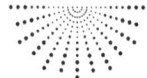

$\mathcal{D}$opo pranzo, mi allontanai da Blackburn Hall per andare a trovare Anna. Mentre lasciavo il parco della villa e giravo in direzione del villaggio, notai una figura bionda e familiare che camminava verso di me. Schiacciai il freno quando mi trovai di fronte a Jasper, che sollevò il suo borsalino. "Buongiorno. Dove stai andando?"

Deglutii. "A trovare Anna."

"Ottimo. Vengo anch'io." Jasper si sistemò il cappello in testa, salì e chiuse la portiera. "C'è qualche problema? Stavi sfrecciando come un pompiere che sta andando a spegnere un incendio."

"Sì, beh... Anna non si aspetta di vederci entrambi." Non avevo detto a nessuno che Anna era la ghostwriter di Mayhew e non avevo intenzione di iniziare ora, il che mi metteva in una posizione imbarazzante.

"Oh." Jasper strinse gli occhi. "Quindi questa è più di una visita di cortesia?"

"Forse." Avevo pensato che alla fine Anna avrebbe dovuto rivelare a Longly la sua attività segreta di ghostwriter, ma se la morte di Mayhew non era oggetto di indagine, non doveva rivelare la verità a nessun altro.

"Intrigante," disse Jasper. "Sai che adoro i misteri."

"Anch'io, ma non spetta a me svelare questo."

"Ah, capisco. Nascondi dei segreti al tuo fedele assistente, dunque?"

"Ho giurato di mantenerlo," replicai.

"Beh, qualcosa che un uomo deve rispettare, suppongo. Non sarebbe leale parlare a sproposito." Si aggiustò i baveri e si sistemò sul sedile. "Naturalmente, visto che sospetti che ci sia un assassino tra noi, devo accompagnarti. Sarebbe poco signorile non farlo."

Non mi sarei sbarazzata di lui, quello era chiaro. Jasper poteva essere piuttosto testardo. Lasciai il freno. "Beh, prima o poi dovevi farlo, un giro nel parco."

"Finché posso tenerti d'occhio, non mi dispiace affatto. Belle case, giardini. Mi piacciono le cose amene," disse. Sentivo il suo sguardo su di me, ma mantenni l'attenzione sull'imminente curva che dovevo imboccare. Feci correre la macchina lungo l'arco della strada.

Jasper afferrò la parte superiore della portiera con una mano. "A proposito, sei una brava guidatrice?"

"Eccellente. So guidare su entrambi i lati della strada, sai? Quando andavo all'università in America, uno dei miei amici aveva una piccola Raceabout e me l'affidava spesso."

"Finché resti sul lato giusto della strada, non mi interessa altro."

Raddrizzai il volante all'uscita della curva e scalai le marce quando superammo il piccolo ponte.

Jasper lasciò la presa sulla portiera. "Ho delle novità."

"Se si tratta dell'inchiesta, l'ho già saputo di persona da Serena. Ho fatto una chiacchierata interessante con lei, stamattina."

Jasper scosse la testa. "Avrei dovuto capirlo. Sai che la morte di Mayhew è stata dichiarata un incidente?"

"Sì."

"Non sei d'accordo?"

Distolsi per un attimo lo sguardo dalla strada per concentrarmi su Jasper. "Come hai...?"

"È difficile non notare il tuo tono di totale incredulità."

"Suppongo che dovrei essere più prudente." Scossi la testa. "È solo che non credo possibile che due morti così vicine – in un paesino come Hadsworth – non siano in qualche modo collegate." Sospirai. "Però non ho sentito un solo accenno a come potrebbero esserlo, a parte il legame d'affari tra Mayhew e Pearce." Gli raccontai quello che avevo scoperto sulle sigarette per l'asma, e le informazioni ricavate dalla telefonata notturna di Zippy e dalle chiacchierate con Lady Holt e Serena.

"Santo cielo, che diligente."

"Essere interrogati da un ispettore di Scotland Yard tende a dare un'incredibile motivazione a risolvere le cose, soprattutto in modo da dimostrare di non avere nulla a che fare con la morte di Pearce. Ma le cose si sono fatte più confuse, non meno."

Una folata di vento ci colpì mentre uscivamo allo scoperto da una siepe e Jasper alzò una mano per reggersi il cappello. "Almeno la domanda se il padre di Mayhew potesse essere coinvolto o meno ha trovato risposta."

"Una risposta definitiva." Mi spostai, sporgendomi per avere una visuale intorno a un furgone che stavamo raggiungendo rapidamente. L'altra corsia era libera, così aggirai il veicolo pesante. "L'inchiesta spiega anche perché non ho visto Longly stamattina. Ero sicura che sarebbe arrivato subito." Le mie mani si strinsero sul volante mentre una sensazione di nervosismo mi invadeva. "Ovviamente era impegnato con l'inchiesta, ma sono sicura che non ci vorrà molto prima che riporti la sua attenzione sulla morte di Pearce." Rallentai mentre attraversavamo il villaggio.

Jasper si grattò la guancia. "Può darsi. Quando è stato letto il verdetto, non sembrava contento."

Svoltai sulla strada che portava alla casa e all'ambulatorio del dottor Finch. "No?"

"No, come se gli fosse arrivata al naso una zaffata di crema rancida."

"Interessante." Mi fermai davanti alla casa del dottor Finch. "Mi chiedo se continuerà a indagare sulla morte di Mayhew. Il caso è ufficialmente chiuso, suppongo."

"Immagino che dovrà rivolgere la sua attenzione a Pearce." Jasper prese un foglio di carta dalla tasca e lo dispiegò, poi se lo premette sul petto mentre si rivolgeva a me. "Ma pensi ancora che la morte di Mayhew sia stata il risultato di un crimine?"

Mi accigliai guardando il mio riflesso nel parabrezza. "Sì, lo penso davvero. Ci sono troppe cose che non quadrano."

Jasper fece un cenno deciso. "Sospettavo che non avresti lasciato perdere." Mi presentò il foglio con un'occhiata. Era un elenco di nomi scritti con la sua accurata calligrafia. Jasper indicò la colonna di sinistra. "Ospiti che hanno soggiornato al pub martedì, mercoledì e giovedì." Spostò il dito in cima alla colonna di destra. "E un elenco di giocatori presenti sul campo da golf negli stessi giorni."

"Jasper, è meraviglioso. Come hai ottenuto queste informazioni?"

"Con il pub è stato facile. Il proprietario non si preoccupa di mettere via il registro degli ospiti. Ho aspettato che tutti fossero occupati, poi ho annotato i nomi. Sono solo tre, come puoi vedere, quindi non ci è voluto molto. Hanno quattro camere, ma solo tre erano occupate nel periodo che ci interessa. Ottenere informazioni dal campo da golf è stato più difficile. Lo starter non ha voluto parlare con me, ma sua figlia lavora nella clubhouse."

"Lo starter?"

"La persona che gestisce la sequenza delle partite, fa scendere i giocatori in campo in tempo."

"Vuoi dire che c'è un registro di tutti quelli che hanno giocato e dell'ora in cui hanno preso il via?" chiesi.

"Esattamente."

"E questa persona che gestisce le partite ha una figlia attraente con la quale hai flirtato."

"Lo dici come se fosse una conclusione scontata," disse Jasper.

"Non è così?"

"Pur essendo attraente, non era interessata a nessun tipo di relazione. L'unica cosa che l'ha convinta a separarsi da questa lista di nomi sono stati i soldi. Piuttosto umiliante, non c'è che dire."

"Sconvolgente."

"Succede più di quanto io voglia ammettere."

"In qualche modo ne dubito." Entrambi diventammo seri mentre osservavamo il foglio. Se l'elenco del pub era breve, quello dei golfisti era molto più lungo.

Jasper disse: "La clientela del pub per la notte è composta da golfisti. Durante la loro vacanza si recavano sul campo il più possibile. Probabilmente ogni giorno."

Confrontai i due elenchi. "Sembra che tutte le persone che alloggiavano al pub fossero sul campo da golf mercoledì mattina." Mi voltai e mi misi di fronte a Jasper. "Tu hai giocato. Qualcuno sarebbe stato in grado di registrarsi per un tee time, lasciare il campo e arrivare fino al luogo in cui è morta Mayhew, il tutto senza che nessuno se ne accorgesse?"

Le sopracciglia di Jasper si aggrottarono. "Sarebbe difficile. Dal momento che il fiume separa il campo dal terreno di Blackburn Hall, qualcuno sarebbe dovuto tornare indietro fino al villaggio, attraversare il ponte e poi entrare nella proprietà. Un bel tragitto. Questo non vuol dire che non avrebbe potuto farlo. Ma i giocatori sono di solito raggruppati in coppie o quartetti, quindi dovrebbero essere d'accordo tutti per mantenere il silenzio sulla partenza di qualcuno."

"E poi ci sarebbe il problema della sacca da golf," dissi. "Sarebbe strano se qualcuno portasse con sé una sacca da golf nel parco di Blackburn Hall. Avrebbe dovuto riporla da qualche parte e poi riprenderla prima di ricongiungersi agli altri sul campo."

"Oppure chiedere a qualcuno dei compagni di portarla al posto suo," disse Jasper.

Mi appoggiai al sedile. "Per non parlare del fatto che era complicato sapere con esattezza che ora Mayhew sarebbe stata sul sentiero che parte dal cottage. Più di una persona ha fatto notare quanto l'occupante del cottage fosse un tipo solitario, che amava stare in casa, non uno che fa passeggiate mattutine alla stessa ora ogni giorno." Riconsegnai il foglio a Jasper. "Sembra un'ipotesi remota che i golfisti siano possibili candidati a essere coinvolti nella morte di Mayhew."

Jasper ripiegò il foglio, scese dall'auto e, dopo aver fatto il giro, allungò la mano per aprire la mia portiera. "Non è utile come speravo."

Ci avvicinammo alla porta d'ingresso e io suonai il campanello. "No, ma è stata una buona idea controllare chi era in zona."

La cameriera ci condusse nel salotto. Pochi istanti dopo, Anna entrò dalla porta che dava sul giardino. "Ciao, Olive." I suoi capelli ramati erano raccolti all'indietro con dei pettinini in uno stile che metteva in risalto le macchie scure che le ombreggiavano gli occhi. Le sue sopracciglia si aggrottarono leggermente quando notò Jasper. "... e Jasper, è un piacere rivederti. Come stanno tutti a Blackburn Hall dopo... gli eventi di ieri sera?"

"A Blackburn Hall è tutto uguale, in realtà," dissi.

Anna fece una smorfia. "Sì, certo. Cosa pensavo? È ovvio, Lady Holt ha fatto in modo che la vita continui come se un uomo non fosse stato ucciso. Ma è terribile, per quanto lei cerchi di passarci sopra." Indicò un posto a sedere vicino a un camino spento. "Non volete sedervi? Vi inviterei in giardino, ma papà ha mandato le sedie di vimini a verniciare."

"Non c'è problema." Mi sedetti su un morbido divano

Chesterfield. Jasper prese l'altra estremità e Anna si appollaiò sul bordo di una poltrona vicino a me.

Guardai attraverso le portefinestre. "Lavori di nuovo all'aperto?"

"Sì, ma non sto facendo molti progressi, temo. Non riesco a concentrarmi sul lavoro con tutto quello che è successo. Ieri sera, quando papà ha finito la sua visita domiciliare, siamo tornati qui. Non sapevo nulla della morte del signor Pearce finché il colonnello Shaw non è venuto a darci la notizia stamattina. Il colonnello ha detto che ieri sera era evidente che si trattava di una scena del crimine e ha chiamato il medico legale e l'ispettore Longly." Si mise a giocherellare con uno dei suoi pettinini. "Suppongo che Longly resterà a indagare anche sulla morte del signor Pearce. Sai del verdetto dell'inchiesta, secondo cui la morte di Mayhew è stata dichiarata un incidente?" Pensavo che la notizia avrebbe alleviato le sue preoccupazioni riguardo al fatto che suo padre e lei stessa fossero sospettati, ma le sue spalle si inarcarono in avanti per la tensione.

"Ma questa è una buona notizia... non è vero?"

"Sì, solo che io..." Il suo sguardo si spostò su Jasper.

Jasper si appoggiò le mani sulle ginocchia. "Credo che questo sia il mio segnale per uscire in giardino. È evidente che voi signore volete chiacchierare da sole."

Anna arrossì. "No, non è questo..." Anna mi guardò, il suo volto era l'immagine dell'indecisione.

"Puoi parlarne davanti a Jasper, se vuoi." Mi chinai in avanti e dissi a bassa voce: "Non gli ho detto nulla, ma è assolutamente affidabile. Il signor Hightower all'inizio ha cercato di convincere Jasper perché venisse qui a cercare Mayhew."

Lui disse: "All'epoca non ero in grado di assumermi quell'incarico, ma ora assisto Olive – sono il suo tuttofare, si potrebbe dire. Ma se preferisci parlare da sola con lei..."

Le guance di Anna si colorarono di un rosa più intenso. "No. Va bene, suppongo. Se Olive garantisce per te, e il signor Hightower si fida..."

"Garantisco per lui." Gli feci un sorriso. "Lo conosco da anni e anni e non ha mai tradito un segreto."

"Beh, in questo caso..." Anna lisciò i palmi delle mani sulla gonna del suo vestito di cotone stampato. "Ho trovato il biglietto di Mayhew." Tirò fuori un pezzo di carta dalla tasca e me lo porse. Esitai un attimo prima di prenderlo e lei disse: "Sono sicura che se c'erano altre impronte digitali, ormai le ho completamente cancellate."

Jasper sollevò un sopracciglio. "Impronte digitali?"

Il biglietto, un foglio intero, era stato piegato in tre. Aprii la pagina. "Anna lo ha ricevuto da Mayhew poco dopo la sua morte."

Jasper annuì. "Ah, capisco." Guardò Anna. "Ti stai chiedendo se sia stato davvero lei a scriverlo."

"Ora sì," disse lei. "Da quando Olive me l'ha chiesto. Fino ad allora non mi era venuto in mente che potesse essere stato qualcun altro a mandarmelo. Anche se era scritto a macchina – Mayhew di solito scriveva a mano – non ci ho pensato." Scrollò le spalle. "Avevo immaginato che Mayhew l'avesse scritto in fretta e furia e infilato in una busta."

Jasper si spostò accanto a me sul cuscino del divano e guardò il foglio sopra le mie spalle mentre leggevo. La data del mercoledì prima era in testa alla pagina. La lessi ad alta voce. "Vado in vacanza. Continua con il prossimo libro. Mi farò sentire. Mayhew." Anche l'ultima riga, il nome, era scritta a macchina.

"Non hai conservato la busta?" chiesi.

"No, e non ricordo nemmeno esattamente quando è arrivato." Anna strinse le mani. "Non avevo capito che sarebbe stato importante."

"Certo che no," dissi. "È stato scritto con la macchina da scrivere di Mayhew? Lo riesci a capire?"

Anna annuì. "Sì, è così." Indicò l'ultima riga del biglietto. "Vedi la *y*, come è leggermente sollevata? Tutte le pagine dattiloscritte di Mayhew erano così. È su tutte le bozze, beh su tutte le vecchie bozze, quelle che Mayhew mi mandava prima che iniziassi a scriverle io…" Il suo sguardo saltò da me a Jasper, poi di nuovo a me. "Oh, voglio dire…" Jasper non disse nulla, ma le sue sopracciglia si alzarono in una silenziosa domanda.

Anna esitò un attimo, poi disse in fretta: "Ho aiutato Mayhew con i suoi manoscritti."

Jasper appianò la sua espressione, riportandola a quella di solita indifferenza, tranne che per gli occhi, che si accesero di interesse. "Lavoravi sugli indizi e robe del genere?" disse, dando ad Anna una via d'uscita, un'opportunità per sorvolare sul suo lapsus, ma ero sicura che avesse capito le implicazioni di ciò che lei aveva detto.

"È così che è iniziata," disse Anna. Agitò una mano. "Ma è diventata molto di più. Diciamo che la sostituivo."

Jasper lanciò uno sguardo da Anna a me. "Cioè, eri la sua ghostwriter?"

Anna annuì mentre le riconsegnavo il biglietto dattiloscritto.

"Oh." Jasper si passò una mano sulla bocca. "Capisco. Sì, questo cambia le cose."

Feci un gesto verso la tasca di Anna, dove aveva infilato il biglietto. "Non ne hai ricevuti altri, scritte a mano o a macchina?"

"No, questo è l'unico. Mi ero messa a lavorare al prossimo libro, proprio come mi aveva ordinato. Mi aspettavo di saperne di più entro pochi giorni."

"Perché? Era il solito intervallo di tempo tra le vostre comunicazioni?"

"Direi di sì. Non ci ho mai pensato fino a ora, ma le nostre interazioni avvenivano circa una volta alla settimana. O io lasciavo un nuovo capitolo o Mayhew mi lasciava degli appunti, delle riflessioni su ciò che avevo già scritto."

"Ed è questo il motivo per cui sei entrata nell'East Bank Cottage per prendere i capitoli che avevi fatto passare attraverso la fessura della porta," dissi.

Gli occhi di Anna si allargarono. "Come fai a saperlo?"

"Li ho visti." Era il momento di ammettere il mio comportamento indiscreto a un'altra persona. Presi fiato. "Ho dato una rapida occhiata all'East Bank Cottage. Era prima che sapessimo della morte di Mayhew. Stavo cercando di capire se avesse lasciato Hadsworth. Ho visto le buste vicino alla porta quando sono entrata. Non le ho toccate, ma quando è stato trovato il corpo di Mayhew, ho dovuto confessare alla polizia il mio ficcanasare e ho menzionato le buste nella mia deposizione. Più tardi, l'ispettore Longly è andato all'East Bank Cottage e non le ha trovate. Mi ha accusato di averle prese."

La mano di Anna andò alla tasca dove aveva messo il biglietto. "Che cosa gli hai detto?"

"L'ho rimesso in riga. Non le ho prese io."

Anna si alzò di scatto e si diresse verso la porta aperta sul giardino. Anche Jasper si alzò, ma lei gli fece cenno di tornare a sedersi. "Ti prego, rimani seduto. Sono troppo nervosa per stare ferma." Jasper si appollaiò sul bracciolo di una poltrona mentre Anna mi diceva: "Ma hai capito che le buste le ho prese io."

"Quando ho saputo che eri tu a scrivere i libri, mi sei sembrata la candidata più probabile." Sebbene le uscite notturne di Zippy fossero ancora sospette, non riuscivo a immaginare perché avesse rotto una finestra per prendere delle buste da un cottage abbandonato.

Anna si mise a giocherellare nervosamente con il colletto piatto del vestito. "Sta venendo qui."

"Chi?" chiesi.

"Ispettore Longly." Anna si spostò sul bordo della stanza. "Se avessi saputo che la morte di Mayhew sarebbe stata dichiarata un incidente, non avrei detto nulla." La sua presa si strinse sul bordo del colletto, tendendo il tessuto. Tornò a camminare verso la sedia. "La notte scorsa non sono riuscita a dormire. Mi sono rigirata tutto il tempo, pensando al biglietto scritto a macchina e a quelle buste."

Mollò la presa sul colletto e si lasciò cadere sulla sedia con un sospiro. "Vorrei non aver rotto quella finestra! Ero così preoccupata di perdere quei capitoli. Non ne avevo una copia carbone. Faccio solo copie della bozza finale. Dopo la notte orribile, ho deciso di confessare tutto all'ispettore." Guardò verso la porta. "Era fuori, ma stamattina gli ho lasciato un messaggio. Lui ha telefonato poco dopo e io gli ho detto di aver preso le buste. Longly ha risposto che sarebbe passato oggi. Se solo avessi taciuto un po' di più, sarebbe tutto finito."

"Non lo so," dissi. "L'ispettore sembra essere molto pignolo sui dettagli. Avrebbe potuto dare seguito alla scomparsa delle buste in ogni caso, nonostante la morte sia stata dichiarata accidentale."

Anna si girò verso di me. "Credi che potrebbe riaprire il caso?"

"Faccio fatica a crederlo. Non ho idea di quale sia la procedura, ma dovresti raccontargli esattamente cos'è successo. Hai detto che tu e tuo padre eravate con un paziente la mattina in cui Mayhew è stato ucciso..."

Jasper si alzò e si avvicinò alla porta aperta. "Credo di aver intravisto un passero di Gadlington." Lanciò uno sguardo tra me e Anna. "Non ne avete mai sentito parlare? È estremamente raro. È insolito vederne uno in questo periodo dell'anno. Posso?" Fece un gesto verso il giardino.

"Naturalmente," disse Anna.

Mi accigliai guardando la sua giacca ben confezionata mentre usciva e si allontanava. Jasper non ci vedeva bene. La sua scarsa vista era il motivo per cui aveva trascorso la guerra a una scrivania, lavorando per il Ministero degli Esteri invece che in prima linea.

Anna si spostò per sedersi accanto a me sul divano. "Pensi davvero che l'ispettore mi crederà quando gli dirò che ho preso le buste, ma che non ho fatto altro? Che non andrà oltre?"

"Non so cosa farà Longly. Non so se vorrà riaprire il caso o se sarà in grado di farlo. Però è un tipo scrupoloso. Probabilmente controllerà che tu e tuo padre foste alla fattoria con una paziente."

"Gli confermeranno che eravamo lì." Lei ricadde contro il divano. "Sì, hai ragione. Andrà tutto bene."

Jasper rientrò nella stanza. "Falso allarme. Era solo un fringuello."

Anna disse: "È meglio che prenda le buste prima che arrivi l'ispettore."

Mi alzai. "E noi dovremmo andare."

CAPITOLO VENTUNO

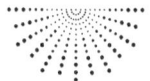

Quando Jasper e io fummo sulla via del ritorno al villaggio, rallentai e indicai il bosco. "Quello non era un passero di Gadlington, vero?"

"Temo di no."

"Lo immaginavo. Ma esiste?"

"No." Jasper si spostò sul sedile. "Credi che Anna abbia capito che era tutto uno stratagemma?"

Scossi la testa. "Era così presa dai suoi pensieri che non se n'è nemmeno accorta. Sei uscito a controllare la macchina da scrivere?"

Jasper sorrise e tirò fuori dalla tasca un foglio di carta.

Accostai la Morris al lato della strada. "Sei bravo, bisogna ammetterlo."

"Il mio scopo è renderti felice." Aveva digitato il nome di Mayhew sulla prima riga, poi una serie di lettere sotto. La lettera y nel nome di Mayhew era perfettamente allineata, e lo era anche nella riga dei caratteri casuali.

Gli restituii il foglio. "Quindi sappiamo che Anna non ha scritto da sola il biglietto."

"O almeno non l'ha scritto con la sua macchina da scrivere."

"Impari in fretta questa cosa dell'assistente," dissi, chiedendomi quanto sarebbe stato difficile dare un'altra occhiata alla macchina nell'East Bank Cottage. Un'altra visita non autorizzata probabilmente non sarebbe stata una buona idea, non con Longly che già sospettava di me.

Il rumore di un'auto che risaliva il viottolo ruppe la quiete del boschetto. L'auto si fermò mentre si avvicinava a noi. L'ispettore Longly alzò il cappello e si chinò sull'agente che era alla guida. "Salve, signorina Belgrave, signor Rimington. Siete usciti a fare un giro?"

"Una visita a un'amica."

Il suo sguardo corse sulla Morris. "Non sapevo che avesse un'automobile qui, signorina Belgrave. Non ha intenzione di tornare a Londra, vero?"

"No, non ho progetti di questo tipo."

"Bene. Voglio parlare con lei più tardi. La troverò a Blackburn Hall?"

"Ci sto andando proprio ora."

"Eccellente." Si rimise il cappello e fece cenno all'agente di proseguire.

"Sembrava abbastanza cordiale, ma non mi piace che voglia parlare di nuovo con te. Pensi che si tratti di Pearce?" chiese Jasper.

Le mani mi tremavano. Afferrai più forte il volante mentre inserivo la frizione e lasciavo che l'auto avanzasse. "È probabile. Spero solo che non venga ad arrestarmi."

Quando arrivammo al pub, Jasper uscì dalla Morris e chiuse la portiera, ma non la lasciò. "Dovrei venire con te a Blackburn Hall, nel caso in cui Longly ti dia problemi."

"Non hai un invito a cena, e non posso certo imporre un ospite inatteso a Lady Holt." La postura di Jasper, appoggiato alla portiera, era disinvolta, ma mi guardava con occhi intensi.

"Se dovesse succedere qualcosa di... angosciante, ti telefonerò immediatamente." Mi sorprese il calore che mi attraversò mentre facevo quell'affermazione. Assaporavo la mia indipendenza, ma era bello sapere che Jasper era preoccupato per me.

Poi lui rovinò tutto. "Non fare nulla di avventato," disse battendo sulla portiera. Ed entrò nel pub.

L'irritazione mi attraversò. Rimisi in moto e mi tolsi dalla testa i suoi avvertimenti. Ero in grado di badare a me stessa. Inoltre, avevo dei progetti per la serata e dovevo concentrarmi su di essi, sempre che riuscissi a non farmi arrestare.

Mi ero persa il tè, quindi salii in camera mia per cambiarmi per la cena, aspettandomi che Longly arrivasse da un momento all'altro. Per distrarmi, pensai al biglietto dattiloscritto che Anna aveva ricevuto. Anche se lei aveva detto che era stato battuto con la macchina da scrivere di Mayhew, avrei voluto poterlo controllare due volte. La *y* fuori posto avrebbe dovuto facilitare l'identificazione della macchina usata per battere il biglietto, il che avrebbe potuto aiutare a restringere il campo dei sospetti. Ma la domanda era: quante macchine da scrivere c'erano a Hadsworth? Oltre a quella di Anna, la stazione di polizia ne aveva una e Anna aveva accennato al fatto che l'Istituto Femminile dattiloscrivesse i suoi verbali. Il dottor Finch ne aveva una nel suo ambulatorio?

L'elenco era piuttosto lungo. Invece di cercare di controllare tutte le macchine da scrivere del villaggio, sarebbe stato molto più semplice controllare prima quella di Mayhew, ma avrebbe potuto rivelarsi difficile. Sarei dovuta entrare di nuovo nel cottage – la chiave era ancora nascosta sopra la finestra? – e la macchina da scrivere poteva anche non esserci più. Longly avrebbe potuto portarla via con gli oggetti di Mayhew per le indagini.

Sospirando, mi voltai dalla finestra e vidi la pila di libri di R.V. May sul comodino. La lettera dattiloscritta che avevo trovato nel primo libro! L'avevo portata con me? Presi i libri e sfogliai le pagine. L'avevo usata come segnalibro mentre leggevo il primo volume. L'avevo spostata?

Un foglio piegato cadde da *Il mistero di Newberry Close*. No, l'avevo riposta dove l'avevo trovata, tra la copertina e le pagine finali. Aprii il foglio e scrutai l'elenco dei titoli. La *y* era disseminata nell'elenco e su alcune righe. In ogni caso, si trovava più in alto rispetto alle altre lettere. Controllai di nuovo la data. Erano passati tre anni, cioè prima che Anna diventasse la dattilografa di Mayhew. Era evidente, ormai: qualcuno aveva usato la macchina di Mayhew per scrivere il biglietto ad Anna.

QUANDO FU ANNUNCIATA la cena e Longly non si era ancora presentato, cominciai a sperare che quella sera non lo avrebbe fatto. Forse era stato inevitabilmente trattenuto.

Nonostante il tavolo fosse pieno, la cena fu tranquilla. Persino il signor Busby sembrava ritirato e preoccupato, e riuscì a tirare fuori solo una battuta di cattivo gusto rivolta a me. La conversazione fu in generale disordinata, e si alternò tra la descrizione di Lord Holt della sua partita di golf e i piani della moglie per la cena della sera successiva.

"Oggi sono andata a trovare Emily," disse Lady Holt. "Poverina. È così sconvolta. L'ho convinta a venire a cena domani. Solo una piccola riunione tranquilla: noi, quel simpatico del signor Rimington – ha dei bei modi – e il colonnello e la signora Shaw, credo. Emily è il tipo che rimugina su tutto fino a star male. Ha bisogno di distrarsi e nessuno le negherà una serata tranquilla in compagnia. Le farà bene."

Non avrei mai detto che una vedova che cenava con gli amici qualche sera dopo l'assassinio del marito fosse una cosa che Lady Holt avrebbe approvato. Non era buona educazione, come avrebbe detto Sonia, la mia nuova matrigna, ma sembrava che Lady Holt si sentisse libera di applicare le regole del galateo a suo piacimento per se stessa e i suoi amici. In qualche modo non pensavo che avrebbe esteso la stessa cortesia agli altri, ma era decisa a realizzare ciò che desiderava. "Potremmo anche trarre il meglio da una situazione spiacevole." Sorrise nella mia direzione. "Dato che lei e il signor Busby dovete rimanere qui fino all'inchie... fino a *più tardi*, una piccola riunione servirà a distrarci dagli ultimi eventi."

"Sono sicura che la cena sarà deliziosa," dissi.

Il signor Busby mi ignorò e parlò a Lady Holt. "E non vedo l'ora di approfondire la mia conoscenza con la signora Pearce. Sembra una persona deliziosa. Farò del mio meglio per distrarla."

Lady Holt si rivolse a Zippy. "E anche tu ti unirai a noi. Non prendere altri appuntamenti."

Era un comando, non una richiesta. Le labbra di Zippy si appiattirono, una pallida imitazione del volto spesso contrariato di sua madre, ma disse: "Certo, mamma."

Lady Holt guardò Serena, che non aveva detto una parola per tutta la sera. "Ci sarai anche tu, spero."

Serena alzò gli occhi dal piatto. "Cosa?"

"Serena! Non hai sentito una parola di quello che ho detto, vero?"

"No, mi è venuta un'idea che potrebbe funzionare per l'aspirapolvere silenzioso. Ha solo bisogno di qualche aggiustamento e poi..."

"Presta attenzione, Serena. Stiamo discutendo della cena di domani sera con Emily come ospite. Mi aspetto che tu sia qui e che sia *premurosa.*"

Questo la riscosse dai suoi pensieri. "Emily va a cena fuori? Così presto?"

"Le farà bene e l'aiuterà a distrarsi."

Serena sollevò le sopracciglia. "Allora è meglio non prendere il caffè in salotto dopo cena."

"Certo che no," disse Lady Holt. "Ho intenzione di organizzarlo in terrazza. Dovrebbe essere piacevole, all'aperto." La conversazione si spostò sul tempo, e questo ci accompagnò fino a quando le signore si ritirarono. Fu una serata più corta. Lady

Holt non propose di giocare a carte e ci ritirammo tutti nelle nostre stanze abbastanza presto.

Quando Janet venne ad aiutarmi a cambiarmi, la congedai dicendole che potevo farcela da sola. Quando mi tolsi il vestito, invece di indossare la vestaglia misi i pantaloni da equitazione, un cardigan e mi infilai in tasca la torcia, che dovevo ancora riportare nel ripostiglio sotto le scale. In tasca finì anche una mezza corona, con cui mi sarei assicurata di poter rientrare a Blackburn Hall. E Jasper diceva che non pensavo al futuro!

Mi sistemai sulla sedia ad aspettare, ascoltando lo scatto della porta di Zippy o il suo fischiettare. Se quella sera fosse uscito, l'avrei seguito. Volevo vedere con i miei occhi dove sarebbe andato e cosa avrebbe fatto. Avevo così tanta energia nervosa che saltai su dalla sedia e mi misi a camminare per la stanza.

La promessa – o minaccia – di Longly di recarsi a Blackburn Hall per parlarmi incombeva su di me. Anche se l'ispettore non era arrivato quella sera, sapevo che era solo una tregua temporanea.

Girai per la stanza, mentre i pensieri correvano lungo un binario familiare. Non riuscivo a pensare a come avrei potuto scoprire qualcos'altro sulla morte di Pearce. L'autopsia era probabilmente prevista, se non addirittura in corso, e non riuscivo a pensare a un modo per parlare con Emily Pearce prima della cena di Lady Holt. Avrei dovuto aspettare fino ad allora e vedere se riuscivo a scoprire qualcosa durante una conversazione casuale. Il mio tempo, ora, era meglio speso se mi fossi concentrata su Mayhew. Se fossi riuscita a risolvere alcune questioni relative alla sua morte, ero sicura che avrei scoperto anche chi aveva ucciso Pearce, perché non riuscivo a togliermi di dosso la sensazione che le morti fossero collegate.

Non riuscivo a pensare a nulla che unisse Zippy sia a Pearce che a Mayhew, ma le sue telefonate furtive e le passeggiate notturne mi disturbavano. Era strano. Come Longly e la sua avversione per le questioni in sospeso, anche a me davano fastidio le cose che non riuscivo a spiegare. E tenere d'occhio Zippy era una cosa che potevo fare. Non ero brava ad aspettare. La pazienza non era uno dei miei pregi.

Non potevo immaginare che avrei avuto sonno, ma dopo un'ora cominciai a sentire le palpebre pesanti. Tirai indietro le tende e aprii la finestra, facendo entrare l'aria afosa della notte. Respirai profondamente e ripresi a camminare.

Ero al settimo giro della stanza – contavo per stare all'erta – quando sentii un flebile suono, una melodia fischiata sommessamente. Andai alla porta, mi accovacciai e misi gli occhi sul buco della serratura. Quando le note si fecero più forti, riconobbi *Shimmy with Me*. Zippy passò con le braccia accano al corpo. Indossava una giacca di tweed e un trilby, quindi sicuramente non stava per ritirarsi per la notte.

Il fischio si affievolì e io aprii la porta. Mi tastai la tasca, anche se sapevo che la torcia era ancora lì. Aveva sbattuto contro il mio fianco mentre camminavo per la stanza. Un'ondata di nervosismo mi colpì. Inspirai, chiusi la porta e lo seguii, stando abbastanza indietro da non farmi vedere, mentre lui scendeva le scale e si dirigeva verso il portone di Blackburn Hall. Lo aprì e uscì con un movimento fluido e pratico. La stanza alta assorbì quasi del tutto il tonfo sordo della porta che si chiudeva.

Scesi di corsa le scale e attraversai il corridoio nella direzione opposta, dirigendomi verso il retro della casa. Speravo di non perdere Zippy, ma non potevo rischiare di rimanere chiusa fuori se fosse tornato prima di me. La biblioteca era deserta e io strisciai con cautela attraverso la stanza buia fino alle tende. Scostai un pannello di tessuto, aprii la portafinestra e tirai fuori dalla tasca la mezza corona. La tenni contro la piastra di battuta mentre chiudevo la porta, un movimento che richiedeva una certa destrezza, difficile da eseguire perché le mani mi tremavano per l'adrenalina. Rilasciai la maniglia della porta e tirai un sospiro di sollievo quando la moneta rimase al suo posto e non rimbalzò rumorosamente sul pavimento di pietra.

La terrazza era buia e deserta, ma mi sentivo esposta anche alla debole luce della luna. Mi avvicinai al muro all'angolo della casa e aspettai, in ascolto. Avevo indovinato? Zippy stava arrivando sul retro della casa? Oppure era uscito dal cancello principale? L'aria era pesante e immobile, e gli unici suoni erano il lieve gorgoglio del fiume e il fruscio di qualcosa nel sottobosco: il gatto della cucina, speravo.

Non potevo seguire Zippy se lo perdevo dopo che aveva superato la porta d'ingresso. Maledetto Jasper e i suoi insensati avvertimenti! Non avrei dovuto preoccuparmi di essere prudente o di quello che lui avrebbe pensato di me. Avrei dovuto seguire Zippy fuori dalla porta d'ingresso, con o senza chiave...

Nell'aria fluttuò il suono di una nota fischiata. Dopo una pausa, lo sentii di nuovo, questa volta più forte. Pochi secondi dopo, la sagoma di Zippy apparve in un varco tra gli alberi, evidenziata per un attimo dalla debole luce argentea della luna. Era sul sentiero che costeggiava il fiume fino all'East Bank Cottage.

Attraversai il giardino di nascosto, rimanendo sull'erba che costeggiava i sentieri di ghiaia per non fare rumore. Il sentiero accanto al fiume era di terra battuta e, quando lo raggiunsi, riuscii a percorrerlo senza farmi sentire. Rimasi indietro, così se Zippy si fosse guardato alle spalle non avrebbe potuto vedermi. Lui non usava la torcia e, finché fosse rimasto sul sentiero che si snodava avanti e indietro a serpentina, io non avrei avuto bisogno della mia. Ora Zippy fischiava a tutto volume, ma il suo tempismo era un po' fuori luogo. Mi chiesi quanti drink avesse bevuto dopo cena. Non sembrava che avesse bevuto caffè.

Rimasi un po' indietro quando si avvicinò al punto in cui l'albero era caduto nel fiume. Dovetti addentrarmi nella cintura di alberi che costeggiava il sentiero in quel punto, perché il camminamento non era ancora stato riparato. Non volevo fare rumore mentre mi addentravo nel sottobosco e mi stavo facendo strada nell'oscurità più profonda sotto i rami quando una mano mi coprì la bocca e un braccio mi circondò, immobilizzandomi contro un petto solido.

CAPITOLO VENTIDUE

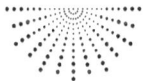

Scostai la testa dalla mano e sussurrai: "Jasper, cosa stai facendo?" Gli alti pini bloccavano parte della luce lunare, ma riuscivo comunque a vedere la debole forma di un borsalino.

"Potrei chiederti la stessa cosa." La sua presa si allentò.

"Sto seguendo Zippy."

"Sto facendo lo stesso," disse lui. "Beh, tecnicamente, stavo aspettando qui per vedere se stavi seguendo Zippy. Ero sicuro che l'avresti fatto. Come hai fatto a capire che ero io?"

"Il tuo dopobarba agli agrumi e cannella. Molto particolare." Feci un passo indietro. Per un attimo mi sentii abbandonata e un po' infreddolita, nonostante il calore della notte estiva. Ripresi a camminare. "Andiamo."

"È un peccato. Mi è piaciuto molto."

"Non scherzare." Gli puntai un dito contro. "E non osare dirmi di tornare a Blackburn Hall."

"Non mi è mai passato per la testa. Sono qui come tuo assistente." Ci allontanammo dall'intimità data dagli alberi e ci incamminammo, le nostre parole superavano a malapena un sussurro. "Naturalmente, sarebbe più facile assisterti se mi facessi conoscere il programma. È un altro segreto che non puoi condividere?"

"Shh." Misi una mano sul braccio di Jasper. Zippy si era fermato. Dissi: "Quel sentiero porta all'East Bank Cottage."

Un bagliore di luce squarciò l'oscurità quando Zippy usò una torcia per illuminare il suo orologio da polso. Spense la luce e proseguì ondeggiando lungo il sentiero principale. Noi lo seguimmo in silenzio per un lungo tratto, con l'unico suono del grido di un gufo e dello scorrere del fiume. Una nuvola si posò sulla luna, e i gruppi di alberi lungo ogni lato del sentiero persero ogni senso di profondità, diventando piatti contorni neri come enormi decorazioni da palcoscenico. Noi conti-nuammo a seguire la scia di Zippy. Dopo un po', le nuvole si spostarono e i dettagli del paesaggio divennero un po' più defi-niti, mentre entravamo in un piccolo villaggio, con i suoi negozi e le sue casette imbiancate al chiaro di luna. "Dove siamo?" chiesi.

"Sidlingham. Monty e io siamo venuti qui qualche giorno fa per cenare con un amico."

"Non sapevo che fosse così vicino a Blackburn Hall." Un cartello nella vetrina del pub annunciava: *Camere in Affitto*. "Qualcuno potrebbe aver percorso con facilità la strada da qui ad Hadsworth. Tu hai controllato gli ospiti del pub di Hadsworth e i giocatori di golf, ma io non ho pensato di controllare i villaggi circostanti. Mi chiedo se in questo pub ci fosse qualcuno la settimana scorsa."

"Bella domanda," disse Jasper. "Non ci avevo pensato nemmeno io."

Zippy si diresse un po' sbandando verso la porta del pub. Un bagliore dorato e il mormorio della conversazione si riversa-rono all'esterno. Si chiuse la porta alle spalle e il piccolo villaggio tornò silenzioso.

Jasper mi fece cenno di precederlo verso la porta. "Andiamo?"

"Non sono proprio vestita per l'occasione."

"L'ho notato. Ti aspettavi che Zippy facesse una cavalcata a mezzanotte?"

Schiaffeggiai il braccio di Jasper con il dorso della mano. "Non sapevo cosa avrebbe fatto. Se dovevo andare in giro per la campagna nel cuore della notte, volevo essere preparata a tutto, come a scavalcare muri o magari ad arrancare su campi fangosi. Non mi aspettavo una passeggiata lungo un vicolo deserto e una visita a un pub."

"Piuttosto banale, non è vero? Ma d'altronde Zippy non è un individuo all'avanguardia."

Mi incamminai verso il pub. "Forse nessuno noterà come sono vestita."

Era una serata abbastanza movimentata, nel locale. Alcune persone alzarono lo sguardo quando entrammo, ma nessuno sembrava particolarmente interessato al mio abbigliamento. Ci sedemmo a un tavolo sul lato opposto della sala rispetto a Zippy. Era così assorto a parlare con la donna che gli aveva portato la birra che non ci notò. Lei aveva folti capelli bruni tagliati a caschetto che le ricadevano su un occhio mentre inclinava la testa per ascoltarlo. Le sue labbra rosse si aprirono e lei gettò la testa all'indietro ridendo. Zippy la guardò come immaginavo che un uomo che si era perso nel deserto guardasse un miraggio di palme.

"Beh, credo che questo spieghi cosa facesse Zippy," disse Jasper.

"Sì. Sembra che abbia finalmente un altro interesse oltre al golf."

Jasper disse: "Vuoi qualcosa da bere?"

"Prendo una birra allo zenzero."

Jasper andò a ordinare i nostri drink e io tenni d'occhio Zippy. Ero abbastanza certa che dovesse incontrare qualcun altro. Ma anche dopo il ritorno di Jasper e il nostro indugiare al tavolo davanti ai drink, nessuno si avvicinò al suo tavolo. Dal modo in cui il suo sguardo seguiva la cameriera era chiaro che fosse interessato solo a lei.

Misi giù il bicchiere. "Stento a credere che Zippy si sia imboscato per incontrare una ragazza."

"Saresti sorpresa da ciò che gli uomini farebbero per incontrarne una."

"Perché non si vedono alla luce del sole?"

"Sei tu che mi hai detto quanto sia pignola Lady Holt. Pensi che accoglierebbe con favore la frequentazione di suo figlio con la cameriera di un bar?" Jasper spostò lo sguardo sulla donna che raccoglieva i bicchieri vuoti e puliva i tavoli. Continuava a guardare Zippy da sotto le ciglia e faceva di tutto per passare davanti al suo tavolo a ogni occasione.

"Sono sicura che Lady Holt sarebbe inorridita. Ma perché tutto questo muoversi di soppiatto di notte?"

"Chi lo sa? Gli uomini tendono a comportarsi in modo inspiegabile quando c'è di mezzo una donna."

Spinsi la sedia all'indietro. "Andiamo a chiederglielo."

Alle mie spalle, Jasper disse: "Non credo che sia interessato a chiacchierare con noi, stasera."

"Gli ruberemo solo un attimo." Mi mossi tra i tavoli e afferrai lo schienale di una delle sedie a quello di Zippy. "Zippy, come stai? Ti dispiace se ci uniamo a te per un momento?"

Zippy mi fissò il viso per un lungo momento, poi sbatté lentamente le palpebre. "Ehm… Olive?"

Tirai fuori la sedia. "Sì, sono io. E c'è anche Jasper."

Mentre eravamo seduti, Jasper disse sottovoce. "Dovrebbe essere divertente."

Gli lanciai un'occhiata. Speravo che trasmettesse che, se non aveva nulla di utile da dire, doveva tenersi i suoi commenti per sé. L'occhiataccia doveva essere stata evocativa, perché Jasper agitò una mano, indicando che avevo la parola, poi mi chiese se volevo un altro drink.

"No. Ho raggiunto il mio limite." Jasper non fece la stessa domanda a Zippy. Sembrava che lui avesse superato di circa cinque bicchieri il suo, di limite. Le sue mani erano strette intorno alla pinta di birra mezza piena, come se qualcuno potesse cercare di portargliela via.

Jasper andò al bar e io mi rivolsi a Zippy. Considerando il suo stato, probabilmente era meglio un approccio diretto, formulato con parole semplici. "Zippy, perché sei uscito di nascosto da Blackburn Hall, stasera?"

Si chinò in avanti come se stesse per rivelare dei segreti di Stato e parlò in un sussurro, ma riuscì comunque a inondarmi di fumi alcolici. "La mia signora madre non approva." Si raddrizzò e scosse la testa in modo esagerato. "Per niente. Me lo ha proibito."

"Non approva la tua amicizia con..." Lasciai che il mio sguardo attraversasse la stanza fino alla cameriera bruna.

Il volto di Zippy si addolcì. "Lucy." La parola uscì con un sospiro.

"È da molto che ti vedi con Lucy?"

Zippy non rispose. Continuò a guardare Lucy. Resistetti all'impulso di schioccare le dita davanti alla sua faccia. "Zippy!"

"Mmh? Cosa?"

"Frequenti Lucy da molto tempo?"

"Un secolo! Almeno due mesi."

"Allora perché non vieni qui durante il giorno?"

"Non posso. Troppo pericoloso."

Jasper tornò al tavolo e colse l'ultima dichiarazione di Zippy mentre prendeva posto. Bevve un sorso della sua birra e si avvicinò. "Troppo pericoloso in che senso?"

"La signora Fenimore." Il tono di Zippy era definitivo e indicava che quel nome avrebbe dovuto spiegare tutto. Scambiai un'occhiata con Jasper, ma lui alzò una spalla.

Chiesi: "Chi è la signora Fenimore, Zippy?"

Lui bevve lentamente, poi posò il boccale con grande concentrazione. Si muoveva leggermente da una parte all'altra anche se era seduto, e supposi che il tavolo gli sembrasse rullare come il ponte di una nave. "La signora Fenimore vive direttamente...", deglutì, "... dall'altra parte della strada." Fece un cenno alla porta del pub, poi cercò di appoggiare il gomito sul tavolo ma mancò il bordo e crollò verso di me.

Jasper lo afferrò per la spalla e lo raddrizzò. "Vive dall'altra parte della strada rispetto al pub?"

Zippy annuì con la solennità di un giudice che pronunciava una sentenza. "Sì. Non ha niente da fare tutto il giorno se non guardare la strada. È la compagna di bridge della mia signora madre. Non si perde mai una partita. Se vedesse me o la mia auto..."

Guardai Jasper e lui commentò: "Zippy ha una Bugatti. Rossa. Particolare."

"Oh, capisco," dissi.

Zippy disse: "Se la signora Fenimore mi vedesse, correrebbe a Blackburn Hall *così*." Lo illustrò con un rapido movimento della mano che per poco non mi prese alla gola.

Mi appoggiai allo schienale finché Zippy non tornò alla sua postura accasciata. "Quindi ti muovi di nascosto per evitare che Lady Holt venga a sapere di Lucy."

Zippy cercò di tirarsi su, ma la sua colonna vertebrale non si avvicinava nemmeno lontanamente alla linea dritta di quella della madre. "Non è questo," disse Zippy. "Mi piace la mia privacy." Parlò lentamente, enunciando ogni sillaba, e sorrise un po' quando riuscì a pronunciare l'ultima parola senza impappinarsi.

Sospirai e dissi a Jasper: "Beh, suppongo che questo sia come la lista degli ospiti al pub: è bene saperlo, anche se solo a scopo di eliminazione."

"A proposito di liste." Jasper mi passò un foglio di carta strappato da un taccuino proprio sotto il naso di Zippy, ma lui non sbatté nemmeno gli occhi. Sembrava essersi dimenticato di noi. Aveva appoggiato un gomito sul tavolo e il mento sul palmo della mano. Il suo sguardo adorante era di nuovo fisso su Lucy.

Il foglio conteneva un altro elenco di nomi: il signor Timothy Hornby, i signori Leslie Wellsby, Benjamin Leighland, i signori

Collingworth e Rupert Jones. "Cos'è questo?" Allungai una mano per fermare il lento scivolare del gomito di Zippy nella mia direzione.

"Ho dato una rapida occhiata al registro degli ospiti quando ho ordinato i nostri drink," spiegò Jasper. "Era incustodito, così ho copiato i nomi. La durata dei loro soggiorni variava, ma tutti i nomi si sovrapponevano di martedì o mercoledì della scorsa settimana. Ho controllato la lista con quella dei golfisti. Nessuna corrispondenza. E nessun progresso."

Sospirai e infilai la lista in tasca. "Beh, almeno siamo stati scrupolosi." Guardai Zippy accigliato. Tanto valeva essere scrupolosi anche con lui. Nonostante fosse piuttosto ubriaco, era stato disponibile. Dovevo scoprire tutto quello che potevo da lui. Forse avrei potuto strappargli qualche piccolo dettaglio che mi avrebbe aiutato a risolvere la questione. "Zippy, sei mai andato all'East Bank Cottage?"

Distolse lo sguardo da Lucy e mi squadrò. "Perché avrei dovuto farlo?"

"Per incontrare Mayhew? Per chiacchierare? O qualsiasi altra cosa...?"

"Non ho mai visto Mayhew... era come un fantasma. La gente diceva che lì ci viveva qualcuno, ma Mayhew non si vedeva mai."

"Quindi non lo hai mai visto nemmeno quando venivi qui di notte a trovare Lucy?"

"No."

"Ma tua madre pensava che ci andassi."

"Gliel'ho lasciato credere. È più facile così, sai?" La bocca di Zippy si incurvò in un sorriso. Sembrava un bambino che era riuscito a rubare diverse prelibatezze alla cuoca senza che sua madre se ne accorgesse. "Se avesse pensato che andavo all'East Bank Cottage, non dovevo preoccuparmi che mi scoprisse." Agitò la sua pinta di birra, indicando il pub.

"Ma Lady Holt si è arrabbiata con te quando ha pensato che andassi all'East Bank Cottage."

"Sì."

"Pensava che ci fosse qualche... legame... tra te e Mayhew."

Zippy aggrottò le sopracciglia. "Legame?"

"Un legame – ehm – romantico…"

Zippy scosse la testa. "No. Non sono quel tipo di persona." Il suo sguardo si spostò su Lucy.

"Ma se Lady Holt avesse *pensato* che ci fosse un legame, cosa avrebbe fatto?" chiesi.

"Lo avrebbe fatto finire," disse Zippy senza esitare.

"Davvero? Non riesco a immaginare Lady Holt che fa una cosa del genere." Aveva detto a Calder di non aver mai conosciuto Mayhew. Non che non avesse potuto mentire, ma era difficile immaginare l'estremamente corretta Lady Holt fare qualcosa di così primordiale come colpire qualcuno in testa o spingerlo giù dal bordo del sentiero vicino al fiume.

"Non lei," disse Zippy. "Avrebbe fatto mettere in guardia Mayhew da qualcuno."

"Solo questo? Una severa strigliata? Non... qualcosa di più?"

Il mio accenno non venne neppure ascoltato. Lo sguardo di Zippy era concentrato sulla pinta quasi vuota che aveva di fronte. Ridacchiò. "Non sarebbe riuscita a trovare il cottage da sola. No. Avrebbe mandato qualcun altro."

"Chi?" chiese Jasper.

Zippy si scolò la birra e mise giù il bicchiere con fragore. "Bower. Farebbe qualsiasi cosa per lei."

"Qualunque cosa?" chiesi.

"Sì. È con noi da anni e anni. Era con la famiglia di mia madre prima che lei sposasse mio padre. È uno di quei servitori della vecchia scuola – fedelissimo. Di quelli che non sembrano esistere più. Si occupa di tutto per lei, di tutti i problemi."

CAPITOLO VENTITRÉ

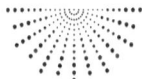

"*P*ensi che abbiamo fatto bene a lasciarlo lì?" chiesi a Jasper mentre tornavamo indietro lungo il sentiero da Sidlingham attraverso i campi bui verso Blackburn Hall.

"Zippy starà bene. E, a meno che non lo avessimo voluto spostare di peso, non credo che avremmo potuto convincerlo a venire via con noi."

"Ma sarà in grado di tornare a Blackburn Hall da solo?"

"Ho parlato con il proprietario del pub. Se la bella Lucy lascia Zippy a bocca asciutta, gli ho chiesto di ospitarlo per la notte e che avrei coperto le spese."

"Filantropico da parte tua."

"Non vorrei che cadesse nel fiume mentre torna a casa."

Avevamo attraversato i campi lontano da Sidlingham e ora il sentiero era vicino al fiume. Sentivamo lo scroscio sordo dell'acqua in movimento, anche se non potevamo ancora vederla. All'accenno al fiume, entrambi tacemmo e ci incamminammo.

"A prescindere da quello che Zippy dice di sua madre e di Bower", disse Jasper, "mi è difficile immaginare che Lady Holt o il suo compunto maggiordomo possano aver fatto fuori Mayhew."

"Anche a me pare complicato." Infilai le mani nelle tasche del cardigan, tendendo il tessuto mentre scrollavo le spalle. "Ma a Archly Manor ho imparato che le apparenze possono ingannare."

Jasper abbassò la testa. "Abbastanza."

"Dovrò vedere se riesco scoprire dove si trovavano Bower e Lady Holt mercoledì mattina."

"Non volevi dire *noi*? Pensavo che questa fosse una collaborazione. Sembra che tu stia dimenticando questo punto... anzi, che tu lo faccia molto spesso."

Il suo tono era leggero, ma quello era il modo di fare di Jasper. Non amava il confronto. Si scansava di lato e affrontava la questione in modo obliquo, di solito con un umorismo distensivo o un atteggiamento disinvolto. Il fatto che avesse sollevato quell'argomento dimostrava che non aveva intenzione di ignorarlo.

"Avrei dovuto farti sapere che stasera avrei seguito Zippy, ma pensavo che avresti cercato di dissuadermi."

"E perdermi tutto il divertimento? Non lo avrei mai fatto. Andare in giro per la campagna nell'oscurità più profonda è una delle cose che preferisco fare."

Riuscimmo a vedere il fiume quando arrivammo alla parte di sentiero che era crollata. Le nuvole si erano allontanate e la luce della luna scintillava sull'acqua increspata. I nostri passi rallentarono e guardammo l'acqua che vorticava intorno al tronco massiccio dell'albero che giaceva ancora in mezzo al fiume. Dopo un attimo, Jasper chiese: "Sei sicura che Mayhew non si fosse preparata a partire?"

"Non mi pareva. Secondo tutti i racconti del villaggio, Mayhew non viaggiava. E se aveva lasciato il cottage da sola, dove stava andando?"

"Forse a fare visita al signor Hightower?"

Scossi la testa. "No, Hightower ha detto che Mayhew aveva un'avversione per Londra e che aveva rifiutato di incontrarlo."

"Forse Mayhew ha saputo della morte del padre."

"È possibile. Ma questo l'avrebbe portata a mollare tutto e a lasciare il cottage in fretta e furia?"

Jasper chiese: "Ma hai detto che è stata trovata una valigia."

"Sì, e questo indica o la preparazione a lasciare la città... o una mente incredibilmente subdola." Sentivo che Jasper mi guardava mentre dicevo: "Se ho ragione, Mayhew non aveva intenzione di partire quel giorno. L'intera 'partenza' è un espediente per distrarre tutti, per rimandare la scoperta della morte di Mayhew. La persona che l'ha uccisa è tornata al cottage e ha scritto alcuni biglietti: uno per Anna, in cui le diceva di continuare con il manoscritto, e altri per il droghiere e il lattaio, per annullare le consegne. Credo che sia andata così."

"Forse Mayhew se ne stava andando per ricominciare da un'altra parte, dove avrebbe potuto vivere senza maschera e senza fingere di essere un uomo."

Mi voltai dall'acqua verso gli alberi. "Ma Mayhew non ha dato disposizioni per lasciare il cottage o chiudere i conti." Ci immergemmo nel bosco per aggirare il tratto di sentiero inondato. "So che non ci sono prove concrete, ma non credo che Mayhew avesse pianificato di andarsene."

"Sei brava in questi salti intuitivi, te lo concedo, ma..."

"Pensi che stia saltando alle conclusioni," dissi.

"Non ho detto questo. Hai un modo di mettere insieme ogni genere di cose. Sei brava a capire le persone e a valutare le situazioni sotto la superficie. Percepisci cose che agli altri sfuggono."

"Credo che sia la cosa più bella che tu mi abbia mai detto."

"Potrei dirti cose molto più belle di queste, ma devo lasciarti qui." Le finestre di Blackburn Hall erano buie. "Come farai a rientrare?"

"Ho infilato una moneta nella serratura della porta della biblioteca. E se non funziona, Zippy ha lasciato la porta d'ingresso aperta."

"Ovviamente."

Jasper salì con me i gradini della terrazza e io dissi: "Vado a curiosare e a vedere se riesco a scoprire cosa faceva Lady Holt mercoledì."

"Credo che Grigsby potrebbe essere in grado di aiutarci."

"Grigsby è qui?" Non avevo proprio visto il maggiordomo di Jasper e avevo pensato che fosse rimasto a Londra.

"Appena arrivato. È andato a trovare sua sorella a Canterbury per qualche giorno, ma oggi mi ha raggiunto. Sono sicuro che lui e Bower andrebbero d'accordo. Lady Holt mi ha invitato a rimanere a Blackburn Hall domani sera dopo la cena. Porterò Grigsby con me. Forse potrà trovare qualche momento per chiacchierare con Bower."

"Ma non dire a Grigsby che è per me." Il maggiordomo mi disapprovava. Le poche volte che lo avevo incontrato, si era comportato come un anziano accompagnatore che cercava di proteggere Jasper da una corteggiatrice indesiderata: io.

"Gli dirò che si tratta di una delle mie richieste più stravaganti," disse Jasper.

"Gliene fai molte?"

"Costantemente. La prenderà con filosofia. Ci vediamo domani mattina."

"Potrei non essere qui. Serena ha organizzato una partita di golf. Vuole introdurmi al gioco. Immagino che il ritorno avverrà dopo pranzo."

"Domani pomeriggio, allora," disse Jasper mentre mi avvicinavo alla porta della biblioteca. Si aprì facilmente e io presi la mezza corona prima che toccasse la terrazza.

"Intelligente... e un po' subdolo," disse Jasper.

"Grazie."

"Dove hai imparato un trucchetto del genere?"

"Il collegio ha fornito un'educazione abbastanza completa. Buonanotte."

"Buonanotte," disse Jasper, poi aspettò che fossi all'interno della biblioteca prima di dissolversi nell'ombra della terrazza. Mi assicurai che la portafinestra fosse chiusa a chiave, poi ascoltai per un attimo prima di attraversare la biblioteca. Il ticchettio dell'orologio sulla mensola del camino era l'unico suono.

Usai la torcia per attraversare la biblioteca, ma la spensi quando uscii dalla stanza, perché la luce della luna che filtrava dalle finestre sopra il pianerottolo illuminava l'ingresso. Mi insinuai tra le scale e proseguii fino a raggiungere la sala della colazione.

Andai alla scrivania di Lady Holt con una piccola fitta di senso di colpa. Accesi la torcia e la feci brillare sul suo calendario mensile che giaceva aperto sulla scrivania, grazie al cielo. Sembrava meno ficcanasare se mi limitavo a dare un'occhiata a qualcosa sulla scrivania invece di frugare nei cassetti.

Mercoledì della settimana prima, una nota scritta a mano da Lady Holt recitava: *Pranzo e bridge.* Alcune frasi sotto l'annotazione con le istruzioni per i preparativi chiarivano che Lady Holt aveva ospitato il pranzo e la seguente partita a Blackburn Hall. Mentre tornavo nella mia stanza, mi chiesi quanto fosse stato elaborato il pranzo. I preparativi sarebbero durati tutto il giorno o qualcuno come Bower sarebbe stato in grado di sgattaiolare fuori e affrontare Mayhew?

Avrei dovuto dormire profondamente dopo aver camminato per la campagna, ma passai la maggior parte della notte a sprimacciare il cuscino e a rigirarmi da un lato all'altro. Dopo quelle che mi sembrarono ore, le note di un fischio sbarazzino si diffusero nell'aria. Girai la testa verso la porta. Avevo sognato?

No, eccolo di nuovo. Le note si fecero più forti, poi svanirono. Sentii in lontananza un tonfo quando una porta si chiuse. Avevo caricato l'orologio e l'avevo messo sul comodino prima di infilarmi nel letto, e ora lo inclinai in modo da poterne vedere il quadrante. Le lancette e i numeri incisi al radio brillavano. Le quattro del mattino. Quindi Zippy era tornato a casa sano e salvo.

Solo quando la luce del sole cominciò a premere tra le pieghe delle tende, sentii che i miei muscoli cominciavano a rilassarsi. L'assoluto sfinimento di aver trascorso diverse ore senza dormire alla fine mi sopraffece, e caddi in un sonno profondo e senza sogni.

Mi svegliai quando Janet entrò nella mia stanza con una tazza di cioccolata calda. Aprì le tende e la luce del sole invase la stanza con un'angolazione che indicava che era mattina inoltrata. "Mi scusi, signorina Belgrave," disse. "Bower mi ha mandato a dirle che c'è qualcuno che vuole vederla."

Mi scostai i capelli dalla fronte, strizzai gli occhi contro la luce invadente, poi mi sollevai a fatica su un gomito per prendere la cioccolata calda. "Ho detto a Jasper di non venire fino a questo pomeriggio."

"Non è il signor Rimington, signorina. È l'ispettore Longly."

"Mi scusi per l'attesa, ispettore," dissi, desiderando che il mio battito cardiaco si calmasse. Non era che avessi fatto qualcosa di male. Dal punto di vista dell'ispettore Longly, ero sicura che sembrasse che potessi essere colpevole della morte di Pearce, ma non ero colpevole e non dovevo comportarmi come se lo fossi. Distesi i miei lineamenti in un'espressione di cortese interesse.

"Buongiorno, signorina Belgrave." Longly fece cenno di accomodarsi su un divano di fronte a lui e io mi sedetti. "Devo chiarire alcuni punti."

"Certamente. La aiuterò in ogni modo possibile."

"Eccellente." Longly consultò il suo taccuino. "Mi ripeta di cosa avete discusso lei e il signor Pearce quando vi siete incontrati."

"Non credo che lei me lo abbia chiesto."

Lui alzò lo sguardo. "Molto bene. No, non l'ho fatto, ma ora devo saperlo. Di cosa avete parlato?"

La cioccolata calda all'improvviso mi parve pesantissima nello stomaco, ma non lasciai che dalla mia espressione sfuggisse il disagio che provavo. "Non ricordo esattamente. So che gli chiesi se proveniva dallo studio Mercer, Blackthorne e Thompkins. Lui me lo confermò. E abbiamo parlato della disfatta Hartman. Ha detto che anche lui aveva perso dei soldi."

"Che altro?"

"È tutto ciò che ricordo." Il mio battito cardiaco accelerò di nuovo e le mie ascelle si inumidirono. Odiavo mentire e sapevo dove mi avrebbero portato quelle domande.

Longly posò il taccuino sul cuscino accanto s sé e si mise il braccio sulla gamba. "Signorina Belgrave, non giriamoci ancora intorno. Gli altri ospiti hanno dichiarato di averla sentita minacciare il signor Pearce."

"Minacciare?"

"Sì." Premette il taccuino sul cuscino, inclinandolo in modo da poter leggere. "*Vorrei torcergli il collo. Devo vendicarmi.*" Longly si voltò verso di me. "Ha detto così?"

Strinsi le labbra per un attimo prima di riuscire a parlare. "Credo di dover fare una telefonata prima di dire altro."

Un'espressione di apparente delusione attraversò il volto di Longly. Chiuse il taccuino con uno scatto. "Le consiglio di farla." Si spostò in avanti fino al bordo del cuscino, ma si fermò prima di alzarsi. Sembrava che volesse dire qualcos'altro.

Rimasi immobile. Dopo un secondo, sembrò decidersi. "Non sono soddisfatto della direzione che ha preso l'indagine, ma devo portarla avanti. Le suggerisco di rivolgersi a un legale al più presto." Aprii la bocca, ma lui alzò la mano. "No, non dica nulla. Non sto parlando come un rappresentante della legge. So quanto la sua famiglia tenga a lei e non vorrei che *qualcuno* di loro soffrisse a causa del suo coinvolgimento in questa faccenda."

Mi ci volle un attimo per analizzare la pletora di parole, ma poi dissi: "È preoccupato per Gwen e per l'impatto che questo avrà su di lei."

Una traccia di rosa gli soffuse le guance. "Credo di avere un... legame di amicizia con la sua famiglia – la sua famiglia allargata, diciamo. Lo dico per preoccupazione nei suoi confronti... e nei loro. Le suggerisco di rivolgersi a un avvocato il prima possibile."

Il mio battito cardiaco accelerò ulteriormente, ma mantenni la voce ferma. "Non vedo come potrei avere qualcosa di cui preoccuparmi. La morte di Pearce e quella di Mayhew *devono* essere collegate in qualche modo. E io non ero nemmeno ad Hadsworth quando l'autrice è morta."

Longly scosse la testa. "È una conclusione errata che le due morti siano collegate."

"Come possono non esserlo? Due morti in un periodo di tempo così breve in un piccolo villaggio? Impossibile non siano correlate."

Longly si alzò. "Non ci sono prove che la morte di Mayhew sia stata qualcosa di diverso da un incidente."

"Ma diverse persone avevano un motivo per volerla morta: il dottor Finch, An... ehm... Lady Holt, per citarne due."

La sua testa si alzò. "Lady Holt?"

"Non sapeva che Lady Holt temeva che suo figlio andasse a trovare Mayhew all'East Bank Cottage? Che pensava che potesse avere una... ehm... relazione con Mayhew? Non era vero," aggiunsi. Non volevo dare adito a pettegolezzi. "Zippy esce di casa di nascosto per andare a trovare una barista a Sidlingham, ma ha fatto credere a Lady Holt che stesse facendo qualcos'altro per coprire la sua vera destinazione."

Gli occhi di Longly si restrinsero. "Non ne ero a conoscenza. Qual è la sua fonte di informazione?"

"Zippy, ma l'ho saputo prima dalla servitù." Non dissi che si trattava di pettegolezzi della servitù che avevo origliato, ma Longly sembrò riordinare le cose nella sua mente. Sapeva bene quanto me che i domestici erano spesso più informati dei proprietari su tutto ciò che accadeva in una casa.

"E lei pensa che Lady Holt abbia fatto qualcosa per impedire che questa associazione continui?"

"No, probabilmente non Lady Holt. Ma mi chiedo se abbia chiesto l'aiuto di qualcun altro per farlo al posto suo... qualcuno come Bower. Zippy dice che il maggiordomo di sua madre farebbe qualsiasi cosa per lei."

Longly scosse un po' la testa e chiuse gli occhi per un attimo. "Signorina Belgrave," disse, con il tono di chi ha a che fare con una persona che ha messo a dura prova la sua pazienza. "Sappiamo dov'erano sia Lady Holt che Bower la mattina della morte di Mayhew." Alzò una mano mentre aprivo la bocca. "Molteplici testimoni confermano che entrambi, così come il resto del personale, erano occupati a preparare il pranzo per il bridge di Lady Holt di mercoledì scorso. Nessuno ha lasciato Blackburn Hall quella mattina. Ne sono certo. Nessuno dei due può essere coinvolto nella morte di Mayhew. E – ripeto – non abbiamo alcuna prova concreta che la morte di Mayhew sia stata qualcosa di diverso da un incidente."

La sicurezza di aver trovato un nuovo punto di vista sulla situazione si sgonfiò quando Longly continuò: "D'altra parte, la morte del signor Pearce è stata indiscutibilmente un omicidio. Le suggerisco di abbandonare queste assurde teorie e di concentrarsi sulla ricerca di un avvocato."

Deglutii e alzai il mento, felice che Longly non potesse sapere quanto mi batteva forte il cuore. "Non ho nulla di cui preoccuparmi per quanto riguarda il signor Pearce."

"Più di una persona ha dichiarato che lei ha minacciato il signor Pearce. Non prendiamo mai alla leggera cose del genere."

Mi strinsi le mani. "Ero frustrata e arrabbiata, ma non gli ho fatto alcun male."

"Le consiglio di rivolgersi a un avvocato al più presto." Longly lasciò la stanza e un mix di rabbia e frustrazione mi attraversò... insieme alla paura. Mi dispiaceva ammetterlo, ma ero terrorizzata. Longly era stato assolutamente serio e dubitavo che di solito esortasse i sospettati a rivolgersi a un legale. Aveva un debole per Gwen e aveva parlato per lealtà e preoccupazione nei suoi confronti.

Si sentirono dei passi e il mio cuore ebbe un sussulto. Longly stava tornando per arrestarmi? Ma era solo Serena, che passò davanti alla porta e indietreggiò quando mi vide. "Eccoti qui. Dovremmo partire a breve."

Mi diedi una scrollata mentale quando mi accorsi che Serena era in tenuta da golf. "Ehm... sì." Mi ero completamente dimenticata dei nostri programmi. Il golf era l'ultima cosa che volevo fare. Ma un buon ospite non abbandona i piani una volta che si è impegnato. Avrei dovuto riflettere sul campo da golf. "Devo fare una telefonata e cambiarmi."

"Incontriamoci in sala tra un quarto d'ora."

"Oggi cominceremo con nove buche, quelle definite *back nine,* le ultime di un percorso da diciotto," disse Serena mentre ci allontanavamo dalla clubhouse attraverso l'erba. "In questo modo ti introdurrò un po' al gioco e potrai tornare al lavoro nel pomeriggio."

La sacca con le mazze da golf che avevo preso in prestito mi urtava contro il fianco a ogni passo. "Buona idea." Il sole ci illuminava da un cielo che era un'ampia striscia di blu ininterrotto. Era una giornata calda e piacevole.

Avevo telefonato allo zio Leo spiegandogli che avevo bisogno di un avvocato. Chiamarlo mi aveva dato una sensazione di nausea. Odiavo chiedere aiuto, ma non avevo soldi per pagare un avvocato e non potevo chiederli a mio padre. Dopo la chiacchierata con Longly, mi era sembrata una buona idea contattare almeno qualcuno, e lo zio Leo era l'unica persona che poteva mettermi in contatto con qualcuno di affidabile.

Mentre attraversavamo l'erba, mi scoprii davvero felice di essere sul campo con Serena. Non potevo fare altro a Blackburn Hall. Nessuna delle mie idee aveva avuto successo. Se la morte di Mayhew era stata davvero un incidente – e ancora non riuscivo a credere che fosse così – allora tutto il mio correre in giro a fare domande era stato completamente inutile. Avevo sprecato un'enorme quantità di tempo e di energia mentale. Uscire alla luce del sole e camminare sul campo da golf fino allo sfinimento era probabilmente la cosa migliore che potessi fare. Avrebbe distolto la mia mente dagli altri problemi, cioè l'essere una possibile sospettata di omicidio.

Era una mattinata tranquilla sul campo e giocavamo solo io e Serena. Lei colpì un bellissimo drive al centro del campo dal tee box. Mi fece cenno di prendere il suo posto. "Coraggio. Fai come in allenamento e non pensarci troppo."

Serena mi aveva mostrato le basi dello swing prima di partire per il campo. Per il mio primo tentativo, posizionai i piedi alla corretta distanza e misi la mazza dietro la pallina. Espirai un respiro regolare, tirai indietro la mazza e colpii. La pallina volò in aria. Sfortunatamente, non finì al centro del green. Finì lontano dal campo, nell'erba alta.

"Eccellente," disse Serena.

Abbassai le braccia, lasciando che la testa della mazza cadesse a terra. "Se questo era un bel colpo, allora ho diverse idee sbagliate sul gioco del golf."

"Sciocchezze. Sei stata brava. Sapevo che non saresti stata uno di quei giocatori esitanti e titubanti. È molto meglio entrare in campo e dare un bel colpo. Andiamo a cercare la tua pallina. Non è troppo lontana dal fairway."

La pallina era sepolta in un folto ciuffo d'erba, ma grazie alle indicazioni di Serena su come affrontare il colpo, fui in grado di rimetterla di nuovo sul fairway e completai la buca. Trovai il putting molto più impegnativo del driving dal tee. Alla fine riuscii a mandare la pallina in buca e mi abbassai per recuperarla. "Di questo passo, il mio punteggio sarà astronomico. Meno male che stiamo giocando solo nove buche."

Serena si allineò e colpì con facilità. "Non preoccuparti. Stai imparando, quindi il punteggio non ha molta importanza." Tirò fuori la pallina dalla buca e passammo all'undicesima. Sbagliai di nuovo il fairway. Quando finalmente arrivai a tiro della buca, la pallina era a circa quaranta metri dal green.

"Allora, qui cosa faccio?" chiesi mentre mi avvicinavo. "È troppo lontana per un putt, ma se uso un driver, andrò ben oltre la buca."

Serena scelse una mazza con l'angolo aperto. "Tieni il back-swing corto e inclina i polsi." Serena mi mostrò come angolare i polsi verso l'alto durante quel particolare colpo. "Poi sii aggressiva nel downswing e colpisci con decisione."

Imitai i movimenti di Serena. La pallina si alzò in aria, cadde sul green e rotolò quasi fino al bordo della buca. "Ha funzionato!"

"Certo che ha funzionato. Hai un talento naturale," disse Serena.

"È più probabile che sia la fortuna del principiante," dissi mentre passavamo alla dodicesima. Invece di colpire la palla in pieno, ne colpii la parte superiore. Il mio drive scaraventò la pallina lungo il campo. "Almeno stavolta sono nel fairway." Serena rise e partì, mandando la sua pallina ben oltre la mia. Mentre ci avviavamo lungo il fairway, un varco tra gli alberi attirò la mia attenzione. Potevo vedere oltre il fiume il sentiero che costeggiava il parco di Blackburn Hall. Rallentai i miei passi. "È da qui che hai visto Mayhew camminare sul sentiero?"

Serena annuì e indicò con la mazza. "Proprio attraverso quella fessura tra gli alberi. Ho visto una striscia di rosso, la cravatta, credo. È questo che ha attirato la mia attenzione."

La distanza non era poi così grande. Potevo capire come sarebbe stata in grado di individuare qualcuno sul sentiero.

Serena disse: "Mayhew mi ha fatto un saluto allegro."

"Era il suo solito comportamento?" Da quello che avevo sentito, Mayhew evitava le persone.

"No, ma suppongo che fosse solo un gesto amichevole. Dopotutto, non c'era modo di fermarsi a parlare, non con il fiume a dividerci." Serena pulì un po' di erba dalla testa della mazza da golf prima di rimetterla nella sacca. "Il nostro quartetto è andato avanti e non abbiamo sentito il crollo dell'argine. Probabilmente perché quel giorno il vento era molto forte. Una cosa piuttosto rumorosa, il vento."

Smisi di camminare. "Com'era il saluto di Mayhew?"

"Solo un sollevamento della mano. Con l'altra si teneva il cappello che aveva in testa." Serena fece una dimostrazione, sollevando la mano sinistra con un unico movimento, poi lasciandola ricadere sul fianco. "Era una giornata ventosa. Abbiamo lottato contro il vento tutto il tempo." Scosse la testa. "È terribile se ci penso. Noi eravamo così concentrati a correggere i nostri colpi e una persona era ferita e stava morendo dall'altra parte del fiume. Non ne sapevamo nulla."

Ascoltavo a malapena Serena. Ero persa nei miei pensieri.

"Olive?"

Sbattei le palpebre e mi resi conto che Serena doveva aver camminato mentre parlava. Non mi ero mossa dal punto in cui mi ero fermata.

"Cosa c'è?" chiese Serena.

"Niente. Scusa." Mi affrettai a raggiungerla.

Finimmo la buca e Serena registrò i nostri punteggi, con la testa china. "È interessante giocare il campo al contrario, per così dire. Iniziare dalle ultime nove buche dà una prospettiva completamente nuova."

Le sue parole penetrarono nei miei pensieri confusi, poi si riverberarono nella mia mente. "Diamine," mi dissi. "Guardavo tutto in modo sbagliato. Guardavo al contrario."

Serena alzò lo sguardo dalla scheda di valutazione. "Cos'hai detto?"

"Scusami, parlavo tra me e me."

Mise via il biglietto e si avviò lungo il sentiero verso il tee successivo. "Non preoccuparti. Lo faccio sempre anche io. È un modo eccellente per riflettere."

Mi affrettai a raggiungerla, con i pensieri che vorticavano. "Sì, è così."

CAPITOLO VENTIQUATTRO

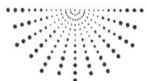

*P*er il resto della partita non pensai al golf. Completammo le nove buche, facemmo un pranzo veloce alla clubhouse e poi Serena decise di rimanere per lavorare sul suo putting. Non pensavo proprio che avesse bisogno di miglioramenti in quell'area. Era andata a segno entro due o tre colpi, ma insisteva sul fatto che i suoi colpi lunghi non fossero così costanti come avrebbe voluto. Io tornai a Blackburn Hall, ancora concentrata su ciò che avevo scoperto su Mayhew.

Bower mi aprì la porta. "Salve, signorina Belgrave. Le è piaciuta la partita?"

"Sì. L'ho trovata molto produttiva."

"Mi fa piacere sentirlo. La signorina Serena tornerà presto?"

"No, è rimasta per lavorare sul suo putting."

Bower disse: "Molto bene. Può lasciare qui le mazze." Lanciò un'occhiata a un cameriere che stava attraversando la sala. Lui cambiò strada e prese le mazze. "Il signor Rimington è arrivato poco fa," continuò Bower. "Devo informarlo che è tornata?"

"No, non c'è problema. Gli parlerò io stessa."

"È in biblioteca."

Jasper era seduto su una delle sedie vicino alla finestra, ma erano visibili solo i suoi pantaloni ben cuciti e le scarpe perfetta-mente lucidate. La parte superiore del suo corpo era nascosta dietro un giornale aperto.

"Ciao, Jasper. Non farti vedere da Lady Holt mentre lo leggi. Ha la fobia dei giornali."

Jasper piegò il foglio. "Oh, non credo che le dispiacerebbe sapere che sto leggendo la conferenza del signor Carter alla Royal Geographical Society sulla tomba di Re Tut. A proposito, prevede che ci sia ancora tanto da scoprire. Sicuramente Lady Holt non avrà nulla da obiettare. Non è stato segnalato alcuno scandalo locale."

"Non rischierei. È fuori di sé per i giornalisti. È strano, però. La sua rubrica di galateo esce su un giornale."

"Suppongo che consideri vergognoso tutto ciò che non è la sua rubrica. Non preoccuparti, mi libererò delle prove a breve. Com'è andato il golf?"

"Sorprendentemente illuminante."

"Ho sentito descrivere il golf in molti modi diversi, ma mai così. A proposito, poco fa ho incontrato Zippy. Sembra che ieri sera sia tornato a casa indenne."

Mi appollaiai sul bracciolo di una sedia. "L'ho sentito fischiettare mentre tornava nella sua stanza nelle prime ore di questa mattina. Come sta oggi?"

"Ha giurato di non bere mai più. Mi aspetto che duri…", Jasper controllò l'orologio da polso, "… ancora un po'. Fino all'ora del cocktail."

"Probabilmente hai ragione. A proposito, puoi dire a Grigsby di fermarsi."

"Hai trovato le informazioni da sola?"

"In un certo senso. L'ispettore Longly è venuto a trovarmi questa mattina. Gli ho riferito i nostri sospetti. Mi ha informato che Lady Holt, Bower e il resto del personale hanno un alibi per la mattina della morte di Mayhew."

Le sopracciglia di Jasper si alzarono. "È venuto qui per discutere il caso con te?"

"No. Voleva avvertirmi di assumere un avvocato. Sembra che presto qualcuno verrà arrestato. E ho la netta sensazione che sarò io."

Jasper si voltò bruscamente verso di me. "E hai passato la giornata a giocare a golf?"

"Ho telefonato allo zio Leo. Sta ingaggiando un avvocato. Ma non credo che ne avrò bisogno." Scivolai dal bracciolo della sedia. Ero troppo eccitata per stare ferma. Mi avvicinai a un tavolo vicino alle finestre su cui era posata una scacchiera, i pezzi allineati con cura.

"Hai risolto il caso?" chiese Jasper.

Inclinai la testa a destra e a sinistra. "Forse. Credo di essere finalmente sulla strada giusta." Presi il cavallo nero e lo spostai in alto di due caselle, poi lateralmente di una. "Oggi io e Serena abbiamo giocato le *back nine*. Quando siamo arrivate alla buca da cui Serena aveva avvistato Mayhew, abbiamo parlato di ciò che aveva visto. E poi lei ha fatto un commento sul fatto di giocare il campo al contrario, iniziando dalla decima invece che dalla prima, e tutto è andato a posto."

Jasper si avvicinò e si appoggiò allo schienale della sedia di fronte a me. "So che stai parlando inglese – riconosco le parole – ma ciò che dici non ha senso."

"Sto per spiegare tutto. Credo di aver capito. Ho guardato tutto nel modo sbagliato, all'indietro. In realtà è molto semplice. Serena non ha visto Mayhew sul sentiero."

Jasper si era sporto in avanti e stava muovendo un pedone bianco facendolo avanzare di due caselle. Mi guardò, con la mano ancora sul pedone. "Cosa vuoi dire? Che è troppo lontano per vedere chiaramente qualcuno?"

"No, non è questo. È perfettamente possibile vedere qualcuno. Il problema non è la distanza. Il punto è che Serena *non ha visto Mayhew.*"

Jasper tolse la mano dal pedone, incrociò le braccia e si appoggiò allo schienale della sedia. "Come fai a saperlo?"

"Quando il corpo di Mayhew è stato scoperto, Serena ha

detto a Calder di aver visto dal campo da golf un uomo con una giacca di tweed e un cappello. Oggi ha detto che quel giorno c'era molto vento. Mayhew teneva il cappello con una mano mentre con l'altra salutava Serena." Mi misi a rimbalzare sulle punte dei piedi. "Vedi? *Non poteva* essere Mayhew."

"Vorrei poter dire che sto recitando la parte della spalla un po' svampita solo per assecondarti, ma non capisco davvero dove vuoi arrivare."

Presi il cavallo, rovesciai il pedone di Jasper e posizionai la mia pedina su quella casella. "La persona che Serena ha visto non aveva una valigia."

Le sopracciglia di Jasper si aggrottarono. "Ah, sì. Questo fa la differenza."

"Sapevo che avresti capito non appena l'avessi descritto." Misi il pedone da un lato della scacchiera. "Serena mi ha dato una dimostrazione di quello che ha fatto *Mayhew*." Mi premetti la mano destra sulla testa e sollevai la sinistra in un rapido gesto.

"Allora, dov'era la valigia?" chiese Jasper, l'eccitazione nelle sue parole era pari alla mia.

"Esattamente. Una è stata trovata insieme al corpo."

"Credi che Serena potrebbe mentire?"

"Era con un gruppo di golfisti."

"Sì, è vero," disse Jasper. "All'inchiesta, Longly ha detto che la testimonianza degli altri concordava con la sua."

"Capisci cosa significa, vero?" Mi chinai sulla scacchiera e abbassai la voce. "È molto probabile che Mayhew fosse già morta in quel momento."

"E qualcuno si era vestito per assomigliarle ed era apparso in pubblico per confondere la linea temporale."

"Esatto. Anna ha detto che l'autopsia ha stimato l'ora del decesso tra i cinque e i sette giorni prima del ritrovamento del corpo. Sette giorni sarebbe stato martedì, cioè il giorno prima che Serena vedesse l'impostore, quindi penso che Mayhew debba essere stato ucciso martedì, probabilmente durante la notte, o all'East Bank Cottage o durante una delle sue passeggiate notturne. A Mayhew piaceva uscire di notte, probabilmente perché poteva aggirarsi nell'oscurità senza indossare la maschera."

"Suppongo che il fatto che sia successo di notte sia logico. Non si vorrebbe portare in giro un corpo durante il giorno," disse Jasper.

"E perché imitare Mayhew se fosse stata ancora viva? Non ha senso."

"Martedì sera, secondo te?" Jasper parlò lentamente, mettendo alla prova l'idea.

"Mentre era buio, l'assassino deve aver preparato una valigia per far credere che Mayhew se ne fosse andata. Ha gettato il corpo oltre il bordo dell'argine del fiume nel suo punto più debole e la valigia subito dopo. A quel punto, o l'argine è crollato e ha coperto Mayhew, oppure l'assassino ha favorito la cosa, assicurandosi che la terra che cadeva coprisse il cadavere. È tornato al cottage di Mayhew, ha battuto a macchina dei biglietti, compreso quello per Anna, in modo che la scomparsa di Mayhew non venisse notata subito. Mercoledì mattina ha indossato una delle giacche di tweed di Mayhew e si è incamminato lungo il sentiero, assicurandosi di attirare l'attenzione di un gruppo di golfisti, in modo che *Mayhew* fosse vista e giudicata viva a quell'ora. Era abbastanza lontano perché qualcuno riconoscesse i vestiti, ma non abbastanza vicino per vedere bene il volto della persona."

"Un tipo piuttosto scrupoloso."

"È spaventoso. Credo che l'assassino si sia anche ricordato di mettere una cravatta vistosa. Serena ha detto che quando ha visto Mayhew sul sentiero quella mattina, è stata la cravatta rossa ad attirare la sua attenzione – una striscia di rosso – queste sono state le sue esatte parole, il che mi fa pensare... dov'era il fazzoletto da taschino? Avrebbe dovuto vedere due spruzzi di rosso brillante, non uno. Diverse persone hanno detto che Mayhew indossava sempre un coordinato dai colori vivaci."

"Potrebbe essere scivolato all'interno della tasca." Jasper lo dimostrò, spingendo il suo raffinato fazzoletto da taschino color crema verso il basso in modo che non fosse visibile.

"Oh, non farlo. Grigsby avrà le palpitazioni se ti vede così." Lo tirai fuori e lo riposizionai.

"Infatti." Jasper controllò l'allineamento del pezzo di stoffa accuratamente piegato e fece una piccola correzione.

Incrociai le braccia e mi appoggiai alla sedia vicino alla scacchiera. "Oppure potrebbe essere stato preso dalla tasca di Mayhew prima che l'assassino gettasse il corpo nel letto del fiume. Più tardi, dopo aver battuto a macchina, l'assassino potrebbe averlo piegato nel senso della lunghezza e fissato in modo che da lontano sembrasse una cravatta. Quando è stato scoperto il corpo di Mayhew, io ho visto solo una cravatta, non un fazzoletto da taschino."

Jasper si accigliò. "Magari si è perso, a un certo punto. Forse l'acqua l'ha spazzato via."

"Forse. Ma c'è ancora la valigia. Mayhew è stato trovato con una valigia, ma la persona che Serena ha visto non ne aveva una. L'assassino deve averla preparata in modo che sembrasse che Mayhew avesse intenzione di partire per un viaggio, ma una volta caduta dal bordo della riva, non ne aveva un'altra a portata di mano per la mascherata sul fiume. L'assassino deve aver sperato che nessuno si accorgesse della mancanza della valigia dopo l'avvistamento. O forse era un piano così contorto che non si è accorto dell'errore."

Jasper disse: "È possibile, ma qual è il legame tra la morte di Mayhew e quella di Pearce? Perché Mayhew è stata uccisa?"

"È qui che entra in gioco il ragionamento al contrario. Chi ha avuto un grave incidente poco prima della morte di Mayhew?"

"L'avvocato. Ma tu pensi che non sia stato un incidente," disse Jasper, distanziando le parole.

"Esatto." Mi lasciai cadere sulla sedia. "Ho guardato tutto al contrario. Pensavo che la morte di Mayhew fosse il primo incidente di una catena di eventi che ha portato alla morte di

Pearce. Ma se la morte di Pearce fosse stata programmata fin dall'inizio? E se la caduta dell'avvocato – o il tentativo mal riuscito di ucciderlo spingendolo giù dalle scale – fosse l'*inizio* della catena, non la fine?"

Jasper mi guardò a lungo, poi disse: "E tu pensi che Mayhew sia in qualche modo immischiata in tutto questo?"

"Esatto," dissi. "Cosa sarebbe successo se avesse scoperto o visto qualcosa a proposito di un piano per uccidere Pearce?"

Jasper si accomodò sulla sedia di fronte a me. "Allora il nostro assassino avrebbe voluto che Mayhew si togliesse di mezzo. Anche se non era esattamente un tipo chiacchierone."

"Se tu avessi pianificato l'omicidio di Pearce, non avresti gradito che qualcuno nei paraggi informasse la polizia del tuo piano, no? O, se fossi riuscito nel tuo intento, non avresti voluto che qualcuno dicesse alla polizia che avevi pensato di far fuori l'avvocato. Non avresti mai corso quel rischio."

"Io, tanto per cominciare, non avrei mai pianificato di uccidere qualcuno," disse Jasper. Poi, tornando serio, guardò la scacchiera. "La tua teoria ribalta tutto."

"E solleva la questione di chi voleva Pearce morto, oltre a me, naturalmente."

Jasper si sfregò il mento. "Esaminiamo la tua lista di sospetti per la morte di Mayhew. Qualcuno di loro è collegato a Pearce?"

Sospirai. "Ci ho riflettuto e non sono riuscita a trovare un movente e nemmeno un collegamento tra Pearce e chi sospettavo potesse essere coinvolto nella morte di Mayhew."

Jasper si appoggiò allo schienale nel suo tipico modo languido, ma il suo sguardo era acuto. "Parlamene." Appoggiò un gomito sul bracciolo e posò il mento sulla mano.

"Va bene." Cominciai a riportare i pezzi degli scacchi al loro posto sui rispettivi lati della scacchiera. "Partendo dalla teoria che la morte di Mayhew sia stata un omicidio e che la stessa persona abbia commesso entrambi i crimini, possiamo eliminare Anna e il dottor Finch."

Jasper scostò le dita dalle labbra mentre parlava. "Nessuno dei due era presente dopo cena quando il caffè di Pearce è stato avvelenato. Con le precisazioni che hai fatto, la cosa ha senso."

"Emily Pearce deve essere in cima alla lista dei sospettati, naturalmente."

"Emily?"

"Il coniuge è sempre un sospettato."

"Oh, senza dubbio. Ma che motivo avrebbe avuto di sbarazzarsi di Mayhew o di suo marito, secondo te?"

"Lo ignoro in entrambi i casi. Suo marito era più vecchio di lei, almeno di uno o due decenni, non credi? Forse voleva liberarsi di lui. Ne aveva l'opportunità. Era al tavolo da bridge con noi."

"Ma chiunque avrebbe potuto prendere una delle sigarette all'asma e svuotarne il contenuto nella tazza di Pearce mentre venivano sistemati i tavoli da gioco."

Mi accasciai contro la sedia. "Lo so. C'è stato un po' di caos per qualche minuto, mentre si sistemavano i tavoli. E non ho sentito nemmeno il sussurro di uno scandalo sulla signora Pearce. Lady Holt dice che era devota al marito."

"Eppure sembrava nervosa come un puledro," disse Jasper. "Certo, suo marito era caduto dalle scale e poi è stato avvelenato, quindi aveva tutte le ragioni per esserlo."

"Poi c'è Zippy," dissi. "All'inizio mi sono chiesta se stesse nascondendo qualcosa, ma ora sappiamo che non stava facendo finta di niente quando Mayhew è morta. Zippy è così innamorato di Lucy che dubito che abbia pensato alla morte della scrittrice, per non parlare di quella di Pearce, più di tanto."

"Sembra che sia così," disse Jasper.

"E poi ci sono Lady Holt e Serena. Se ho ragione e Mayhew era già morta quando Serena ha notato qualcuno sul sentiero, questo cancella sia il suo alibi che quello di Lady Holt."

"C'è qualche legame tra uno di loro e Pearce?"

"Niente per cui valga la pena uccidere. Almeno, non ho scoperto nulla del genere da quando sono qui. Le due famiglie avevano rapporti sociali, naturalmente, ma Serena ha detto che i Pearce erano una nuova conoscenza."

"Possibile stesse mentendo? Forse lei e il signor Pearce erano… coinvolti." Jasper aggrottò un sopracciglio. "Magari voleva che lui divorziasse dalla signora Pearce per stare con lei…"

"Non hai frequentato molto Serena, vero?"

"No. Perché?"

"È molto più interessata al suo lavoro, ai suoi studi scientifici, che a qualcosa di romantico. Non ce la vedo a portare avanti una relazione con un vicino." Feci una pausa. "Il suo lavoro, però, è incentrato sul deperimento e sulla decomposizione."

"Piuttosto macabro."

"Sì." Inclinai l'alfiere avanti e indietro. "Mi sono chiesta se fosse in qualche modo coinvolta nella morte di Mayhew… se forse… Oh, sembra assurdo."

"Stiamo teorizzando. Nessuna teoria è troppo strana."

Misi giù l'alfiere. "Beh, questa è decisamente macabra. Vedere il corpo di Mayhew non ha spaventato Serena. Anzi, l'ha studiato con attenzione. Ho dovuto insistere perché ce ne andassimo e avvisassimo la polizia."

"Ah, capisco cosa stai pensando. Credi che sia andata un po' troppo in là con il suo interesse per la decomposizione?"

"Vedi, sembra assurdo. Nessuno ucciderebbe qualcuno solo per studiarne la decomposizione."

Jasper sollevò una spalla. "Uno squilibrato potrebbe farlo."

Scossi la testa. "Serena è pratica e schietta. Se avesse voluto studiare la decomposizione umana avrebbe… non so, chiesto un cadavere a una scuola di medicina o qualcosa del genere."

"Ma glielo avrebbero dato?"

"Ora stai solo facendo l'avvocato del diavolo."

"Colpevole." Jasper fece un breve sorriso. "Ma sei tu che hai tirato fuori l'argomento. E Lord Holt?"

"Sembra interessato solo al golf, ma forse è una facciata, non so…"

"Se lo è, dovrebbe calcare il palcoscenico. Il golf sembra essere l'unica cosa che attira la sua attenzione."

"Anche quando voi uomini vi appartate in salotto?"

"Soprattutto in quel frangente." Jasper fissò per un attimo il soffitto, poi scosse la testa. "No, non posso dire di averlo sentito parlare di altro. E non sembrava essere amichevole con Pearce. Non hanno interagito molto. E di Lady Holt cosa mi dici? Possibile abbia fatto un investimento nella Hartman Consolidated su consiglio di Pearce?"

"No, non credo. Lady Holt ha detto che non si preoccupa mai di nulla che abbia a che fare con il denaro. Sono sicura che lo consideri volgare." Guardai fuori dalla finestra verso il lato opposto della terrazza, dove la servitù stava sistemando sedie e tavoli per la serata. "È buffo come, una volta che si hanno molti soldi, si possa fingere che siano volgari."

Mi riscossi. Non sarebbe servito a nulla cedere alla gelosia. Avevo abbastanza fondi per tirare avanti, almeno per un altro po'. "Sembra che lei e Lord Holt lascino questo genere di cose all'amministratore della loro tenuta," aggiunsi.

"Sono d'accordo," disse Jasper. "Non sembrano essere particolarmente coinvolti."

"Anche se il loro amministratore avesse investito il denaro in modo incauto", dissi, "dubito che Lady Holt lo saprebbe."

"Forse era *lei* ad avere una relazione tormentata con Pearce."

"Sii ragionevole. Riesci davvero a immaginartelo?"

"Preferirei di no. Non aggrottare le sopracciglia come una matrona." Jasper si sedette più dritto. "Sarò serio. No, la nostra padrona di casa non sembra il tipo che si concede a frequentazioni di questo tipo. Ma ti rendi conto di cosa ci rimane?"

"Sì. Rimane solo un possibile sospetto: io."

CAPITOLO VENTICINQUE

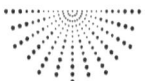

*N*onostante i piani iniziali di Lady Holt di mantenere
la cena semplice, si rivelò un pasto lungo ed elaborato con tre portate in più del solito. Emily Pearce sorrideva al
momento opportuno e partecipava alla conversazione, ma i suoi
modi erano riservati. Ero felice della presenza della signora
Shaw e del suo contegno rassicurante. Lei e Lady Holt univano
le forze per farci superare l'atmosfera tesa della cena, dovuta al
fatto che eravamo tutti in guardia, sforzandoci di non fare riferimento a Pearce in alcun modo. Il mormorio rilassante della
conversazione della signora Shaw, che scorreva costante come
un ruscello lento, faceva da contrappunto al controllo dittato-
riale di Lady Holt sul dialogo intorno al tavolo.

Quando la padrona di casa condusse le signore fuori dalla
sala da pranzo, ci guidò verso l'ingresso, intorno alle scale,
lungo un breve passaggio e poi fuori dalla portafinestra che si
apriva sulla terrazza, dove erano stati allestiti tavoli e sedie
insieme al caffè e alle bevande del dopocena. Faceva caldo, ma
non era così afoso come la sera precedente. Una leggera brezza
scuoteva le foglie degli alberi e faceva ondeggiare le lanterne di
carta appese intorno alla terrazza.

Presi posto accanto a Emily Pearce nella speranza di poter

guidare la conversazione e che lei mi rivelasse qualcosa sul marito che non avevo ancora scoperto. Durante la cena ero stata seduta all'altro capo del tavolo rispetto a lei e non avevo ancora avuto l'opportunità di parlarle.

"Hadsworth è un villaggio così pittoresco," dissi.

La signora Pearce fece un sorriso di circostanza. "Sì."

"Vive qui da molto tempo?"

"Quasi un anno." La sua risposta era stata perfettamente educata, ma faceva anche capire che preferiva non parlare di Hadsworth.

Provai con un altro argomento. "Lei è originaria della zona?"

"No. Ho vissuto a Londra per tutta la vita." Poi tacque.

Soffocai un sospiro. Era un'impresa ardua. Se riuscivo a malapena a farla parlare di sé, come potevo strapparle qualche informazione sul marito? Emily Pearce aveva presenziato alla cena perché Lady Holt aveva insistito? Non sembrava gradire il luogo o godersi la serata.

A quel punto gli uomini ci raggiunsero e il signor Busby si avvicinò con le mani in tasca. Mi irrigidii, pronta a rispondere a un commento denigratorio su di me o sul mio lavoro con la Hightower Books, ma lui disse solo: "Bella serata."

Quindi eravamo in uno stato di tregua. "Sì, lo è," dissi. "Perfetta per stare all'aperto."

"Credo che prenderò una tazza di caffè," disse il signor Busby. "Ne vuole una, signora Pearce?"

La donna stava fissando il giardino buio e girò la testa quando lui pronunciò il suo nome. "Mi scusi. Che cosa ha detto?"

Busby fece tintinnare alcune monete in tasca. "Vuole una tazza di caffè? Ne prendo uno per me."

"Sì, grazie."

Lui mi guardò. "Sono a posto così, grazie." Non ero ansiosa di bere qualcosa che non mi fossi versata da sola.

Il signor Busby tornò in un attimo e passò il caffè alla

signora Pearce prima di sedersi. Portò la propria tazza, piena fino all'orlo, alle labbra. Quella della signora Pearce era piena a metà e il liquido era di un colore marroncino. Lei la posò sul tavolo senza sorseggiarla. Forse anche la signora Pearce si sentiva cauta con le sue bevande. Aggiustò l'angolo del manico della tazza nel piattino, ma non la prese in mano.

Un piccolo campanello d'allarme suonò nella mia mente mentre fissavo la sua tazza... qualcosa sul caffè...

Poi mi venne in mente. Dopo l'ultima cena, quando ero andata a prendere il caffè per me e per la signora Shaw, la signora Pearce era al tavolo a servirsi. Aveva riempito la sua tazza solo a metà prima di aggiungere il latte. E durante la partita di bridge, quando Pearce gliene aveva portata una seconda, anche lui l'aveva riempita solo a metà.

Il mio sguardo passò dalla tazza mezza piena di caffè marroncino al signor Busby, alla signora Pearce e poi di nuovo al caffè. In quel momento pensai all'elenco di nomi che Jasper aveva copiato dal registro degli ospiti del pub di Sidlingham. Non li ricordavo tutti, ma sapevo che uno di loro era un certo signor Leighland. Il signor Busby, il signor *Leland* Busby, aveva soggiornato al pub di Sidlingham nel periodo in cui Mayhew era stata uccisa? Si era registrato con una variante del suo nome di battesimo, Leland, invece che con il cognome?

La signora Pearce notò che stavo osservando la sua bevanda non consumata. Io distolsi lo sguardo e mi guardai intorno alla ricerca di qualcosa da dire. "Signor Busby, ha finito di leggere il manoscritto che le ho dato?"

"Sì, è adeguato. Dovrò modificarne pesantemente alcune parti, ma suppongo che i fan della serie saranno soddisfatti."

La signora Pearce fissò la sua tazza di caffè, con una ruga tra le sopracciglia.

Spinsi indietro la sedia. "Scusatemi, ho cambiato idea. Credo che prenderò un caffè anche io." Mentre mi alzavo, il signor Busby fece il gesto di sollevarsi. Lui e la signora Pearce si scambiarono uno sguardo che mi fece sussultare. Era uno sguardo che comunicava cose, e solo le persone che si conoscevano bene si scambiavano occhiate del genere.

Versai una tazza di caffè nero, con il beccuccio della caffettiera che tintinnava contro la tazzina, poi mi incamminai lungo la terrazza fino a raggiungere la portafinestra della casa. Prima non avevo voluto parlare con Longly, ma ora desideravo che l'ispettore fosse lì. Dovevo mettermi subito in contatto con lui.

Attraversai la porta e scesi il breve passaggio fino all'ingresso, dove il telefono era posizionato vicino alle scale. L'ingresso, profondamente in ombra, era silenzioso. La boiserie scura sembrava assorbire qualsiasi suono proveniente dal resto della casa. La servitù era probabilmente intenta a sgomberare la sala da pranzo, ma si trovava dall'altra parte di Blackburn Hall e io non riuscivo a sentirla. La mia tazza di caffè tintinnò nel piattino quando la posai sul tavolo accanto al telefono. Mi appollaiai sul bordo del cuscino della poltrona con schienale alto, presi la cornetta e l'auricolare e chiesi all'operatore di mettermi in contatto con il Crown.

Era un rumore di passi sul parquet quello che sentivo? Allontanai l'auricolare e mi girai di scatto.

Le ombre riempivano gli angoli più profondi del breve passaggio che conduceva alla terrazza. Le portefinestre erano aperte, ma non c'era nessuno. Un debole mormorio di conversazione proveniva dall'esterno.

Passai lo sguardo intorno alla sala d'ingresso, ma anch'essa era vuota – per quello che riuscivo a vedere. Le applique elettriche sulla scala illuminavano solo la costosa passatoia dei gradini e non penetravano nella cavernosa distesa dell'ingresso.

Non essere sciocca, mi dissi. Ma mi spostai sulla sedia per poter tenere d'occhio la portafinestra. Un'esplosione di suoni uscì dall'auricolare. Lo premetti all'orecchio.

Una voce roca disse: "Crown."

"L'ispettore Longly, per favore." Avevo telefonato al pub dopo aver parlato con Jasper nel pomeriggio, con l'intenzione di dire all'ispettore quello che sospettavo sulla morte di Mayhew e

Pearce, ma lui era fuori. Non mi aveva richiamata prima di cena. Sicuramente ora sarebbe stato disponibile.

Un respiro brusco risuonò alle mie spalle. Mi girai e vidi un lampo di movimento. Un dolore sordo mi attraversò la testa. Sentii che mi stavo sbilanciando in avanti, ma non riuscii ad allungare le braccia per frenare la caduta. Poi, il buio.

IL RUMORE sibilante di voci sussurrate penetrò nel tunnel buio in cui mi trovavo. Mi sembrava che la mia testa fosse un gong e che qualcuno lo stesse suonando con entusiasmo, annunciando che la cena era servita. Allo stesso tempo, avevo la netta sensazione di essere su una barca, con tanto di mal di mare. Ma non poteva essere vero. Non c'era odore di mare, né un alito di vento. Aprii gli occhi, ma tutto era nero. Ero sdraiata su un fianco su qualcosa di freddo e duro. Le voci continuavano, e pian piano i suoni discordanti si trasformarono in parole.

"… certo che sono sicura. Ha capito."

"Come potrebbe? Sono settimane che non ci rivolgiamo quasi una parola." La seconda voce era più profonda, maschile. Inclinai cautamente la testa. Il martellamento si intensificò. Rimasi immobile e il dolore diminuì di una tacca.

La voce acuta della donna rispose. "È stato il caffè. Ne hai versato solo mezza tazza, svelando il nostro gioco. Avresti dovuto versarmene una tazza intera. Una persona che ho conosciuto pochi giorni fa non poteva sapere che ne bevo solo mezza."

La nebbia mentale si diradò. Una tazza di caffè mezza piena, Emily Pearce e Leland Busby. Rimasi immobile, concentrandomi sulle voci, mentre la sensazione di ribollire nello stomaco si attenuava. La voce più profonda, quella del signor Busby, disse: "Stai esagerando, Emily."

"No." Il tono della voce della signora Pearce si alzò. "*Ha capito*. Non discutere con me. Non abbiamo tempo."

Inclinai lentamente la testa nel tentativo di evitare che la sensazione rimbombante peggiorasse. Il dolore rimase basso, a livello di una pulsazione, non lo schianto scuoti-ossa che avevo sentito all'inizio. La sensazione di nausea non tornò, ma una fascia sembrò stringermi il petto, il primo segno di uno dei miei attacchi d'asma. *Respira. Inspira. Fuori. Con calma.* Ripercorsi le parole e le azioni che mi avevano calmato tante volte in passato. Girai la testa e vidi una striscia di luce all'altezza degli occhi. Sbattei le palpebre e misi a fuoco quella luminosità, che metteva in risalto un pavimento in parquet. La vista mi confortò, anche se non riuscivo a capirne il motivo. Mi sentivo la testa appannata, ma respirare, ora, era più facile.

"Dobbiamo fare qualcosa." Era la voce della donna, la signora Pearce, ancora stridula e con un filo di panico.

La luminosità mi faceva male. Chiusi gli occhi e li sfregai, poi mi tastai la nuca. Avevo un enorme bozzo alla base del cranio. Aprii le palpebre e strizzai gli occhi mentre alzavo le dita alla luce. Erano asciutte. Niente sangue.

"Gliel'ho letto negli occhi, quando mi ha guardata," disse la signora Pearce. "Sa cos'hai fatto."

Dovevo muovermi. Stavano parlando di me. Non potevo restare lì, ovunque mi trovassi.

La signora Pearce continuò a parlare. "E ora cosa faremo? Non posso crederci. Se non fossi stato così avventato, non saremmo in questa situazione."

Mi alzai di scatto. Per un breve momento ebbi la sensazione che l'oscurità stesse per inghiottirmi di nuovo. Rimasi immobile e la sensazione svanì.

"Come sarebbe a dire? Tu volevi che tuo marito sparisse, eravamo d'accordo sul da farsi." La voce del signor Busby era disinvolta e per nulla tesa. "Ho visto un'opportunità e ne ho approfittato."

Mi misi in posizione seduta. Fu una fortuna che mi muovessi lentamente, perché la mia fronte urtò contro qualcosa di solido. Rimasi immobile finché le vibrazioni del dolore non si attenuarono. Grazie al cielo mi ero mossa lentamente. Se mi fossi alzata di scatto in piedi, probabilmente sarei andata di nuovo al tappeto.

La signora Pearce continuò, con un tono alto e arrabbiato. "Ma l'hai fatto quando c'ero *anch'io*. Dopo Mayhew, avevamo deciso di non farlo più."

"Volevi liberarti di Pearce tanto quanto me," disse Busby.

"Sì, ma non volevo che lo facessi in una stanza piena di gente, con me presente. Entrambi saremmo stati sospettabili. Ti avevo detto che era troppo presto dopo Mayhew."

Quindi avevo ragione: le morti di Mayhew e Pearce *erano* collegate. Mi sarei goduta di più la vendetta se non fossi stata rinchiusa al buio, a combattere la nausea dopo essere stata colpita alla testa.

La voce del signor Busby si alzò di tono. "Lascia perdere. Non ha importanza ora. Cosa ne facciamo di lei? Perché hai dovuto colpirla in testa?"

"Stava chiamando l'ispettore. Te l'ho detto, ha capito. Dovevo fare qualcosa."

"Non potevi semplicemente interrompere la chiamata?"

Allungai la mano nell'oscurità che mi circondava. Le mie dita tracciarono un soffitto basso. Era a gradini, quindi mi trovavo nel ripostiglio sotto le scale. Ecco perché il parquet mi sembrava familiare. Una parte del mio cervello confuso aveva riconosciuto il disegno dei listelli. Sapevo dove mi trovavo. A quel pensiero, la stretta al petto si attenuò. Non ero in una bella situazione, ma almeno ero ancora dentro Blackburn Hall. Mi avvicinai alla striscia di luce ed esplorai i bordi della porta, alla ricerca di un chiavistello.

"Oh, ma che importanza ha, adesso?" disse la signora Pearce. "Quel che è fatto è fatto. Cerchiamo di capire come comportarci, come... sbarazzarci di lei."

Feci una pausa nella mia esplorazione. Sbarazzarsi di me? Quell'idea proprio non mi piaceva.

Feci scorrere le mani su e giù, tastando lungo il bordo della porta, alla ricerca di una maniglia, ma trovai solo una piccola giuntura, larga abbastanza per un'unghia. Era ovvio che non ci fosse una maniglia all'interno dell'anta di un ripostiglio.

Se avessi urlato, qualcuno mi avrebbe sentita? Riuscivo a malapena a udire la conversazione dall'altra parte della porta. Lo spesso rivestimento in legno delle pareti dell'ingresso e delle scale avrebbe probabilmente soffocato la maggior parte dei rumori che avrei potuto produrre. Urlare avrebbe solo allertato la signora Pearce e il signor Busby, facendo loro capire che ero sveglia.

No, meglio aspettare il momento giusto. Avrei potuto fare un po' di rumore quando la porta si fosse aperta – era un piano migliore.

"E avresti dovuto lasciar perdere Mayhew," disse la signora Pearce, tornando su quello che evidentemente era un punto dolente per lei. "Mayhew non ha mai parlato con nessuno."

"Dimentichi. Scriveva dei libri."

La signora Pearce continuò come se il signor Busby non avesse detto nulla. "Continuo a pensare che tu abbia esagerato. Potrebbe non averci sentiti affatto. E avresti dovuto aspettare e non avvelenare Don finché questa Olive non fosse tornata a Londra. Sta dando fastidio a tutto il villaggio. È una di quelle donne fastidiosamente testarde. Si vede che non è il tipo che si arrende."

Testarda? La rabbia mi attraversò. La signora Pearce mi aveva aggredita e poi chiusa in uno sgabuzzino, e mi chiamava *testarda*? Bene. Emily Pearce non aveva idea di quanto potessi essere determinata. Rovistai silenziosamente nell'armadio per trovare qualcosa con cui difendermi.

"Non è di lei che dobbiamo preoccuparci," ribatté il signor Busby. "È dell'ispettore. La morte di Mayhew è ufficialmente un incidente, ricordi? Quindi smetti di preoccuparti di questo. Ora concentriamoci su quello che dobbiamo fare. Ho sentito la signorina Belgrave e Pearce discutere di un investimento andato male. Lei aveva molto astio nei confronti di tuo marito. In effetti, potrebbe funzionare egregiamente: lei muore, assumendosi la colpa del decesso di Don, e noi ne restiamo fuori. Sì, potrebbe funzionare molto meglio di quanto pensassi. L'unica domanda è come farlo."

Le mie dita tastarono della lana – dei guanti o una sciarpa – e la gomma di un paio di stivali. Toccai una forma oblunga fatta di tela e tracciai la mano lungo i bordi. Una parte di essa si sollevò. Mi resi conto che era una cinghia. Era una sacca di mazze da golf, probabilmente quella che avevo portato con me al campo.

Lasciai che le mie dita giocassero tra le mazze finché non ne trovai una pesante, poi la estrassi dalla borsa, facendo attenzione a non sbatterla contro il soffitto a gradini.

La voce della signora Pearce era ormai quasi a tutto volume e l'intonazione stava raggiungendo l'estensione di un soprano. "*Deve* sembrare un incidente. Dopo quello che è successo con Don, non possiamo permetterci altre domande, proprio nessuna! E dobbiamo farlo in fretta. I domestici sono occupati in sala da pranzo, ma qualcuno potrebbe arrivare qui da un momento all'altro."

"I domestici usano la portafinestra in fondo alla terrazza. Non passeranno da qui. Abbiamo qualche minuto prima che qualcuno si accorga che non siamo tornati dalla nostra passeggiata nei giardini. Dov'è il fermaporta con cui l'hai colpita? Ce l'hai ancora?"

"Eccolo."

Mi avvicinai alla porta e mi alzai. Riuscivo a stare in piedi, ma dovetti infilare la testa sotto una delle pedate delle scale. La testa mi girò per un attimo, ma premetti la mano contro il legno grezzo delle scale. Mi tenni in equilibrio, respirando profondamente, finché non mi si schiarì la mente e non mi sembrò più di essere sul punto di precipitare nel buio.

"Bene. Credo che dovremo usare le scale," disse il signor Busby. "Non c'è nient'altro che possa simulare un incidente. Non possiamo strangolarla. Lascerebbe dei segni. E non c'è

modo di far passare un accoltellamento come puramente accidentale."

Assunsi la posizione che Serena mi aveva fatto vedere la
mattina, con le gambe leggermente divaricate. Il signor Busby
disse: "La porterò in cima alle scale e la farò cadere. Se una volta
in fondo sarà ancora viva, useremo di nuovo il fermaporta. Tu
assicurati che nessuno entri dalla terrazza."

Sentii un rumore di passi che si allontanavano.

I palmi delle mie mani erano bagnati sull'impugnatura della
mazza da golf e il cuore mi batteva all'impazzata. Il chiavistello
scattò.

Quando la porta si aprì, tirai indietro la mazza, feci perno
sui polsi e colpii. La mazza andò a sbattere sul mento del signor
Busby e io emisi un urlo che fece scattare di nuovo il gong nella
mia testa.

Il signor Busby si accasciò e io spinsi la porta fino in fondo.
Lo scavalcai, con la mazza pronta nel caso in cui la signora
Pearce mi avesse attaccato con il fermaporta. Ma lei rimase
immobile sulla soglia della terrazza, stagliata contro la debole
luce delle lanterne di carta.

Jasper entrò nell'atrio, spingendola davanti a sé. Allungò la
mano per sostenerla, ma notai che non le lasciò la spalla.
Guardò me e poi la forma accasciata del signor Busby, infine la
signora Pearce. Io usai la mazza per indicare prima lei e poi
Busby. "Erano complici."

La signora Pearce fece un passo indietro, nel tentativo di
staccarsi da Jasper, ma lui le afferrò il braccio e la guidò verso la
poltrona accanto al telefono. "È meglio che si sieda, signora
Pearce," disse Jasper. "Ha l'aria di aver subito uno shock." La
spinse sulla sedia e le tenne una mano ferma sulla spalla mentre
si rivolgeva a me. "Ti senti bene?"

"Mai stata meglio."

"Deve essere bello avere ragione," disse Jasper.

"Quasi quasi vale la pena avere questo brutto mal di testa.
Quasi."

Il signor Busby gemette e cercò di rotolare su un fianco. Gli appoggiai la mazza sul pomo d'Adamo. "Non si muova, signor Busby. Sono certa che l'ispettore Longly vorrà parlarle."

La signora Shaw apparve sulla soglia. "Oh, cielo," disse osservando la scena, poi si voltò verso la terrazza e disse: "Rodney, caro, è proprio come avevo detto. L'ispettore Longly non avrà bisogno del mandato di arresto per la signorina Belgrave. È così intelligente che ha risolto tutto lei."

CAPITOLO VENTISEI

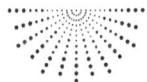

"*B*uongiorno, Bower," dissi entrando nella sala della colazione la mattina dopo. "Anche se è incredibilmente tardi. Potrei quasi dire buon pomeriggio."

"Infatti," disse Bower. "Devo ordinare alla cuoca di prepararle delle uova strapazzate?"

"No, grazie. Io e il signor Rimington abbiamo intenzione di partire a breve. Prenderò una tazza di caffè e lo aspetterò in terrazza." Avevo già incaricato Janet di preparare la mia borsa e di farla portare giù da un cameriere. Avevo salutato formalmente Lady Holt, che aveva mormorato tutte le parole giuste sul fatto di essere contenta della mia visita, ma sapevo che era entusiasta di vedermi andare via. Quella mattina l'avevo guardata in faccia e avevo dovuto reprimere un moto di delusione. Non avrebbe cantato le mie lodi alle altre matrone dell'alta società, quindi non avevo alcuna speranza di ottenere da lei delle referenze.

Bower prese un vassoio. "Il signor Rimington è stato richiamato." Al centro del vassoio c'era una busta color crema con il mio nome. "Ha lasciato questa per lei, da consegnarle quando sarebbe scesa."

Stentavo a credere che Jasper si fosse alzato prima di me.

Erano passate le prime ore del mattino prima che Longly ci permettesse di ritirarci. Quando finalmente avevamo risposto a tutte le sue domande, Jasper mi aveva chiesto di dargli un passaggio a Londra.

"Se n'è andato?" Una sensazione curiosa mi travolse. Possibile fosse... delusione? No, certo che no. Jasper non era obbligato a rimanere lì fino alla mia partenza. Ma se era stata sua intenzione dileguarsi all'alba, non avrei perso un attimo a chiedermi dove o perché se ne fosse andato così all'improvviso. Mi venne in mente l'immagine di Jasper sul giornale con la slanciata Bebe Ravenna.

"Ha ricevuto una telefonata questa mattina presto ed è partito poco dopo," disse Bower. "Le porto il caffè in terrazza?"

E pensare che Jasper aveva detto che ero io a comportarmi impulsivamente. "Sì, grazie." Uscii da una delle portefinestre aperte, scrollandomi di dosso la sensazione di irritazione.

I tavoli erano ancora allestiti dalla sera precedente e ne scelsi uno all'ombra mentre aprivo la busta. Jasper aveva scritto il biglietto in fretta e furia, ma la sua calligrafia era precisa come sempre.

Olive,

Mi dispiace lasciarti nei guai, mia cara. Speriamo che l'ispettore Longly mantenga la parola e non abbia altre domande per te o per me, visto che sono stato chiamato per affari urgenti. Un bello spettacolo ieri sera. Congratulazioni per aver trovato i colpevoli. Andare a caccia di indizi con te è stato un piacere... quando ti ricordavi di avere un Watson, diciamo. Potrei essere fuori dal giro per un po', ma mi farò sentire presto.

Il tuo compagno di malefatte,
Jasper

MENTRE LEGGEVO LE ULTIME RIGHE, Bower posò il caffè e mi lasciò sola.

Il caffè era bollente e aveva un gusto amaro. Un affare urgente, quindi. Quali affari urgenti aveva Jasper? O era la bionda o il suo sarto aveva bisogno di lui per un'ultima prova.

Sentii il rumore di qualcuno che risaliva a passo svelto il sentiero di ghiaia del giardino. Infilai il biglietto sotto il bordo del piattino e mi sforzai di vedere attraverso le fessure del cespuglio. Era Anna che correva attraverso il giardino e, quando vide che avevo alzato lo sguardo, si tolse in fretta e furia il berretto e lo sventolò. "È ufficiale!" disse da lontano, quasi urlando. "Diventerò una scrittrice!"

Mi alzai in piedi mentre lei saliva i gradini al trotto. "Ma tu sei già una scrittrice."

Mi fece cenno di tornare al mio posto e si accasciò sulla sedia vicino a me. "Ma ora non sarà più un segreto." Si sventolò con il berretto. "Il signor Hightower", disse dopo aver ripreso fiato, "è qui, in paese. È arrivato stamattina ed è venuto direttamente all'ambulatorio di papà a cercarmi."

"Sa del signor Busby?"

"L'ispettore Longly lo ha contattato ieri sera. Hightower è partito immediatamente per venire a *fare un po' d'ordine*, come ha detto lui."

"C'è un bel po' di ordine da fare," dissi.

"Sì, e voglio sapere tutto quello che è successo ieri sera."

Bower si avvicinò e offrì ad Anna un caffè.

"Oh, no. Ho troppo caldo. Mi potrebbe portare un bicchiere di limonata?"

Mentre Bower si ritirava, chiesi: "Il signor Hightower ti ha offerto un contratto?"

"Sì," disse nello stesso modo in cui alcune donne parlerebbero di un uomo che chiede loro di sposarlo. Un ampio sorriso le si aprì sul volto e lei si lasciò cadere contro lo schienale della sedia, gettando il berretto sul tavolo. "Non riesco ancora a crederci. Ho raccontato all'ispettore Longly della storia del ghostwriting e lui l'ha detto al signor Hightower."

"Oh, no. So che volevi che rimanesse un segreto."

Anna si mise a ballonzolare sulla sedia. "Ma è una buona cosa. Il signor Hightower ha detto che vuole che *Omicidio alla nona buca* sia sistemato. Ha suggerito di mettere il mio nome in copertina insieme a quello di May e", si chinò in avanti, "mi ha chiesto se voglio continuare la serie con il mio nome. Se ne stanno occupando i suoi avvocati e dice che potremo firmare i documenti tra qualche giorno."

"Ma è un'ottima notizia! Mi ero chiesta cosa sarebbe successo con la serie di libri."

Bower tornò con la limonata di Anna, che ne bevve un po' prima di continuare. "Il signor Hightower è il proprietario dei personaggi della serie e può incaricare chiunque di scrivere i libri successivi. Ho accettato di farne altri due con Lady Eileen, poi vorrei cimentarmi in qualcos'altro. È interessato a vedere qualsiasi cosa io scriva."

"È meraviglioso. Sono così felice per te." Alzai la tazza di caffè. "Congratulazioni."

Lei sollevò il bicchiere. "Grazie. È un risultato migliore di quello che avevo sognato. Tutta quella preoccupazione per i manoscritti e le bozze. Ma ora è tutto risolto, grazie al cielo." Posò la limonata sul tavolo e si spostò sulla sedia in modo da guardarmi direttamente. "Ora raccontami tutto quello che è successo. È vero che la signora Pearce ha cercato di convincere l'ispettore di non avere nulla a che fare con le morti?"

"Esatto. L'ispettore Longly non aveva quasi messo piede in casa che lei già si era scagliata contro il signor Busby, addossandogli tutta la colpa. Diceva che era uno squilibrato."

"Ma non è questo che è successo, vero?"

"No, e l'ispettore Longly non si è lasciato ingannare. La signora Pearce e il signor Busby erano d'accordo fin dall'inizio. L'ispettore li ha interrogati separatamente. Ha detto che si sono

incolpati a vicenda e che gli hanno dato abbastanza informazioni da permettergli di ricostruire l'accaduto."

"Ma quindi come si sono svolti i fatti?" Anna appoggiò il
gomito sul tavolo e il mento sulla mano. "Voglio tutti i dettagli –
a scopo di ricerca, ovvio."

Sorrisi. "Certo. Mayhew non era l'unica a cui piaceva
passeggiare dopo il tramonto. Il signor Busby veniva in
macchina dalla città quasi tutti i venerdì per giocare a golf, ma
restava a dormire al pub di Sidlingham. Anche a lui piaceva
fare delle passeggiate a tarda sera."

"Come alla signora Pearce?"

"Esatto. Ci sono molti camminatori notturni da queste parti.
Il signor Busby e la signora Pearce si sono incontrati sul campo
da golf deserto. Mayhew li ha sentiti discutere del loro primo
tentativo di far fuori il signor Pearce."

Anna si mise a sedere dritta. "Il primo tentativo? Parli della
caduta dalle scale?"

"Non una caduta. Una spinta."

"È stata la signora Pearce?"

"Lei sostiene che è stato il signor Busby. E da quello che dice
l'ispettore Longly deduco che il signor Busby insista che è stata
la signora Pearce."

"Santo cielo," disse Anna. "È difficile immaginarlo. Emily
Pearce mi è sempre sembrata una cosina così timida." Anna
scosse la testa. "È incredibile quello che hanno fatto. Cosa succe-
derà, adesso?"

"Per cominciare, l'indagine sulla morte di Mayhew sarà
riaperta," dissi. "E poi con quello che ho sentito..." Scrollai le
spalle. "Sono sicura che l'ispettore Longly è impegnato a
costruire un caso contro di loro. So che gli agenti stanno perqui-
sendo le loro case e rintracciando i loro movimenti. Non dubito
che troveranno abbastanza prove per arrivare al processo."

Anna ripiegò le braccia sul petto come se avesse freddo.
"Trovo difficile credere che la signora Pearce e il signor Busby si
conoscessero. Di certo si sono comportati come se non si fossero

mai incontrati prima quando Lady Holt li ha presentati alla cena."

"Da quello che mi ha riferito l'ispettore, la signora Pearce sostiene che si fossero incontrati a inizio anno. Il signor Pearce era fuori per lavoro e lei si trovava a Londra da sola. Ha partecipato a un evento della Hightower Books e ha conosciuto Busby. A un certo punto, quei due hanno deciso di liberarsi del marito di lei e da quel momento hanno evitato di farsi vedere insieme in pubblico. La sfortuna ha voluto che Mayhew fosse presente alle loro macchinazioni."

"Una sfortuna terribile. E tu come ti senti, oggi?" Anna mi guardò con occhio critico. "Avrebbero dovuto chiamare papà per visitarti. Mi pare di aver capito che sei rimasta incosciente per un po'."

"Sto bene."

"Visione doppia? Nausea? Dovresti proprio..."

Scossi la testa. "No. Sto bene. Ho solo un bernoccolo." Non avevo alcuna voglia di passare altro tempo ad Hadsworth.

"Vorrei discutere con te, ma vedo che sarebbe inutile."

L'orologio del salotto suonò e Anna guardò quello che aveva al polso. "Già mezzogiorno? Devo scappare. Ho detto a papà che lo avrei accompagnato a una visita a domicilio dopo pranzo." Anna si scolò il bicchiere e lo posò con un tintinnio. "E poi ho delle pagine da scrivere." Strizzò gli occhi alle aiuole sul lato opposto del giardino. "Devo trovare il modo di far salire un altro sospetto sullo yacht..."

"Forse un clandestino."

"Oh, mi piace..." mormorò mentre si sistemava il berretto sulla testa e spingeva indietro la sedia.

Mi avviai con lei verso i gradini della terrazza. "Fammi sapere qualcosa la prossima volta che vieni a Londra. Sono sicura che dovrai salire spesso per visitare la Hightower Books."

"Sì, credo di sì," disse Anna come se il pensiero non l'avesse colpita fino a quel momento. Dopo esserci salutate, raccolsi il biglietto di Jasper e mi voltai per entrare, ma Bower uscì accompagnando il proprietario della casa editrice.

"Signor Hightower, buon pomeriggio. Ho appena parlato con Anna. Se la cerca potrebbe essere ancora sulla proprietà." Mi voltai e scrutai il giardino. "No, è già andata via. È entusiasta del vostro accordo."

"Lo siamo anche noi. Bower mi ha informato che lei partirà a breve. Ha un momento?"

"Sì, certo." Gli feci cenno di accomodarsi e tornai alla mia sedia. Chiesi al signor Hightower se desiderasse qualcosa da bere.

"Grazie, ma no." Si sistemò. "Quando l'ispettore mi ha contattato, ho capito che dovevo venire subito a parlare con lui e con la signorina Finch. La Hightower Books ha bisogno di continuare la serie e siamo lieti che la signorina possa scrivere altri libri con protagonista Lady Eileen."

"Capisco. È un accordo vantaggioso per entrambi."

"Esattamente. Per quanto riguarda noi…" Estrasse una busta da una tasca interna della giacca e me la porse. "Credo che questo coprirà le sue spese. C'è anche un bonus. Con i libri in arrivo dalla signorina Finch, le assicuro che l'assegno non sarà scoperto."

Infilai la busta in tasca. "Grazie. Non pensavo che sarebbe successo."

L'espressione del signor Hightower divenne cupa. "Devo scusarmi per le azioni del signor Busby. Non avevo idea di ciò in cui si era fatto coinvolgere Leland e spero che lei si sia completamente ripresa."

"Sì, sto bene. All'inizio ho avuto un po' di mal di testa, ma poi è passato."

"Eccellente. Sono contento di sentirglielo dire." Si schiarì la gola. "Spero che lei non nutra alcuna… ehm… animosità nei confronti della Hightower Books."

"Certo che no. Le azioni del signor Busby sono state solo sue."

Il signor Hightower si appoggiò leggermente allo schienale e si lasciò sfuggire un sospiro appena mascherato da quello che sembrava essere sollievo. "Sono felice di vedere che è uscita relativamente indenne da questa prova. Le assicuro che non l'avrei mai mandata qui se avessi saputo degli orribili piani di Leland. Pensare che sia stato lui a uccidere Mayhew... è sconvolgente. È difficile da accettare, sa. Però spiega perché continuasse a chiedere se il manoscritto in ritardo di May fosse arrivato." La sua voce si abbassò e parlò più a se stesso che a me quando disse: "Avrei dovuto capirlo."

"Il signor Busby lo stava cercando?"

"Oh, sì." La voce del signor Hightower tornò a pieno volume. "Leland non ha mai mostrato molto interesse per i libri di May." Guardò i giardini. "Conosceva i tempi di pubblicazione, naturalmente – non erano un segreto – quindi sapeva che avevamo bisogno del manoscritto al più presto. Tuttavia, non sapeva che fosse il signor Pearce a occuparsi di tutte le comunicazioni di Mayhew con la Hightower Books. Non si rendeva conto che provocargli un infortunio avrebbe ritardato l'arrivo del manoscritto."

"Quindi il signor Busby sapeva che Mayhew era l'autore dei libri di Lady Eileen?"

Il signor Hightower scosse la testa. "No, non credo. Le uniche persone che sapevano che Mayhew era l'autore di quei libri eravamo io e il signor Pearce. L'ispettore mi ha chiesto se l'avvocato avesse potuto dirlo alla moglie, ma non credo che l'abbia fatto. Non era tipo da condividere confidenze di lavoro con la moglie e nemmeno con la sua segretaria. A proposito, abbiamo finalmente ricevuto il manoscritto originale di Mayhew. È arrivato per posta sabato. Il signor Pearce lo aveva inviato con una lettera di accompagnamento in cui si scusava per il ritardo. A quel punto Leland era già qui a Hadsworth."

Mi accigliai, cercando di capire la tempistica. "Ma il signor Busby deve aver scoperto l'identità di Mayhew come autore della Hightower Books," dissi.

"Credo di sì," disse il signor Hightower. "Mi risulta che il signor Busby abbia avuto accesso al cottage di Mayhew. Giusto?"

"Sì, deve essere stato così che l'ha capito." Pensai agli appunti e ai manoscritti nella scrivania di Mayhew. "Probabilmente ha trovato qualcosa nella scrivania che indicava che c'era Mayhew dietro i libri di Lady Eileen, così ha usato la macchina da scrivere presente nel cottage per scrivere alcuni biglietti e ritardare la scoperta della sua scomparsa."

"Sì, sembra proprio che sia andata così," disse il signor Hightower. "A quel punto, Leland deve aver pensato che il manoscritto di *Omicidio alla nona buca* fosse già sulla mia scrivania. Deve essersi spaventato quando ha capito esattamente chi era Mayhew e si è reso conto di aver ucciso la gallina dalle uova d'oro."

"Ma poi Busby deve aver capito che era Anna a scrivere i libri e le ha inviato la nota con l'istruzione di continuare a farlo," dissi. "Nelle bozze c'erano molte prove della loro collaborazione."

I toni distintivi della voce di Lady Holt uscirono dalla finestra aperta del salotto. Il signor Hightower si guardò alle spalle, poi riprese a parlare. "Sconvolgente. L'intera faccenda è terribile. Come ho detto, so che non è possibile rimediare a quello che ha passato, ma quella busta contiene più di quanto avevamo concordato." Guardò la mia tasca. "Mi è sembrato giusto aumentare il suo compenso, visto quello che è successo."

"È gentile da parte sua, inaspettato ma molto apprezzato."

Spinse indietro la sedia. "Ora devo lasciarla."

Mi alzai e gli tesi la mano. "È stato un piacere fare affari con lei, signor Hightower."

Mi strinse la mano. "Se in futuro avrò bisogno di un investigatore discreto, la contatterò."

"Ne sarei felice."

Mentre camminavo con lui verso l'ingresso, chiesi: "Che ne sarà del libro di galateo di Lady Holt?"

"Oh, lo pubblicheremo," disse il signor Hightower. "Abbiamo firmato il contratto. La Hightower Books mantiene sempre le sue promesse."

Lady Holt attraversò l'ingresso con le lunghe braccia che dondolavano. "Signor Hightower! Sono lieta che si sia unito a noi qui a Blackburn Hall. Non ha idea della confusione che il suo socio ha combinato. Una vera e propria disgrazia. Temo che non riusciremo in alcun modo a tenere Blackburn Hall fuori da quegli orribili giornali di gossip. Ma le assicuro che questo non influirà sui miei sentimenti verso la Hightower Books. Sono ancora determinata a fare il meglio e tutto il possibile perché il libro di galateo abbia successo."

"Eccellente. Sono lieto di sentirlo." Il signor Hightower alzò le sopracciglia di una frazione di pollice verso Bower, che si trovava vicino alla porta con il suo cappello. Al suo segnale, Bower iniziò ad attraversare il parquet. "È un piacere vederla, Lady Holt, ma non posso restare. Devo..."

Lady Holt fermò Bower con un colpo di polso, poi mise una mano sul braccio del signor Hightower. "Deve restare a pranzo. È una fortuna che sia qui. Devo sistemare alcuni piccoli dettagli."

Bower invertì la rotta e Lady Holt spinse il signor Hightower nella biblioteca. Lui si lanciò un ultimo sguardo alle spalle. Sollevai una mano e mimai un 'buona fortuna'. Speravo che riuscisse a fuggire prima di cena, altrimenti Lady Holt lo avrebbe tenuto a Blackburn Hall per giorni.

Tornai in camera mia per raccogliere il cappello e i guanti, ma prima di prenderli aprii la busta del signor Hightower. Conteneva un assegno di cento sterline.

Mi premetti il pezzo di carta sul petto. *Cento sterline.* Incredibile. Avrei potuto pagare l'affitto per molti, molti mesi. E avere dei veri pasti per cena, invece dei panini che facevano briciole ovunque. E forse anche un cappotto invernale.

Piegai solennemente l'assegno e lo infilai nella borsetta. Mi misi il cappello e i guanti. Scendendo al piano di sotto passai davanti al laboratorio di Serena e mi fermai per bussare sulla porta. Lei alzò lo sguardo da uno dei tavoli e mi fece cenno di entrare. "Guarda. Credo di avercela fatta." Le sue mani erano coperte di macchie nere.

"Hai fatto un pasticcio?"

"No. Ho inventato un nuovo tipo di penna. Il feltro funziona meravigliosamente bene. Ecco, provala."

"Sembra una penna stilografica senza pennino."

"Lo è. Ma l'ho modificata e l'inchiostro è diverso. È meglio che usi questo per maneggiarla." Avvolse uno straccio intorno all'esterno macchiato della penna, poi tolse di mezzo barattoli di inchiostro, brandelli di tessuto e diverse penne smontate. Spinse sul tavolo una pila di fogli. Firmai il mio nome. "Proprio bella."

"Vedi come è uniforme il flusso dell'inchiostro? Non ha bisogno di essere ricaricata e si asciuga rapidamente," disse Serena. "Ora devo solo creare un cappuccio per evitare che la penna si secchi."

Toccai una delle lettere con un polpastrello guantato. Il dito rimase pulito. "Questo è un bel miglioramento. Come pensi di chiamarla?"

"Non lo so. Penna al feltro è banale, anche se il tampone in feltro è quello che funziona meglio. Pennarello ti piace?"

Riconsegnai la penna. "Sì. Congratulazioni."

"Grazie. E complimenti anche a te. Per aver smascherato la signora Pearce e il signor Busby. Chi avrebbe mai pensato che ci fosse in corso una relazione passionale nel nostro tranquillo villaggio?" Cominciò a rimettere a posto i coperchi dei calamai. "Datemi la mia scienza prevedibile e metodica. Nulla è complicato come le relazioni umane."

Pensando alla scomparsa di Jasper di prima mattina, dovetti concordare. "Purtroppo, è spesso vero."

"E adesso cosa farai?" chiese Serena.

"Non lo so." Forse Jasper aveva ragione: mi concentravo troppo sul momento e non pensavo al futuro. "Tornerò a

Londra e mi troverò un nuovo cliente, suppongo." Avrei avuto dei soldi in banca e avrei potuto scegliere per chi lavorare, almeno per un po'.

"Beh, fammi sapere se ti va di fare un'altra partita a golf. Sei stata promettente."

"Ringrazio il cielo per le tue lezioni. Sono state provvidenziali."

"Mi fa piacere che siano state utili." Mi accompagnò alla porta.

"Dov'è Zippy stamattina?" chiesi. "Vorrei salutarlo prima di partire."

"È a Sidlingham e non lo tiene più nascosto a Maria. Stamattina a colazione ha detto che se Blackburn Hall è riuscita a sopravvivere allo scandalo di un doppio omicidio e di una relazione clandestina, il suo interesse per una cameriera dovrebbe essere del tutto innocuo."

"E come ha reagito Lady Holt?" chiesi mentre Serena scendeva con me.

"Gli ha proibito di andare, naturalmente. Ma Zippy le ha tenuto testa, meraviglia delle meraviglie. Ha detto che aveva raggiunto la maggiore età e che poteva fare quello che voleva. Naturalmente Maria lo ha minacciato di lasciarlo senza un soldo, e Zippy ha ribattuto che non c'era problema, avrebbe venduto la sua Bugatti così da avere i fondi per vivere."

"Davvero? Pensavo fosse affezionato a quella macchina."

"Oh, lo è. Quello è stato un brutto colpo per Maria. È stata abbastanza saggia da fermarsi lì. Più tardi le ho detto di aspettare qualche giorno. Se avesse continuato a insistere, sono sicura che Zippy si sarebbe impuntato. Se mia sorella gli lascia un po' di spazio, probabilmente lui perderà interesse e passerà a qualcun'altra. Metà del fascino di una relazione del genere è il brivido della segretezza."

"È probabile che sia vero."

Serena sollevò una spalla quando raggiungemmo l'ingresso.

"È la natura umana. Caotica, come ho detto, ma spesso prevedibile."

Bower ci raggiunse quando scendemmo l'ultima rampa di scale. Aveva in mano un vassoio con una lettera. "Per lei, signorina Belgrave."

Serena disse: "Spero che non siano cattive notizie."

"Quando è arrivata?" chiesi a Bower, studiando la busta. Era indirizzata alla pensione di Londra, ma riconobbi la scrittura mancina della mia padrona di casa che aveva reindirizzato il biglietto qui.

"Con la posta del mattino."

Strappai la busta e sentii le mie sopracciglia sollevarsi quando lessi la firma. "È di Lady Agnes Wells."

"La maledizione egizia," sussurrò Bower. Sia io che Serena ci girammo a guardarlo.

Il suo volto non aveva più la solita impassibilità. Era vivo di curiosità e si era sporto in avanti per dare un'occhiata al biglietto. Si schiarì la gola e fece un passo indietro. "Mi scusi."

"Va tutto bene, Bower," dissi. "Cos'è questa storia della maledizione?"

"Ne hanno parlato i giornali. Il… personale si è interessato."

"Continua," dissi. "Di che cosa si tratta?"

"A quanto mi risulta, Lord Mulvern, lo zio di Lady Agnes, era un egittologo. Sponsorizzò uno scavo e riportò indietro alcune antichità."

"Compresa una mummia?" chiese Serena.

Bower annuì. "Parecchie, a quanto pare."

"E ora è saltata fuori una maledizione?" chiesi.

"I giornali sostengono che è ciò che lo ha ucciso."

"Santo cielo." Lessi il biglietto.

Cara signorina Belgrave,

Mi trovo in una situazione difficile e il mio amico Sebastian Blakely mi ha suggerito di contattarla. Sebastian dice che lei è un'ottima detec-

tive, ed è esattamente ciò di cui ho bisogno. Avrà letto di recente sui giornali della nostra famiglia. Le assicuro che la storia reale non è così raccapricciante come la descrivono, ma è molto inquietante. Vorrei discutere la situazione con lei. Crede di potermi raggiungere a Mulvern House lunedì alle dieci del mattino?

Sua,
Agnes Curtis

"Sembra che tu abbia un nuovo caso," disse Serena. "Se ti interessano le maledizioni, le mummie e tutto il resto."

"Chi non è interessato all'egittologia? È affascinante." Il mio sguardo volò alla data in cima al biglietto. "Lunedì. È domani." Infilai la lettera nella borsetta e mi rivolsi a Bower. "Faccia portare subito la mia macchina. Devo tornare a Londra."

LA STORIA DIETRO LA STORIA

Spero che il secondo caso di Olive vi sia piaciuto. *Omicidio a Blackburn Hall* è stato un libro divertente da scrivere. Mi piace sempre approfondire la ricerca sugli anni Venti, e, con l'aggiunta dei temi del ghostwriting e della paternità di un'opera, sono stata una scrittrice felice!

L'elenco delle autrici che hanno usato nomi maschili è lungo e va da scrittori vittoriani come George Elliot e tutte e tre le sorelle Brontë ad autori moderni come J.K. Rowling, che scrive i suoi mistery con il nome di Robert Galbraith. Una scrittrice pubblicata negli anni Venti si è effettivamente mascherata da uomo per ingannare il suo editore. Mi sono imbattuta in questa storia nel libro saggistico di Martin Edwards, *The Golden Age of Murder*. Lucy Beatrice Malleson pensava che sarebbe stata presa più seriamente se il suo editore l'avesse scambiata per un uomo e inviò i suoi manoscritti con nomi maschili, tra cui Anthony Gilbert. Quando il suo editore le chiese una foto pubblicitaria, lei ne inviò una di se stessa 'travestita da vecchio con la barba', secondo Edwards. Malleson scrisse quasi settanta gialli sotto lo pseudonimo di Gilbert. I suoi racconti e romanzi sono stati adattati per la televisione e il cinema.

La storia di Malleson è stata la mia ispirazione per il personaggio di Ronnie Mayhew, ma dal momento che Mayhew era così ritirato dalla vita del villaggio e usava una maschera di latta per nascondere il suo aspetto, aveva bisogno di un motivo ancora più grande per tenere segrete le sue origini. Quando ho letto un articolo sulle Fate di Cottingley, ho capito che avevo trovato l'ispirazione per la storia di Mayhew.

Nel 1917, due giovani cugine, Elsie Wright e Frances Griffiths, si fotografarono con delle fatine di carta che avevano ritagliato da un libro. Usarono una macchina fotografica che apparteneva al padre di Elise. Il padre sviluppò le foto, riconobbe che si trattava di uno scherzo e non prestò più la macchina fotografica alle ragazze. Sua moglie, tuttavia, era interessata ai fenomeni psichici e mostrò le immagini a una riunione di persone che condividevano i suoi stessi interessi. Da lì, la curiosità per gli avvistamenti di fate si diffuse e attirò l'attenzione del pubblico, compreso quella di Sir Arthur Conan Doyle, che era uno spiritista. Egli scrisse un articolo sulle fate per la rivista *The Strand*, dichiarando che la loro esistenza avrebbe aiutato le persone a credere in altri fenomeni psichici. Le ragazze stettero al gioco. In un'intervista del 1983, le cugine ammisero di aver falsificato le fotografie. Una volta che Doyle era entrato a far parte della storia, sentivano di non poter rivelare la verità. Secondo la voce di Wikipedia sulle Fate di Cottingley, le ragazze dissero: "Due ragazzine che vivevano in un villaggio e un uomo eccezionale come Conan Doyle... beh, potevamo solo tacere."

Ho usato la storia di Cottingley come punto di partenza per quella di Mayhew, cambiandola un po' e creando una situazione in cui un genitore senza scrupoli era più preoccupato dei soldi che della figlia, cosa che ha portato Mayhew a rintanarsi in un tranquillo villaggio inglese.

Durante una ricerca sull'asma ho letto un articolo sulle sigarette che venivano usate per curarla che, in quanto scrittrice di gialli, ho trovato incredibilmente intrigante. Gli scrittori come me sono sempre alla ricerca di un buon veleno e, una volta appreso che quelle sigarette contenevano belladonna e *datura stramonium* e che chiunque poteva acquistarle in farmacia, ho capito di aver trovato la perfetta arma del delitto per *Omicidio a Blackburn Hall*. Per quanto possa sembrare strano oggi, quel tipo di sigarette erano un trattamento popolare e accettato per le persone che avevano problemi di respirazione.

Il personaggio di Serena Shires è stato divertente da tratteggiare. Volevo che avesse una mentalità scientifica e fosse interessata all'innovazione, ma ho avuto difficoltà a trovare qualcosa da inventare. Serena è un tipo pratico e sarebbe stata interessata a qualcosa che migliorasse l'efficienza in casa o sul posto di lavoro. Mi ha sorpresa scoprire che molte delle invenzioni che pensavo fossero avvenute all'inizio del 1900 in realtà sono avvenute molto prima. Per esempio, le graffette, le pinzatrici, le cannucce, le penne a sfera, le gomme, l'aspirapolvere, il nastro adesivo e i frigoriferi sono stati inventati molto prima del 1923. Il pennarello con la punta in feltro, invece, no, ed è per questo che Serena è così interessata alle penne e all'inchiostro. Il vero inventore del pennarello è Walter J. De Groft, che ha richiesto il brevetto nel 1944. Yukio Horie ha creato il moderno pennarello nel 1962. Consultate la bacheca Pinterest di *Omicidio a Blackburn Hall* per avere maggiori dettagli sull'ispirazione dei personaggi e dei luoghi.

Il prossimo caso di Olive si intitola *Omicidio tra le antichità egizie*. Se volete restare al passo con me e con i miei libri, potete iscrivervi alla mia newsletter (per ora solo in inglese) e ricevere contenuti esclusivi, tra cui il racconto in inglese *Lady Sophia's Sapphires*, la prima incursione di Olive nell'investigazione. Mi piacerebbe rimanere in contatto con voi!

SULL'AUTRICE

Sara Rosett, autrice bestseller di *USA Today*, scrive spensierati libri gialli per quei lettori che amano le ambientazioni suggestive, i personaggi divertenti e gli enigmatici finali a sorpresa. *Publishers Weekly* ha definito i libri di Sara incantevoli, ben fatti e frizzanti.

Sara adora aggiungere nuovi timbri al suo passaporto e considera il cioccolato fondente un bene di prima necessità. Per saperne di più, potete visitare il sito SaraRosett.com.

ALSO BY